Bleib bei mir

von Petra Eggert

Impressum
Copyright ©   März 2020
Petra Eggert Lippstadt
Herstellung und Verlag:
BoD - Books on Demand, Norderstedt
Umschlagsgestaltung: Vanessa
Streng (www.BuchGestalt.com)
ISBN: 978-3-8370-8000-1

Prolog

Die Motorengeräusche des kleinen Flugzeuges dröhnten unaufhaltsam in meinen Ohren. Der Wind wehte kräftig und mahnend an meinen Kopf, als wenn er mir meine Gedanken waschen wollte. Genau das tat er auch. Mit meinem kleinen Koffer in der Hand stehe ich hier auf dem Gelände und warte auf meinen Abflug. Mein Herz will noch nicht nach Hause, nur mein Verstand rät mir diese Reise anzutreten. Hier an diesem versonnenen und doch so klaren Ort, mit seinen unendlichen, aber kurzen Erinnerungen. Mein Herz krampft sich zusammen und meine Augen tränen. Ich lasse sie still über meine Wangen laufen. Schließlich wollte ich dies hier alles. Oder nicht? Wenn man es so nimmt, eigentlich nicht. Die Vorstellung lag schon immer bei mir diese Reise zu machen, jedoch nicht auf diese Art und mit dem Ergebnis. Meine Gefühle sind hin und her-gerissen. Diese Augen! Nein Elara, denk nicht an ihn zurück, das macht dich nur kaputt. Worum es denn geht, denken Sie? Natürlich, wie das Klischee weit verbreitet ist, steckte ein Mann dahinter, und eine Insel. Irland. Ach was sag ich da, ich fange einfach mal an.

Nur ein Klick

Meine Geschichte sollte einfach da anfangen, wo sie sich grundlegend verändert hatte. Natürlich könnte ich mit dem Quatsch beginnen, ich wurde dann und dort geboren, aufgewachsen in dem Ort, aufgezogen von bis, verliebt, verlobt, ja und auch verheiratet. Geschieden. Jetzt zu alt und frustriert. Aber nein, das sollte so nicht sein. In dieser Kurzform stimmte bisher alles. Sicher, ich könnte jetzt ausholen und von meiner Ehe erzählen und den Problemen aber, dass eine oder andere Detail wird hier schon mit rein - geworfen.

Wie gesagt, es begann eigentlich damit, dass ich eines Tages mal wieder vor dem Computer hockte und für eine kleine Zeitung ein paar Recherchen sammelte. Man hatte mich dazu auserkoren als freie Mitarbeiterin die Kolumne zu schreiben. Ab und an war auch ein kleiner Reiseartikel drin. Eine goldene Nase konnte ich mir damit leider nicht verdienen, also jobbte ich noch in einem Supermarkt. Seit der Scheidung konnte ich nur von fernen Ländern träumen. Obwohl ich meine Ziele und Hoffnungen nie aufgeben werde, einmal eine große Reise machen nach Schottland, England, Amerika, oder Irland. Natürlich war dies ein beliebtes Ziel, eines jeden Romantikers, aber ich fühlte irgendwie, eine innere Verbundenheit damit. Mein Herz ging auf, wenn ich nur daran dachte und die Sehnsucht wurde jeden Tag größer. Ellis, meine beste Freundin, die mir auch nach der Scheidung treu zur Seite stand, meinte immer.

„Elara, an dir ist doch eine reine Irin verloren gegangen. Fahr doch einfach mal hin", sagte sie immer. Aber sie wusste, die Finanzierung war das Problem, nicht der Wille. Der war unbändig. Jedenfalls, nach der Scheidung begann mein einsames Leben. Ich will nicht sagen, dass ich mich alt fühlte, was ich meiner Meinung nach aber war. Ich will nicht sagen, dass mein Verhältnis zu meinem Exmann besser geworden wäre, aber es wurde umgänglicher. Jetzt brauchte ich mir nicht mehr die Vorwürfe anhören und die ständige Bevormundung. Im Grunde hatten wir uns einfach auseinandergelebt. Es herrschte eisige Stille. Die Interessen gingen weit auseinander. Während ich mich auf das Schreiben konzentrierte, galten seine nur seinem Verein und Fußball. Meine kleine Kolumne hatte er immer wieder in den Dreck gezogen. Von wegen, damit kann man nichts verdienen und das liest sowieso keiner, nur frustrierte Hausfrauen. Nun, für mich war schon lange klar, dass die Trennung längst fällig war. Irgendwie fiel ein Stein der Erleichterung von meiner Brust. Endlich zu wissen, den Mühlen der Ehe und des Alltags zu entfliehen. Niemand hatte gesagt, dass es einfach werden würde. Immerhin war ich leicht über die Dreißig und gehörte, meiner Meinung nach, schon zum alten Eisen und mein Exmann, der konnte es ohnehin nicht glauben. Er meinte immer, ohne ihn würde ich keine drei Monate aushalten und ich würde dann doch zu ihm gekrochen kommen, das wäre nun mal Fakt. Da hatte er sich gründlich getäuscht.

Mittlerweile sind wir schon über das Trennungsjahr hinaus und gestern habe ich endgültig die Scheidungspapiere unterschrieben. Ich muss sagen, ich fühlte mich leicht und befreit, mit einem kleinen bitteren Nachgeschmack, aber den werde ich auch noch überwinden, das stand fest. Mike, mein Exmann, ging mit so gesenktem Haupt, als würde man ihn zur Schlachtbank führen. Jetzt wusste er mal zur Abwechslung nicht, was er tun sollte. Hatte er doch jetzt mehr Zeit für seine Kumpel. Natürlich waren diese auch gleich da um ihn gebührend im Empfang zu nehmen. Ellis war an meiner Seite geblieben und wir feierten unsere Zeremonie mit einem Glas Sekt.

„Na jetzt hast du doch endlich Zeit mal auf Reisen zu gehen",
hatte sie gemeint. Aber das konnte ich nicht. Das nötige
Kleingeld war immer mein Thema. Auch wenn Mike fast jeden
Tag anrief oder vor der Tür stand. Er wollte mir unter die Arme
greifen, wie er sagte, nur das wollte ich nicht, es würde darauf
hinauslaufen, dass es so weiterginge wie bisher, jedoch ohne
Trauschein. Ich wäre abhängig von ihm und das würde ihm zu
sehr gefallen. Immer so zu tun, als sei nichts gewesen und die
Wogen würden sich trotzdem noch glätten.

Jedenfalls hatte ich heute eine Mike freie Zone. Er war Gottlob
mit seinem besten Kumpel bei einem Spiel. Ich musste noch
betonen, dass er auf keinen Fall danach bei mir auftauchen
sollte. Es war kompliziert. Er versprach es und doch stand er
meistens dann vor der Tür, leicht angetrunken und erzählte mir
von seinen vergangenen Tagen und wie schön doch unsere Ehe
war. Bis hin zu: „Wie konntest du nur alles wegschmeißen", zu:
„Lass es uns doch noch mal versuchen." Öhhh, nein! Für mich
hatte sich die Sache entschieden.

Nun, nachdem Ellis auf der Couch eingeschlafen war, sie war
wie ein Wachhund, immer um mein Wohl besorgt, surfte ich
mal wieder in den sozialen Netzwerken herum. Eigentlich
sollte ich ja Recherchen anfertigen, über die alte

Stadtmetzgerei, aber das schob ich wieder auf. Wie immer blieb ich auf der Seite hängen, die meine Lieblingsband derzeit bestritt. Ich muss sagen, ich war immer wieder hin und weg von ihr. Durch Zufall hatte ich diese Band im Netz gefunden, unter einem Link zu Irland. Sie spielten gute alte Folk Musik vom irischen Schlag. Diese Band war so erfolgreich, dass Sie es sogar bis nach Hollywood geschafft hatte.

Mir gefiel die Musik so gut, da es sich um alte Mythen handelte oder typisch irisch, um traditionelle Pub Musik. Ellis stand zwar nicht so sehr darauf, doch sie ließ mich gewähren. Insgeheim musste ich zugestehen, dass mir der Sänger sehr gut gefiel. Für mich ein klassischer Ire. Dunkle, gelockte Haare bis zur Schulter, dazu grau/ grüne Augen. Ellis meinte immer, die Iren seien von Natur aus ziemlich klein, aber das stimmte bei ihm nicht. Wie ein Teenager kam ich mir vor. Es war aber auch blöde nach so einem Typen zu schmachten und in seiner Musik zu verfallen. Meine Freundin hatte mich immer aufgezogen:

„Elara, was würdest du machen, wenn der Typ auf einmal vor dir steht?"

Sie schmunzelte leicht und ich wusste, welche Gedanken sie hatte.

„Oh bitte Ellis, ich würde gar nichts machen, da so etwas nie

11

passiert. Ich möchte ihn höchstens fragen, wie er zu der Musik kam. Aber mehr auch nicht."

Manchmal musste ich mir eingestehen, dass ich ab und an auch von ihm träumte, wusste aber, dass diese Träume nichts zu sagen hatten, außer das ich jetzt seit einem Jahr allein war und das war wohl der Grund. Kurz und Gut, Ellis schlummerte, nachdem sie einen Piccolo getrunken und sich maßlos über Mike ausgelassen hatte.

Derweil hatte ich meine Kopfhörer aufgesetzt und lauschte der tiefen Stimme meines Helden. Immerhin, so hörte ich Mike nicht, wenn er klopfen oder klingeln sollte. Über Ellis machte ich mir keine Gedanken, die schlief wie ein Stein.

Die Nacht brach unweigerlich herein. Ehe ich mich versah, schlummerte ich über den Tasten, noch immer mit den Kopfhörern auf den Ohren, ein. Ich versank im Land meiner Träume mit Kyran, dem Leadsänger. Das Land der Träume war mein.

Seine Hände durchfuhren mein Haar und drückten mich fest an sich. Das Grinsen in meinem Gesicht unbezahlbar. Wohlig lehnte ich mich an ihm. Ja Kyran, sing für mich!

„Aber natürlich mein Schätzelchen", hörte ich die Stimme sagen, die weit entfernt schien. Moment mal, so etwas würde ich niemals träumen. Schon gar nicht wie er so etwas zu mir sagt. Wach auf Elara! Wach auf! Befahl er mir. Wie jetzt? Mitten im Traum aufwachen, ohh das war nicht fair. Meine Augenlider wollten sich nicht öffnen. Vielleicht lag es auch an der Tastatur, an der ich klebte. Gefühlte fünf Stunden später wagte ich einen Blick und oh Wunder, es war natürlich nicht Kyran, es war nur Ellis, die mich angrinste.

„Na Schätzelchen, wach?", flunkerte sie mich an. Ein Nicken brachte ich noch zustande, ehe ich meinen Nacken schmerzhaft dehnte. Gut, das ich heute nicht arbeiten musste. Es wäre zu peinlich den Leuten bei der Arbeit zu erklären, woher denn das G, L, B oder N auf meiner Wange kamen. Mein Computer blinkte zwar noch, aber ich hielt es für besser ihn abzuschalten. Erst mal musste ich meine Gesichtsfassade wieder in den Griff kriegen.

Nach geschlagenen zwanzig Minuten war meine Haut runzelig und die Buchstaben weg. Ellis musste derweil zur Arbeit und wollte gleich danach wieder kommen. Zum Glück hatte ich heute frei. Da wir bald unseren Urlaub hatten, versuchten wir diesen zusammenzulegen. Große Sprünge konnten wir nicht machen. Sie meinte, wenn ich heute eh nichts zu tun hatte, könnte ich ja mal nach Schnäppchen Ausschau halten, so ala

Mallorca, oder Türkei, eben Sonne, Strand und Meer. Meine Tendenz belief sich eher, auf die Nordsee, allenfalls das Sauerland für sage und schreibe drei, vielleicht auch vier Tage. Super! Eigentlich wollte ich heute meine Wohnung ein bisschen ausmisten und schauen, was ich noch so für den Flohmarkt hätte, aber das Wetter war nicht im Einklang mit meinen Gedanken.

Es regnete aus Kübeln und zu allem Überfluss klingelte auch noch ununterbrochen das Telefon. Auf dem Display sah ich schon Mikes Nummer. Was für mich bedeutete die Musik wieder laut aufzudrehen und permanent das Klingeln zu ignorieren. Dies gelang eine halbe Stunde und ich drehte die Lautstärke, zum Lob meiner Nachbarn, etwas herunter.

Also gut, dachte ich, dann mache ich den Computer mal wieder an. Das blaue Blinken ließ den Rechner hochfahren. Dann das „WILLKOMMEN", und meine Seite baute sich auf. Da mir mein zweiter Chef schon im Nacken saß, wegen der Kolumne, musste ich in den sauren Apfel beißen und zuerst in meine Post gucken. Nicht das dort schon eine Abmahnung lag.

Ich meine, ich mochte diesen Job, aber ganz ehrlich, eine Kolumne war nicht wirklich das, was mich herausforderte. Meine E-Mail öffnete sich. Ich setzte mich und fing an zu

lesen. „Sie haben fünf neue Nachrichten", stand da.
Angefangen von „Herzlichen Glückwunsch, Sie haben einen
Einkaufsgutschein von zehn Euro gewonnen", bis hin zu,
„Jemand hat sich in Ihr Konto eingehakt. Bitte verifizieren Sie
Ihr Konto unter Bla, Bla." Puhh keine Nachricht von Robert,
meinem zweiten Chef.

Vielleicht hatte er es aufgegeben. Wenn ihm ein Artikel nicht
gefiel, kramte er ohnehin einen Artikel heraus von Anno Tuk
und stellte ihn einfach als neu ein. Schnell schloss ich die
Nachrichten und fing langsam an mich durch die Schnäppchen
Urlaubs Angebote zu zappen. Natürlich blieb ich wie immer
auf der Irland-Seite haften. Wer weiß, eventuell ergaben sich ja
noch ein paar Angebote. Auch wenn meine Hoffnung schwand.
Zu allem Überfluss klingelte schon wieder das Telefon. Konnte
dieser Mike denn nie Ruhe geben? Beim genaueren Hinsehen,
man war schließlich neugierig, sah ich eine unbekannte
Nummer. Sollte ich dran gehen? Was solls, sicher wieder so
eine Umfrage. Es klingelte noch einmal. Also gut, dachte ich,
wenn ich nicht dran ginge, wurden diese Typen ja immer
dreister. Also nahm ich ab. Es knisterte leicht, bis sich endlich
eine Stimme meldete.

„Elara Jackson?", fragte die Stimme. Ich nickte, bis ich begriff, dass ich es tat. „J …, ja?", fragte ich entgegen. Dann legte die Stimme gleich los.

„Herzlichen Glückwunsch, Sie wurden bei unserem Gewinnspiel als Ge …", klack, war die Stimme tot. Hoppla, war ich etwa glatt gegen den Ausknopf gekommen? Ich lachte. Na hoffentlich reichte denen das. Weit gefehlt.

Es klingelte erneut. Eigentlich wollte ich demjenigen ja so richtig die Meinung geigen, aber es war eine andere Nummer. Hmm, dachte ich mir, die Kerle hatten bestimmt mehrere Verbindungen um einen zu ködern. Na gut, ich nahm wieder ab. Erst herrschte wieder Stille, bis sich erneut eine männliche Stimme meldete.

„Elara?", fragte diese vorsichtig und meine Nackenhaare standen mir zu Berge. Mike! Hatte er sich doch glatt eine andere Nummer besorgt, sicher eine von seinen Kumpeln.

„Elara, ich weiß, dass du dran bist. Bitte lass uns wie zwei vernünftige Menschen reden." Meine Geduld wurde auf eine harte Probe gestellt. Wenn ich jetzt auflegte, stünde er innerhalb weniger Minuten vor der Tür.

„Mike, was willst du?", fragte ich genervt. Peinliches Schweigen am anderen Ende. Ein Leises schniefen. Du meine Güte heulte er etwa? Bloß nicht. Wieder ein schniefen und eine

16

etwas leisere und dünne Stimme legte wieder los.

„Elara, bitte, lass uns noch einmal miteinander reden. Wir können auch in einem Cafe reden, wenn ich nicht zu dir kommen soll, oder wir treffen uns im Park. Bitte! Ich meine das kann doch nicht wirklich alles gewesen sein. Lass uns noch einmal reden."

Lieber Himmel war er etwa wieder betrunken, was leider häufiger vorkam. Vor allem wenn seine Kumpanen ihn anstifteten.

„Elara? Elara, bitte! Sag, doch was", flehte, Mike. Ich schnaubte nur.

„Mike … hör zu. Kann es sein das du etwas getrunken hast?", meinte ich geradeaus.

„Ach Elara, doch nur zwei Biere. Na ja, vielleicht waren auch noch ein oder zwei Schnäpse dabei. Du weißt doch, wie das ist. Dem Thomas sein Kind hat doch heute das erste Spiel gewonnen. Du weißt schon, im Verein."

Natürlich wusste ich es. Das kam ja damals fast täglich vor. Es gab immer etwas zu begießen. „Oh Elara, Elara, weißt du eigentlich, wie schön dein Name klingt? Ich … weißt du noch, wie wir uns das erste Mal begegnet sind und du mir deinen Namen genannt hast. Ach es war wie ein Traum … Elara ...",

das konnte ja was werden. Während Mike sich langsam
ausheulte, zappte ich zwischendurch am Computer. Es hatte ja
keinen Sinn ihn zu unterbrechen. Nach zwei Minuten meldete
er sich wieder und würde mir Vorwürfe machen. So konnte ich
nur hoffen, dass er sich bald gefangen hatte. Ein Knacken war
in der Leitung. Jemand versuchte erneut anzurufen. Sicher
wieder diese Vertreter. In diesem halbstündigen Gebet von
Mike, versuchte jemand mich dreimal zu erreichen. Ellis
konnte es nicht sein. Sie telefonierte nicht, sie schrieb nur SMS
und Whats-App Nachrichten. Wie hartnäckig waren diese
Kerle eigentlich. Auch meine E-Mail stand anscheinend mit
mir auf dem Kriegsfuß. Wieder drei neue Nachrichten. Ich las
nur die Überschrift.

„Herzlichen Glückwunsch. Sie wurden ausgewählt ...", na das
war ja mal wieder was ganz Neues. Ohne zu öffnen, klickte ich
die Nachrichten gleich weg. Ich musste unbedingt etwas
dagegen tun.

Das Schniefen am anderen Ende der Leitung wurde immer
leiser. Das Gespräch würde sich gleich dem Ende neigen. Zu
allem Überfluss summte auch noch mein Handy. Was war denn
heute nur los? Wahrscheinlich hatte Ellis nichts zu tun und
schickte mir wieder eins ihrer Katzenbilder. Was solls. Öffnen.

Oh, sie hatte Zeit mir sogar etwas zu schreiben. Oh, oh, es waren sechs Nachrichten von ihr. Untypisch.

„El?", fragte die Erste. Dann ein Smiley. Die Nächste. „Elara? Liest du nicht deine Nachrichten?", dann, „HALLO?", in Großbuchstaben. „Himmel, Elara. Leg Mike beiseite!", forderte die Fünfte. Sie wusste ganz genau, wann Mike anrief. Und die letzte, „Booh, lies deine Nachrichten. Nicht die vom Handy." Ich hatte doch alle gelöscht, dachte ich.

Mir fiel ein, welche sie noch meinte. Die in den sozialen Netzwerken.

Also gut, wer oder was konnte es so eilig haben, um mit mir zu kommunizieren? Also, einloggen. Warten! Aufbauen … da waren sie. Wie auf meinem Telefon, wieder drei Nachrichten. Die Erste fing erneut an mit. „Herzlichen Glückwunsch, Sie wurden ausgewählt ..." Das konnte doch nicht wahr sein. Ein Hacker, in meinem Computer. Doch wieder summte das Handy. „LIES!", befahl mir Ellis Stimme. Schon gut, schon gut. Die Zweite!

„Hallo Frau Jackson leider konnten wir Sie telefonisch nicht erreichen. Trotzdem gratulieren wir Ihnen zu Ihrem Gewinn. Bitte bestätigen Sie Ihre Zustimmung mit Ihrer E-Mail-Adresse. Vielen Dank, Ihr Irland Team." Was zur … Oh, ich

19

hatte Mike ganz vergessen. Dieser hing ja noch in der Leitung. Ich versuchte ihm zu lauschen und musste feststellen, dass er gerade bei unserer Verlobung war. Das konnte noch dauern. Also las ich die dritte Nachricht, oder versuchte es, da in meiner Nachrichtenleiste elf neue Meldungen zu sehen waren. Zehn Leute hatten mich markiert. Wieso? Ich versuchte dem, Herr zu werden. Bis mich eine Nachricht traf wie vom Donnerschlag. Es war wahrhaftig eine Nachricht von Kyran persönlich.

Du lieber Himmel, was hatte ich getan? Was wollte er von mir? Sicher, vor Jahren hatte ich ihm mal eine Freundschaftsanfrage gesendet, die immerhin schnell angenommen wurde. Es folgten zig Likes und ein paar einzelne Kommentare, aber jetzt, das hier war unglaublich.

Ein Schniefen am anderen Telefon. Mike putzte sich die Nase. Ich musste ihn jetzt loswerden. Schnell las ich die Nachricht von Kyran. Mein Herz raste.

„Hallo Elara, ich danke Dir, dass Du an unserem Gewinnspiel teilgenommen hast. Deshalb will ich Dir persönlich gratulieren. Du hast eine Fünf tägige Reise nach Irland gewonnen. Ich freue mich schon auf Dich. Liebe Grüße Kyran." Im Anhang waren die Geschäftsbedingungen. Diese besagten, das ich

20

tatsächlich eine Reise nach Irland gewonnen hatte mit persönlicher Führung von Kyran, plus Pub Auftritt und einem Ferienhaus im Grünen. Dazu ein Abendessen mit der Band und einer Führung durch Dublin. Mein Mund stand offen. Ich raunte nur durchs Telefon.

„Das darf doch nicht wahr sein. Ich werde verrückt", schon gleich bellte Mike zurück.

„Aber du warst doch damit einverstanden, als wir dieses Haus gekauft hatten. Ich weiß nicht was ...", fing er an, doch ich musste ihn abwürgen.

„Mike ... Mike, bitte, ich kann jetzt gerade nicht. Hör zu, schreib mir ne Whats- App Nachricht, wann du Zeit hast. Ich melde mich dann. Machs gut!", zack, ich legte einfach auf. Immer wieder habe ich mir die Nachricht durchgelesen. Das konnte doch nicht wahr sein. Das war bestimmt ein Fake und das dicke Ende kam noch.

Eigentlich hatte ich es mir ja zur Aufgabe gemacht keine Mails zu öffnen, die ich nicht kannte und vor allem nicht bei Glücksspielen. Wo sollte ich noch mitgemacht haben? Bevor ich die Geschäftsbedingungen durchlesen wollte, scrollte ich erst mal zurück bis zu den letzten zwei Wochen.

Lange musste ich nicht suchen. Erst gestern hatte ich kurz vor

Torschluss bei einem Gewinnspiel mitgemacht. Jedenfalls stand das dort.

Meine Erinnerung daran aber ließ zu wünschen übrig. Die Uhrzeit verriet mir jedoch, dass ich es wirklich getan hatte, während ich schlief. Verdammt, ich musste an die Tasten gekommen sein, als ich am Computer eingenickt war. Ich musste mir so was abgewöhnen. Hinterher stand ich noch mit einem Haus oder einem Luxuswagen da.

Also noch mal die Bedingungen durchlesen. Es musste doch sicher einen Haken geben. Nach mehrmaligen Lesen konnte ich keinen finden.

Alles schien perfekt. Anreise bis Amsterdam per Bahn, dann mit einer Fähre rüber nach Irland und dort der Empfang von Kyran persönlich. Alles inklusive. Das musste ein Traum sein.

Als Ellis von der Arbeit bei mir vorbeikam, flog sie aus allen Wolken.

„Du meine Güte, das nenne ich mal Schicksal. Aber so was von. Das ist der absolute Wahnsinn. Du …, du wirst doch fahren, oder etwa nicht?"

Ellis sah mich misstrauisch an. Sie kannte mich. Wenn es um Entscheidungen ging, nun, da fing ich an zu kneifen. Das war nicht so mein Ding. Und dann auch noch alleine nach Irland.

Mir wurde schon flau im Magen. Etwas zögerlich zuckte ich die Schultern und vertiefte mich in die Mail. Immer und immer wieder. Ellis sah meinen Kopf rauchen.

„Oh nein. Nein, tu das nicht!", warnte sie mich gleich.

„Was denn? Ich habe doch noch gar nichts gesagt", murmelte ich. Natürlich rasten meine Gedanken. Und je mehr sie rasten, desto feiger wurde ich. Ich lehnte mich schon halb zurück, bis Ellis mich anfuhr.

„Himmel nein, das machst du nicht. Du gibst diese Reise nicht auf. Das ist genau deine Chance einmal hier raus zu kommen. Irland. Meine Güte, besser geht es doch nicht und dann auch noch dein Kyran. Was hast du zu verlieren? Ich sage dir, wenn du diese Reise absagst, sind wir Geschichte und ich schwöre dir, ich hetze Mike auf dich, jeden Tag", drohte sie mir. Sie meinte es ernst. Sicher, sie hatte recht. Was hatte ich zu verlieren.

Die Kolumne konnte ich auf der Reise schreiben und immerhin hatte ich noch Resturlaub im Supermarkt, wo ohnehin zurzeit nicht viel los war. Ich musste einfach nur die Mail bestätigen. Meine Finger zitterten, als ich über die Tastatur glitt. Ellis schaute mir über die Schultern und sah mein zögern. Im Augenblick einer Unaufmerksamkeit flogen ihre Finger

23

darüber und die Mail sendete, „Abgeschickt!" Ich starrte in das grinsende Gesicht meiner Freundin.

„Sag mal, kann da noch jemand mitfahren?", fragte sie kurz darauf. Leider war es nicht so. Insgeheim hätte ich es mir gewünscht, ich wäre dann nicht so alleine. Dennoch, einerseits freute ich mich. Wie ein Teenager kam ich mir vor.

Unbekanntes

Die Zeit bis zur Reise zog sich noch zwei Monate dahin. Dann war es endlich so weit. Mein Koffer war gepackt, mit nötigem und unnötigem Zeug. Ellis brachte mich bis nach Amsterdam, schließlich wollte sie ihren Urlaub mit einer großen Shoppingtour belohnen, wenn sie schon nicht mit nach Irland konnte. Natürlich hatte auch Mike davon Wind bekommen und stichelte seitdem, was das Zeug hielt. Von wegen, „Na musst du jetzt deine Jugend nachholen?", oder, „Brauchst du jetzt so einen jungen Stecher? Der will doch nichts von dir. Ist doch nur Masche", was natürlich unter die Gürtellinie ging. Dafür stand mein Entschluss um so mehr fest, zu fahren.

Nach zwei Stunden waren wir endlich da. Das Schiff lag schon vor Anker und Leute gingen geschäftig hin und her. Jetzt hieß es Abschied nehmen. Ellis drückte mich kurz und flachste albern herum.

„Hey, ich kann mich ja im Koffer verstecken, klein genug bin ich ja. Ach und wehe, du schreibst nicht mindestens dreimal am Tag und machst mindestens zig Tausend Fotos von dir und Kyran. Komm her, Süße!", befahl sie mir und zog mich an sich. Leichte Tränen stiegen ihr in die Augen.

„Ach, nun geh schon und schnapp dir diesen heißen Typen."
Ich drückte sie noch mal, ehe sie in ihrem kleinen roten Corsa davon brauste. Hier stand ich nun, mit meinem Koffer und Tasche. Einerseits war mir nach abhauen zumute, andrerseits stand mir der Sinn nach Abenteuer.

Die Schiffsglocke ertönte. Jetzt wurde es Zeit an Bord zu gehen. Ich zückte meine Bordkarte und man wies mir eine kleine Kabine zu, die ich mit noch einer weiblichen Person teilen musste, ansonsten hätte ich einen Preisaufschlag zahlen müssen. Noch war niemand hier. Das hieß, ich konnte mir mein Bett aussuchen. Es waren Etagenbetten. Nichts Besonderes, aber für die Zwecke reichte es.

An Bord gab es ein Frühstücksbuffet. Auch wenn ich keinen

Hunger verspürte, wollte ich eine Kleinigkeit essen. Vor der Fahrt hatte ich eine Tablette gegen Übelkeit genommen. Diese wirkte gut, deshalb hatte ich auch leichte Hungergefühle.

Kaum am Buffet angelangt wurde ich grob zur Seite geschubst. Eine jüngere Frau mit, na ja, sagen wir mal, sehr starken Knochenbau, bahnte sich ihren Weg heran. Sie schnaubte und musste ständig bei Anstrengung Husten. Allerdings war dies schnell vorbei, als sie etwas zu essen ergattert hatte. Ich beachtete sie erst gar nicht.

Mein Brötchen sah gegen ihren Teller wirklich arm aus, aber mir reichte es. Das Schiff tutete erneut und schon legte es ab. Wie bei der Titanic lief ich zur Reling und lehnte mich heraus. Ich folgte allen Leuten, die sich dort versammelt hatten und ihren Lieben zuwinkten. Mir war das egal. Doch Moment, war da nicht ein bekanntes Gesicht? Das durfte doch nicht wahr sein, da stand tatsächlich Mike und winkte mir zu. Wie konnte er nur? Einerseits tat es gut, ein bekanntes Gesicht zu sehen, aber innerlich war ich wütend, zu wissen, was er hier wollte. Gott Lob, war er nicht an Bord. Schnell blickte ich in die andere Richtung.

Das Salzwasser drang in meine Nase und belegte meine Lippen, während der Wind wild durch meine Haare wehte.

Hier war es noch ziemlich kühl. Also begab ich mich erst mal wieder unter Deck, zudem fing es an zu nieseln. In einem Raum gab es einige Plätze, umgeben mit Büchern und Blick auf die See. Ich schnappte mir ein Buch über Irland und blätterte darin herum, während mein Blick hin und wieder über das Wasser glitt. Meine Augen wurden immer schwerer. Kurz vor dem Einnicken beschloss ich in meine Kabine zu gehen, um mich etwas frisch zu machen und vielleicht ein kleines Nickerchen zu halten.

Von Weitem hörte ich schon das permanente Lachen dieser Frau vom Buffet. Sie lachte und prustete und irgendwie schien sie, ihre Aufmerksamkeit auf sich ziehen zu wollen. Nicht nur, dass sie wirklich unvorteilhaft gekleidet war, nein, sie legte sich ihren Weg so zurecht, wie sie wollte. Jeder, der ihr in die Quere kam, wurde weg gewalzt und jeder der versuchte vor ihr zu fliehen, wurde lauthals zurückgerufen.

„Wo kann man Gesellschaftsspiele, spielen? Wo kann ich fernsehen? Wo kann ich ungestört telefonieren? Wann legen wir an?", und, und, und. Dazu ihre schrille Stimme untersetzt mit dem ständigen Husten. Schnell flüchtete ich in meine Kabine. Sie war noch leer. Immerhin, so konnte ich mich frisch machen. Nach etwa zehn Minuten ging es mir schon besser. Das leichte Schaukeln lullte mich etwas ein und ich legte mich hin. Schnell fing ich an zu dösen, bis eine Stimme mich je aufschreckte. Die Frau vom Buffet lief auf dem Flur vor meiner Tür herum und telefonierte lauthals. Ich musste mir ein Kissen auf die Ohren legen. Was nicht viel nützte. Plötzlich wurde die Tür aufgerissen und die Frau stand mitten im Zimmer. Ich fiel bald aus allen Wolken, was erlaubte sich diese Person? Schon wollte ich lospoltern, als sich ihre wulstige Hand mir entgegen streckte.

„Rachel. Rachel Kuhn", sagte sie kurz und knapp, noch mit dem Handy am Ohr, um gleich wieder hinein zu brüllen. „Nein Mutter, ich bin nicht in der Kantine. Ja, ich habe etwas gegessen. Nein, hier gibt es keine Stars. Ja Mutter, ich bin jetzt in meiner Kabine", prompt fiel die Tür zur Waschkabine zu und man konnte hören, wie sie sich dort abmühte. Die Kabinen waren nicht allzu groß. Moment mal, hatte sie gesagt, sie sei in ihrer Kabine? Mein Blick glitt schnell über den großen Koffer, der neben dem Bett lag. Das Namensschild ließ nichts Gutes erahnen. Rachel Kuhn, stand dort in bunter Schrift. Na fabelhaft, dass also war meine Zimmergenossin. Das konnte ja heiter werden. Mit Schrecken sah ich über mich, um gleich zu erkennen, dass es sich hier um Etagenbetten handelte. Ich schluckte beim Gedanken daran. Laute, aber nicht sehr damenhafte Geräusche drangen aus dem Bad. Na Fabelhaft! Eigentlich wollte ich mich ja zur Seite legen, aber in dem Moment wurde die Tür aufgerissen und Rachel kam heraus. Auch wenn sie sich frisch gemacht hatte, konnte man ihre Ausdünstungen sehen und riechen. Skeptisch blickte sie mich an und dann zu dem Bett. Schnell wurde mir klar, was ihr Blick mir sagen wollte.

„Oh, ich …, ich wollte mich nicht vordrängen. Wenn Sie lieber unten liegen wollen, ist das kein Problem." Ich hörte mich fast schon jammernd an. Allein die Vorstellung oben zu liegen behagte mir auch nicht so. Wenn ich mal zur Toilette müsste, würde ich jedes Mal runterklettern müssen und jede Bewegung ging durch das Bett, andrerseits, wenn Rachel runterging … Nein, der Gedanke durfte erst gar nicht aufkommen.

„Och kein Problem, aber wenn du darauf bestehst … ähh ...", sie sah mich fragend an, bis ich kapierte, was sie wollte.

„Oh, Elara. Ich heiße Elara Jackson", eigentlich wollte ich ihr die Hand reichen, aber ein Betttuch wirbelte vor meiner Nase herum, und ehe ich mich versah, kletterte sie auch schon an mir vorbei in mein Bett. Ok, also bezog ich meins oben. Mir war das mittlerweile egal und fügte mich in mein Schicksal.

Kaum lag ich, hörte ich das Schnarchen von Rachel. Es war nicht so, wie soll man sagen, leise und bedacht, nein eher penetrant und sehr laut, ganz zu schweigen von einigen Lauten, die nicht aus ihrem Mund kamen. Meine Kopfhörer mussten Schwerstarbeit leisten, dabei lehnte ich mich zur Wand und versuchte etwas zu schlafen.

Was die Zeit anging, schien sie im Flug zu vergehen. Kaum hatte ich ein Auge geschlossen, wurde ich auch schon von Rachel geweckt.

„Oh ist das aufregend. Noch fünf Stunden und wir legen in Irland an. Ist das nicht aufregend? Hach ich habe ja noch so viel zu erledigen." Mit Schwung gingen ihre Beine auf den Boden und die Tür zum Bad knallte zu. Eine geschlagene halbe Stunde blieb sie dort, bis sie sich raus zwängte und ihre Tasche schnappte.

„Na, keinen Hunger? Ich schon, Seefahrten machen mich immer hungrig, und wenn man nicht schnell genug da ist, fressen einem die anderen alles weg." Die Tür knallte wieder zu. Das war ja wie in einem schlechten Film hier, dachte ich. Aber sie hatte recht. Es war Zeit zum Aufstehen. Eigentlich wollte ich mich frisch machen, aber die Toilette war alles andere von Gut und Böse. Ein strenger Geruch schlug mir entgegen und Handtücher lagen kreuz und quer auf dem Boden. Nicht aufregen, dachte ich. Es war ja heute Vormittag vorbei. Also Augen zu und durch. So gut es ging versuchte ich das Chaos zu beseitigen, immerhin sollte man mir nicht nachsagen ich sei eine Katastrophe. Den Rest des Tages verbrachte ich lieber in den Souvenirshops und Bücherläden. Als wir uns dem Hafen näherten, kamen zig Ankündigungen durch den Lautsprecher in verschiedenen Sprachen. Jetzt war es nicht mehr lang. Meine Aufregung stieg. Die paar Utensilien, die ich als Schminke mithatte, legte ich jetzt kurzerhand auf und zog ein paar Elegante, aber nicht zu Spießige Sachen an, schließlich stand man nicht jeden Tag einem Star gegenüber.

Ich betrachtete mich im Spiegel. Für mein Alter sah ich eigentlich noch ziemlich jung aus. So gut wie keine Falten, haselnussbraune Augen, halblange, lockige aschblonde Haare und meine Figur war auch noch Top. Vielleicht nicht mehr ganz die einer knackigen Zwanzigjährigen, aber auch nicht der einer alten Sechzigjährigen. Gott Lob war ich schon fertig, als Rachel reingeschneit kam. Schnell schnappte ich mir meinen Koffer und sah das ich wegkam.

Auf dem Flur war schon dichtes Gedränge. Koffer an Koffer schoben sich den Gang entlang. Schnatternde Menschen, ob groß, ob klein oder Alt und Jung. Und natürlich mittendrin Rachel, die sich ihren Weg wie ein Kampfkoloss freischaufelte. Die Menge staute sich an Deck und jeder wollte der Erste sein, der seinen Fuß auf die grüne Insel setzte. Mir war das egal. Ich hatte ja jemanden, der mich abholte, hoffte ich jedenfalls. Mir wurde jetzt richtig übel vor Aufregung. Ich wusste gar nicht, was ich mit Kyran reden sollte. Vielleicht konnte er mich nicht einmal leiden. Würde er mich überhaupt verstehen können und reichte mein Englisch aus? Was wenn er nur irisch sprach? Oh komm schon Elara, alles wird gut, versuchte ich mich zu beruhigen. Englisch war nun wirklich kein Problem für mich, hatte ich doch, aus Leidenschaft zur englischen Sprache, einige Kurse besucht, man konnte ja nie wissen.

Täuschung

Kaum kam ich an Deck, wehte mir der Wind um die Ohren. Vermischt mit dem Salz des Meeres, das grüne Gras und Dieselmotor vom Schiff, gepaart mit einigen Ausdünstungen verschiedener Menschen, was mich gleich an Rachel erinnerte. Himmel, woran würde ich Kyran erkennen? Vielleicht sah er ja gar nicht so aus wie auf seinem Profil. Und wenn er nicht da war? Wo sollte ich dann hin? Krampfhaft hielt ich den Zettel mit den Geschäftsbedingungen in der Hand und stieg die Rampe herunter. Alle Leute wuselten schnell auseinander. Manche stiegen in Busse, andere wurden von Taxen abgeholt und wiederum andere gingen zu Fuß oder fuhren mit ihren Autos. Schnell wurde es lichter.

Wenn Kyran hier sein sollte, woher wusste ich wo? Und wenn, würde da nicht ein großer Menschenauflauf sein, allein wegen seiner Berühmtheit? Mir wurde jetzt heiß, auch wenn der Wind kühl auf meine Stirn wehte. Noch konnte man nicht viel von der Schönheit Irlands sehen, aber der Duft der wilden Freiheit wurde immer intensiver. Ich nahm meine kleine Colaflasche, nippte daran und setzte mich auf den Koffer. Da war es wieder.

Ein permanentes Husten. Sollte ich mich umsehen? Das war nicht nötig. Rachel dampfte an mir vorbei. Sie schnaubte und hustete bei jedem Schritt. Ihre Bluse wies schon heftige Schweißflecken auf und ich betete innerlich, der Kelch würde an mir vorbeiziehen. Ich sollte mich bitter täuschen.

Ein alter Ford, Marke Mustang Oldtimer, tauchte aus der Versenkung auf und ein Typ mit Lederjacke und Sonnenbrille stieg aus, begleitet von zwei Männern, ala Bodybuilder. Kaum sah er zu mir herüber, ging ein Kreischen durch Rachel und sie ruderte mit Händen und Füßen zu ihm herüber. Himmel war das ihr Bruder, oder …

„Kyran!", kreischte sie und immer wieder. „Kyran", dann robbte sie weiter und ich sah sie ihn schon überrennen. Wenn da nicht die beiden Muskelmänner wären. Die versuchten, so gut es möglich war, sie aufzuhalten. Was ihnen nicht leicht gelang. Erst jetzt, nachdem der kleine Schock überwunden war, fiel Kyrans Blick auf mich und den Zettel in der Hand. Schnell rückte er seine Brille und Hut zurecht und stiefelte auf mich zu.

„Elara Jackson?", fragte er und ich konnte nur nicken. Er hielt mir die Hand hin und ich ergriff sie kurz und zitternd.

„Herzlich willkommen. Ihr beide seid also meine Gewinnerinnen. Dann nochmals herzlich willkommen in

Irland. Die beiden Herren werden euch dann zu dem Haus fahren, wo ihr unterkommt. Alles Weitere besprechen wir dann heute Nachmittag. Genießt den Tag!" Er zupfte sich leicht an den Hut und stieg wieder in sein Auto. Die beiden Herren saßen einer vorne und einer hinten. Kyran fuhr den Wagen, hatte aber anscheinend keinen blassen Dunst sich mit uns zu unterhalten, was an Rachel völlig vorüberging. Sie plauderte in einer Tour. Das hatte mir noch gefehlt. Meinen Aufenthalt ausgerechnet mit dieser Person zu teilen. Das war wohl der berühmte Haken. Es nützte ja nichts. So gut es ging, versuchte ich die Landschaft zu genießen.

Vom Hafen fuhren wir gleich auf eine Schnellstraße. Vorbei im rauschenden Tempo an grünen Hügeln und kleinen Seen, vorbei an alten Ruinen und windschiefen Bäumen. Es war schon erstaunlich dies alles hier zu sehen. Zwischen, teils modernen, neu gebauten Häusern ragten immer wieder alte verfallene Gebäude auf oder, aber alte Häuser, an denen schon jahrelang nichts mehr restauriert wurde oder seinem Besitzer das nötige Kleingeld fehlte. Das also war das berühmte und sagenumwobene Irland. Nun gut, ich hoffte wenigstens, wenn wir angekommen waren, würde sich mir die wunderschöne Natur noch eröffnen. Meinte ich es nur oder gab dieser Kyran immer Gas? Nein, es war wirklich so. Kein Wort kam über seine Lippen. Er grunzte nur leicht vor sich hin. Seine Sonnenbrille hing ihm so tief in sein Gesicht, das man ihn gar nicht erkennen konnte, sowie sein großer Hut. Ich weiß nicht, ob es so eine Art Masche war, aber ich kannte so etwas als unhöflich. Rachel störte das nicht im geringsten. Sie plauderte und plauderte und merkte gar nicht das ihr niemand antwortete. Ab und an stahl sich ein kleiner Blick von Kyran nach hinten, vielleicht bildete ich mir das auch nur ein.

Nach gefühlten hundert Kilometern weiter, bogen wir von der Schnellstraße auf eine Nebenstraße, nun es war eher ein Feldweg. Es gab keine richtige Fahrbahn, nur an den Seiten eine Art Weg und in der Mitte wuchs ein kleiner Grünstreifen. Es rumpelte bei jedem Schlagloch und das spürte ich gewaltig in meinen unteren Extremitäten, was mich langsam dazu bewegte innerlich zu beten, dass wir endlich ankommen würden. Denn mich bedürfte ein kleines Geschäft, was ich aber nicht hier und vor denen erläutern wollte. Also versuchte ich auf andere Gedanken zu kommen.

Was für ein Mensch war Kyran eigentlich ? Ich meine gut, er machte sehr gute Lieder, war erfolgreich und sah eigentlich sehr gut aus. Hmm, irgendwie stutzte mich etwas an ihm. War er auf den Fotos nicht größer und seine Haare dichter? Überhaupt schien er hier ein wenig älter. Na ja, dass man Fotos auch bearbeitete, wusste ich ja, aber das war nicht fair, fand ich. Der Wagen wurde langsamer und nach etlichen Wiesen und Baum Alleen, kamen wir an einem kleinen Grundstück zum Stehen. Ein weißes Haus umzäumt mit einem alten, fast schon zerfallenen Bretterzaun, lugte direkt am Wegesrand hervor. Eine halbrunde, braune Tür, schlicht gehalten, schien der Eingang zu sein. Das Häuschen hatte kleine viereckige Fenster, und wenn man um das Haus sah, eröffnete sich ein großer Garten mit zwei Bäumen. Von Weitem konnte man einen kleinen Bach plätschern hören. Jedoch weit und breit keine Nachbarn. Nur ganz fern konnte man die Umrisse eines Hofes erkennen.

Neben dem Haus waren zig Wiesen und Weiden. Hier also sollte unser Domizil sein. Na, hoffentlich hatten wir wenigstens getrennte Zimmer, sonst würde ich auf der Couch schlafen. Kyran blieb derweil sitzen und meinte im Rückspiegel blickend.

„Das meine Damen ist für die nächsten Tage euer Revier. Der Kühlschrank ist aufgefüllt, sowie die Vorratskammer. Es gibt einen Kamin und alles Weitere sehen Sie dann drinnen.

Schönen Aufenthalt. Sean, hier, wird die Damen heute gegen Abend dann abholen und zu Ky....ähm, meinem Konzert bringen", damit stieg Sean aus, hielt uns die Tür auf. Rachel stampfte gleich wie eine Dampfwalze voraus. Sean mühte sich noch mit ihrem Koffer ab, während ich meinen kleinen selber nahm. Eigentlich wollte ich diesen Kyran noch fragen, wie das denn mit dem Schlüssel verliefe, aber er war ziemlich vertieft in ein Handygespräch. Ich hielt meinen Koffer in der Hand und konnte sehen, wie ein Schlüssel in der Tür steckte. Oh, o.k, da war ich beruhigt. Ich ging ein paar Schritte, bis mir auffiel, dass ich meine Handtasche noch im Auto liegen gelassen hatte. Das würde mir noch fehlen, ohne Geld und Handy durch Irland irren. Den Koffer ließ ich kurz stehen, denn sich allerdings gleich Sean krallte und ins Haus hievte. Ich schnell zum Auto. Mittlerweile war Kyran kurz ausgestiegen, ich vermute mal das er draußen, besseren Empfang hatte oder sich eine rauchen wollte. Obwohl, ich in seinem Profil gelesen hatte, er sei Nichtraucher. Nun egal. Meine Tasche lag Gott Lob auf dem Rücksitz. Ich musste kurz reinklettern, um sie zu schnappen. Plötzlich hörte ich Kyran wie er aufgebracht und genervt mit den Armen ruderte. Ich konnte ein paar Fetzen seines Gespräches aufschnappen und ich glaube, es gefiel mir gar nicht.   38

„Ja sicher, ich hab die Hühner am Haus abgesetzt. Aber nein, kein Problem, du kennst mich doch. Ja, natürlich. Das Programm läuft weiter. Sicher! Ehe die sich versehen ist das Konzert um und wir können wieder abdüsen. Verlass dich nur auf mich, ich schaukel das schon, du wirst sehen, die werden nichts merken. Bisschen Sightseeing, ein paar Souvenirs und die schweben im siebten Himmel." Erst jetzt bemerkte er mich, wie ich aus der Versenkung hochkam. Sollte ich ihn darauf ansprechen oder ignorieren und so tun, als wenn ich nichts gehört hatte?

„Ach, da ist ja das dumme Ding. Hab ich ganz vergessen", sagte ich leicht zitternd und hob meine Tasche demonstrativ in die Luft. Kyran sog an seiner Zigarette und versuchte mir ein kleines Lächeln zu schenken, was sich aber eher als Betrügerisches herausstellte, meiner Meinung nach. Die Glut glimmte, wie auf einem Vulkan der gleich explodierte. Das Handy noch in der Hand wandte er sich schnell ab und raunte ins Telefon.

„Ich … äh, ich melde mich später. Ich glaube, hier ist gleich dünne Luft." Schnell stieg er ins Auto und rief diesen Sean. Dann griff er sich erneut an seinen Hut und grüßte kurz und knapp zum Abschied. Die Reifen quietschten und schon war er weg. Das musste ein Albtraum sein, dachte ich.

Innerlich hoffte ich nur, die Tage würden schnell vergehen und ich verfluchte, dass ich dieses Gewinnspiel gemacht hatte und auf Ellis gehört habe, doch zu fahren. Jetzt stand ich hier mit Rachel, und wenn mich nicht alles täuschte, einem vermurksten Trip. Wie sagte meine Oma immer, wenn es nichts Gutes an einem Tag gab, versuch das Beste daraus zu machen.

Also gut, mir blieb nichts anderes übrig. Zurück fahren oder fliegen war ohnehin zu teuer, da ja alles kombiniert war. Also Zähne zusammenbeißen. Vielleicht war es ja gar nicht so schlimm.

Ich schaute erst mal auf mein Handy. Natürlich, zig Nachrichten, von Mike und drei von Ellis. Immerhin hatte ich hier Empfang und knipste gleich ein paar Bilder, die ich meiner Freundin schickte. Ich wollte sie nachher noch anrufen. Was Mike anging, sollte ich mir wirklich den Gefallen tun die Nachrichten nicht zu öffnen, aber ich bin eine Frau und von Natur aus neugierig. Es ging von, „Na gut angekommen?", bis, „Hoffe das Wetter ist schön.", oder „Du hättest mir auch sagen können, dass du fährst", und noch weitere mit Smileys und als Letztes, „Ich vermisse dich so. Komm heile wieder. Wir müssen reden. Bitte", dazu ein Kuss Smiley. Booh da ging mir doch die Galle hoch. Himmel, erst jetzt begriff ich, dass ich ja noch draußen stand. Drinnen hörte ich Rachel schon herumpoltern. Sie machte sich gerade in der Küche breit.

Von außen sah das Häuschen ziemlich klein aus, aber in drinnen, fand ich es wirklich schnuckelig. Ein kleiner Flur war am Eingang und ging gleich über in die Wohnküche. An der rechten Seite der Wand war eine kleine Einbauküche eingefasst mit einer Theke davor zum Sitzen. Gleich dahinter, mitten im Raum stand ein Zweier Sofa in geblümten Stoff. Davor eine Holztruhe, die als Tisch diente und ein Ohrensessel in gestreiften rot Tönen. Dazu ein Bauernschrank und ein Fernsehtisch mit einem Flachbildschirm. In der Ecke rauchte ein Kaminofen vor sich hin. Hier heizten sie noch mit Torf und es gab einen angenehmen Geruch.

Am Ende des Hauses befanden sich noch zwei kleine Zimmer mit je einem Bett drin, einer Kommode und einem einfachen Schrank. Das Bad war am Anfang des Flurs und wies eine Dusche auf, ein Waschbecken und WC. Eine kleine Luke diente wohl möglich als Lüftung.

Rachel durchwühlte den Kühlschrank und wurde mit ein paar Würstchen und Toast fündig. Wenn ich es mir recht überlegte, hatten wir ja noch gar kein Wort gewechselt. Eigentlich war ich ja nicht so der gesellige Typ, aber hier ließ es sich wohl nicht vermeiden.

„Hallo", grinste ich und trabte mutig auf sie zu. „Wir hatten uns ja noch gar nicht vorgestellt. Ich bin Elara Jackson", hielt ich die Hand hin. Schnell wischte Rachel sich den Mund ab und kaute auf dem Brot herum.

„Ja … hmmpf. Ich weiß. Ich bin Rachel Kuhn. Wir haben uns doch schon an Bord vorgestellt. Du hast auch bei dem Gewinnspiel mitgemacht, ist das nicht irre. Ich meine, hier in Irland mit Godfather Kyran. Wahhhhnssinn."

Während sie aß, fielen ihr ab und an einzelne Stückchen aus dem Mundwinkel und ich lachte nur beklemmend. Das konnte ja was werden. War da nicht auch ein Abendessen mit Kyran geplant? Oje. Wir hatten uns also etwas angeschnuppert und schnell war geklärt, wer welches Zimmer bezog. Endlich konnte auch ich mich umziehen. Es waren noch zwei Stunden, bis man uns abholte. Wohin es dann ging, wusste ich nicht. Also beschloss ich etwas Legeres anzuziehen. Fetzen Jeans, schwarze Bluse und AncleBoots. Meine Haare hatte ich schnell gewaschen und begab mich nach draußen.

Die Abenddämmerung schien sich ganz langsam anzukündigen. Der Wind frischte leicht auf und ließ meine

Aschblonden, halblangen Locken in der Luft tanzen. Ich atmete tief ein und aus. Was stellte ich mir eigentlich vor, wie die Luft hier wäre? Hmm, mal überlegen, eventuell frischer oder reiner? Vor der Tür ging ich ein paar Schritte hinter das Haus, wo der Garten nahtlos überging. Von außen konnte man das Schmatzen von Rachel hören und wie sie wild durch die Fernsehkanäle zappte. Vergeblich suchte sie nach einem deutschen Sender.

„Oh guck mal, die haben ja kaum Fernsehprogramme. Uh, hab MTV gefunden, vielleicht ist Kyran auch dabei", teilte sie mir mit. Auch wenn das völliger Quatsch war den besagten Sänger auch im TV zu sehen. Obwohl er schon mal einen Hit drin hatte. Na ja, wenigstens war Rachel beschäftigt.

Langsam ging ich Schritt für Schritt etwas weiter von dem Haus auf das Grundstück entlang. Je weiter ich in das Freie kam, desto frischer kam mir die Luft vor. Am Rande des Gartens, hörte ich leise einen kleinen Bachverlauf plätschern. Meine Neugier wurde geweckt. Das Grundstück endete kaum merklich an dem kleinen Bach und grenzte an einer Art, Hain. Es war nicht so bewaldet wie ein Großer. Einzelne Bäume standen hier zwar dicht zusammen, aber gaben auch gleich wieder einen Blick auf das benachbarte Gebiet über Wiesen und Felder frei.

Wo das Auge hinreichte, sah man hier einzelne Hügel, die an Zäunen grenzten und wild wachsende Blumen und Sträucher gaben sich ein Stell-dich ein. Der Wind pfiff durch die Bäume und schien sich in den einzelnen Baumkronen zu verfangen. Jemand hatte hier seiner kreativen Fantasie freien Lauf gelassen und aus einem Baumstamm eine Bank gezaubert.

Noch eine gute Stunde hatte ich Zeit ehe dieser Möchte-gern Kyran uns abholte. Bevor ich zurückgehen würde, um Rachels Musikprogramm zu sehen, blieb ich lieber hier draußen und genoss die Stille.

Der Stamm war erstaunlicherweise gar nicht kalt und gemütlich war er auch. Meine Augen blickten wieder über die Felder. Langsam schloss ich meine Augen und lauschte dem Wind und dem leisen, aber stetigen Plätschern. Meine Lungen füllten sich mit Sauerstoff. Jetzt erst begriff ich, wo ich eigentlich war. Kyran und Rachel waren fast vergessen, sollten sie doch bleiben, wo sie waren. Ich genoss das und musste mir eingestehen, ich hatte mich getäuscht. Hier und jetzt, mit der Luft in den Lungen spürte ich es. Die Natur, die Wiese, die nach frischen, regen getränktem Gras roch, die Wälder, deren

Bäume nach leichtem Harz und Laub rochen, der Bach selbst ließ mich das glasklare Wasser riechen. Mit allen vermischt roch ich die würzige, salzige Luft und sie roch nach Freiheit. Unbeschreibbar und doch sagenhaft. Selbst der Wind roch nach Salz und Freiheit. Ich konnte gar nicht sagen, wie lange ich hier saß. Die Zeit hatte ich völlig ausgeblendet und saß richtig tiefenentspannt auf diesem Baumstamm, als wäre ich mit ihm verwurzelt. Nicht einmal die Stimmen nahm ich wahr, die dumpf versuchten zu mir durchzudringen. Erst ein leichtes Rütteln riss mich in die Wirklichkeit zurück.

Sean, unser Fahrer wartete schon seit zehn Minuten auf mich. Peinlich, dass ich das nicht mitbekam. Er dachte, ich sei eingeschlafen. Nur ungern ließ ich mich von ihm zum Auto dirigieren und fläzte mich auf den Rücksitz. Kein Kyran! Na das war doch schon mal was. Auf Rachel war, wie immer verlass.

„Wo ist denn Kyran? Fahren wir jetzt zu ihm hin? Was passiert denn dann? Ach Himmel, ist das nicht aufregend? Wir und Kyran, wer sollte noch so viel Glück haben. Herrlich!", ja wirklich, wir hatten Glück, dachte ich, Glück, das es nicht regnete. Leise lächelte ich in mich hinein. Sean sah es gerade im Rückspiegel und konnte sich ein klitzekleines Grinsen nicht

45

verkneifen, gerade auch weil ich ein wenig die Augen
verdrehte und wieder aus dem Fenster sah. Rachel plapperte
wie immer weiter. Von wegen. Das sei ihr ja noch nie passiert
und was uns noch alles erwarten würde. Meine Ohren
schalteten auf Durchzug, bis mich ihre wulstigen Finger immer
wieder auf den Arm klopften.

„Was?", fragte ich völlig verwirrt. Rachel verdrehte die Augen
und meinte.

„Hast du Jetlag? Ich fragte, ob du im Garten gepennt hast? Ich
meine, da draußen wimmelt es doch vor Ungeziefer. Ich bin ja
ganz froh, dass wir jetzt endlich in die Stadt fahren. Ohh, ob er
uns vielleicht sogar ein Privatkonzert gibt? Was meinen Sie?",
fragte sie Sean. Dieser zuckte nur die Schulter und versuchte
zu lächeln. Leise murmelte ich in mich hinein und gab Rachel
ihre Antwort, auch wenn ich wusste, dass diese nicht mehr
zuhörte.

„Ich habe nur die frische Luft genossen. Die Freiheit … die ...
Ach egal", seufzte ich leicht, ohne zu bemerken, dass Sean
mich sehr wohlverstanden hatte.

Wir fuhren wieder auf die Schnellstraße in Richtung Stadt.
Kaum dort angekommen ging wieder alles rasend schnell. Sean
tangierte uns in ein Restaurant, welches sich aus einem halben

Pub und Fish and Chips Laden entpuppte. Es roch nach Fett, Fisch und leichtem Schweiß. Alle redeten durcheinander. Leute kamen und gingen und es war kaum Platz, dennoch schob Sean uns weiter und platzierte uns an einem Ecktisch neben einer Tür, die ständig auf und zu ging. Rachel klatschte begeistert Beifall und konnte es kaum abwarten, sei es etwas zu essen zu bekommen oder was auch immer. Ein Kellner brachte uns die Karte und schon hatte Rachel ihre Nase so tief drin, dass ich dachte, sie würde auch diese essen.

Was sollte das hier alles, fragte ich mich, es schien, als sei dies hier ein schlechter Traum. Entweder wurden wir äußerst gepflegt verarscht oder aber hier versuchte man uns so schnell und günstig es geht abzuservieren.

Wo war dieser Sean? Ich suchte ihn in der Menge und fand ihn, natürlich, mit Handy am Ohr neben der Bar. Er nickte ständig und sah verstohlen in unsere Richtung. Kaum blickte ich zurück, senkte er beschämt den Kopf und sah zu das er auflegte. Nach einem Glas Schorle oder war es Bier, machte er sich auf den Weg zu uns. Sein Blick streifte nur kurz den unseren und meinte leicht geknickt.

„Ähm, Kyran lässt sich entschuldigen, aber ihm ist leider etwas dazwischen gekommen. Ihr möchtet doch schon einen Happen

47

essen und er sieht euch dann um einundzwanzig Uhr nebenan im Pub."

Das war ja wohl die Krönung. Rachels Mundwinkel verzogen sich gleich nach unten und jeden Moment dachte ich, die knallt dem Sean eine, doch sie nahm sich nur die Speisekarte und bestellte, was das Zeug hergab. Nun, dementsprechend sah unser Tisch auch aus. Mir ging das ganze Durcheinander auf die Nerven und auch auf dem Magen, also aß ich nur ein paar Pommes mit Essig und ein paar Chicken. Für diesen Laden waren sie gar nicht mal so übel. Eigentlich hatte ich gedacht das wir von der Stadt noch ein bisschen mehr sehen und erleben würden. Vielleicht war das ja am nächsten Tag so, so hoffte ich inständig.

Essen und Musik hören konnte ich auch getrost zu Hause, sicher, es gab dort keinen Kyran, obwohl, hier war er ja auch nicht. Mal abgesehen von dem Empfang, wo mir mein innerer Sinn gleich sagte, das war definitiv nicht Kyran. Mal sehen, wie dieses Possenspiel noch weiter ging. Nach dem Essen begleitete uns Sean nach nebenan in dem Pub. Er hatte zwei Plätze reservieren lassen, immerhin. Diese waren nicht ganz an der Bühne, aber in der dritten Reihe, hatte man auch einen guten Blick. Es gab Guinness, was Rachel aber nicht mochte.

Sie meinte, es wäre ihr zu stark, also bestellte sie ein Glas

Wein. Sean indes platzierte sich neben die Theke und

trank auch ein großes Glas Bier.

Na hoffentlich wusste er, was er tat. Nach und nach kamen

immer mehr Leute hereingestürmt und es wurde ziemlich eng,

selbst am Tisch. Dichtes Gedränge herrschte und ein Ellbogen

nach dem anderen bohrte sich in meinen Rücken. Toll, wenn

das den ganzen Abend so weiter ging, hatte ich Morgen tausend

blaue Flecken und die Reise wäre so was von beendet.

Das Licht wurde jetzt leicht gedämpft und ein Stuhl auf die

Bühne gebracht, dann endlich kam Kyran. Er hatte eine

schwarze Jeans an und ein leicht aufgeknöpftes Jeanshemd,

dazu ein paar braune Boots und natürlich seinen Hut, aber, oh

Wunder, keine Sonnenbrille. Ja, das war eindeutig Kyran.

Wieso aber ließ er sich am Anfang von dieser Witzfigur

vertreten?

Rachel war ganz aus dem Häuschen und das sah man ihr an.

Ihr lief der Schweiß über das Gesicht, welches ganz rot

leuchtete. Immer wieder klatschte sie in die Hände und rief.

„Kyran, Kyran." Himmel war das peinlich, da sich einige

amüsiert nach uns umdrehten. Auch Kyran blickte nur kurz in

unsere Richtung, das ich bald im Boden versank. Dann stimmte er leicht seine Gitarre an und … es klingelte. Alle sahen sich um. Auch ich, bis ich merkte, das es ja mein Handy war. Die Köpfe drehten sich zu mir herum und starrten mich an, auch Kyran sah mich genervt an.

„Wäre es vielleicht vorstellbar, dass die junge Dame an ihr Handy ginge, damit ich dann anfangen könnte", meinte er trocken und die Menge lachte. Nur Rachel sah mich giftig an und zischte.

„Must du die ganze Aufmerksamkeit auf dich ziehen? Wie peinlich du bist, echt", fauchte sie und wandte sich demonstrativ ab um Kyran anzuschmachten. Ich zog schnell mein Handy heraus und blickte darauf. Na toll, wer sonst, Mike. Schnell drückte ich auf stumm und versuchte der Musik zu lauschen. Als er anfing, so musste ich gestehen, war ich hin und weg. Seine Stimme war wirklich einzigartig und wie er die Gitarre spielte, als sei sie auf Wolken gebettet.

Er spielte alte Klassiker wie; Whisky in the Jar oder Dirty Old Town, aber auch viel Neues und Gecovertes. Dass der Pub aus allen Nähten platzte, fiel mir gar nicht mehr auf, so vertieft lauschte ich seiner Musik. Er spielte über zwei Stunden. Der donnernde Applaus war ihm sicher. Auch seine Fans, die scharenweise nach vorne drängten, um ein Autogramm zu kriegen, mitunter Rachel, die sich ihren Weg durch die Menge kämpfte. Eigentlich hatte ich mir vorgenommen auch ein Autogramm zu holen, aber bei der Menge, passte ich. Sean hatte sich hingegen auch nach draußen verkrümelt. Was ich ihm gleichtat. Er stand da vor der Tür um eine zu rauchen, wie so manch einer. Sollte ich versuchen, ein Gespräch mit ihm zu führen? Ach was solls, schließlich wollte ich ja auch wissen, wie es jetzt weiter ging.

„Hey! Also, wie geht es jetzt weiter?", fragte ich ihn geradeaus. Dieser hustete kurz, hatte er schließlich nicht mit mir gerechnet. Er schaute sich suchend um, als wenn er noch jemanden erwarten würde. „Ich … ähm, ich weiß nicht recht. Ich ... ich, bekomme gleich noch Bescheid. Ähm … vielleicht warten Sie noch drinnen. Ihre Freundin ist bestimmt allein und sucht Sie schon", stammelte er. Hier hatte ich anscheinend voll ins Schwarze getroffen. Noch so ein Hündchen der nur auf Herrchens Befehl wartete. Na toll! Also versuchte ich wieder in dem Pub zu kommen während andere Leute versuchten raus zu kommen. Irgendjemand meinte mich so zu überrennen, das ich stolperte und auf einen Blumenkübel stürzte. Gott Lob war dieser da, sonst hätte ich mich an dem dahinter befindenden Zaun glatt aufgespießt. Tod am Zaun auf Irland, super Schlagzeile. Meine Hose war voller Blumenerde und ich klopfte sie mir gerade ab, als eine große Menge Menschen herausstürmte, allen voran Kyran. Nach ein paar Worten mit ihnen verflog die Menge im Nichts.

„Hey Kyran, tolles Konzert. Müssen wir unbedingt noch einmal wiederholen", rief ein Mann und schleppte eine Trommel rein. Eine etwas ältere Frau kam noch angerannt.

„Oh bitte Kyran kann ich ein Autogramm für meine Tochter haben?" Kyran nickte, kritzelte etwas auf ihr Foto und wandte sich zu Sean. Kaum außer Reichweite, aber nah genug das ich es mitbekam, machte sich der Sänger Luft.

„Wow, was für ein Gig. Die Hütte war ja mal wieder voll. Also, was läuft mit den Hühnern? Wenn du sie noch ein paar Stunden hinhalten könntest, wäre ich dir dankbar. Ich brauche dringend frische Luft, ein Bad und ein Bier. Glaub mir, diese Weiber aus Deutschland gehen mir so was von auf den Geist. Dieses Gekreische und sabbern. Widerlich. Ich ...", er kam nicht weiter, da Sean immer wieder in meine Richtung nickte. Erst jetzt begriff Kyran, was los war. Dennoch machte er keine Anstalten sich zu entschuldigen. Ich hingegen klopfte unschuldig weiter an meiner Hose und tat so, als wenn ich nichts gehört hätte. Son Arsch, dachte ich innerlich, doch ich lächelte. Meine Hand winkte kurz und ich deutete an, wieder reinzugehen. Meine Gedanken ließen aber den Mittelfinger hochschnellen und ich bereitete mich vor, aus diesem Ort so schnell wie möglich, zu verschwinden. Genug der Lügen.

Sollte ich Rachel damit behelligen? Hmm, einen Versuch war es wert. Also rein in dem Pub und lange musste ich nicht suchen. Sie hing noch vor der Bühne und quatschte mit dem Trommler.

„Rachel, sag mal kommt dir das alles nicht auch ungeheuerlich vor?", fragte ich sie, ohne auf den Mann zu achten. Ihre Augen glänzten, als sie sich zu mir drehte.

„Ja nicht wahr. Einfach irre. Und ich dachte schon, so ein Glück hätte ich noch nie gehabt. Aber das hier, das ist doch Wahnsinn. Sieh mal, sieh her! Ich habe ein Autogramm von Kyran." Sie war so aus dem Häuschen vor Glück, das wollte ich ihr nicht madigmachen. Kurz davor tippte ich sie noch mal an und fragte.

„Oh Rachel, wie hieß noch mal das Kaff, wo wir untergekommen sind?" Ich hatte den Namen völlig vergessen, während Rachel alles studierte, was mit Kyran zu tun hatte.

„Oh. Äh … oh, ja Kilmessan hieß der. Richtig." Ich dankte ihr und meinte noch im Vorbeigehen.

„Wenn du diesen Kyran oder Sean siehst, kannst du ihm ja
sagen, ich wäre schon mal vorausgefahren. Mir ist das alles
hier zu viel." Rachel nickte kaum merklich und ich sah zu, dass
ich wegkam. Allmählich brummte mir auch der Schädel.
Wahrscheinlich von der Luft in dem Pub.

Nun stand ich hier und ehrlich gesagt wusste ich nicht wohin.
Sollte ich es wagen allein durch die Stadt zu laufen oder
versuchen nach Kilmessan zurückzufahren?

Nun, mir war eindeutig die Lust nach feiern vergangen. Ein
Taxistand fiel mir ins Auge, und als ich ihn fragte, wie viel es
nach Kilmessan kosten würde, sah er mich fast ungläubig an.
Oder war es Mitleid? Jedenfalls grinste er und nannte mir einen
Preis. Sicher er war zwischen Gut und Böse, aber lieber fuhr
ich zurück, als wieder mit Kyran zu feiern oder was auch
immer.

Als wir die Schnellstraße entlang fuhren, war es stockdunkel.
Nur einzelne Straßenlaternen leuchteten auf. Während am
Straßenrand hier und da kleine Lichter von Wohnhäusern
aufleuchteten. Mir wurde ein wenig kalt und ich zog meine
Strickjacke enger um die Schultern.

In Kilmessan musste ich dem Fahrer erst mal erklären, wohin
wir fahren sollten, was angesichts der Dunkelheit nicht so

leicht war. Erst kurz vorher fiel mir der Weg wieder ein. Also bedeutete ich ihm an in den abgelegenen Pfad einzubiegen. Ich hoffte, er verstand mich nicht falsch, oder würde sich letztendlich nicht auch als Schänder entpuppen. Ein paar Meter weiter fand ich das Haus.

Unbeschadet stieg ich aus und war froh, dass der Schlüssel noch in der Tür steckte. Hier also war wirklich das Paradies auf Erden. Vor allem hier auf dem Land. Immerhin, man hörte sicher niemanden schreien, wenn er tot in der Hecke lag. Mich schüttelte es leicht, bezahlte den Fahrer schnell und ging erst mal ins Haus. Oh, keine Rachel, die mich zu quatschte. Aber ihr Chaos war allgegenwärtig. Schnell räumte ich das Gröbste weg. Ich konnte nicht aus meiner Haut, dafür war ich es zu gewohnt.

Mal sehen ob Rachel mir wenigstens noch etwas zu essen da gelassen hatte. Ein Würstchen und eine Scheibe Toast gab es schon mal. Das reichte mir. Sogar eine

Flasche Wein hatte ich noch gefunden. Zwar war er trocken, aber er schmeckte nicht ganz so übel. In dem kleinen Hauswirtschaftsraum fand ich ein paar Fackeln und Kerzen. Die Nacht war so herrlich, dass ich beschloss, den alten Baumstamm wieder aufzusuchen und mich dort eine Weile zurückzuziehen. Hinter dem Haus fand ich sogar eine alte Schale mit Holz und beschloss ein kleines Lagerfeuer zu machen. Alles war da, eine Feuerschale, Holz und Torf sowieso, fehlten nur noch die Marshmallows, aber was solls, man konnte nicht alles haben.

Die Fackeln leuchteten mir ihren Weg bis hin zum Baumstamm. Das Feuer brannte schnell, als ich es anzündete und im Hintergrund plätscherte der kleine Bach vor sich hin wie zu einer einschlafenden Melodie.

Ja, hier war ich richtig. Selbst jetzt, schmeckte der Wein, fast schon wie guter Whisky. Ich lehnte mich seufzend zurück. Eigentlich hatte ich ein wenig Angst, vor irgendwelchen Krabbeltieren, aber hier machte es mir nichts aus.

Jetzt in der Nacht, wenn der Raureif das Gras benetzte und die Bäume, wurde der Geruch der Natur noch intensiver. Ich sog sie auf wie einen Schwamm und grinste wohlig vor mich hin.

Der Nebel Tau benetzte sogar meine Wangen und ließ ihn herab kullern, bis ich merkte, dass ich ja eigentlich weinte.

Wieso?

Mir ging es doch gut. War es am Ende letztendlich doch zu viel und ich drehte jetzt durch? Nein, nein, dachte ich. Es war alles gut. Also lehnte ich mich wieder zurück und ließ allem seinen

Lauf. Es war mir egal, was ich tat, es sah ja niemand.

Die Flasche Wein, war auch schon halb leer, dass ich nicht einmal die Lichter merkte, die vor dem Haus aufglimmten. Zwei Türe schlugen zu und im Haus ging die komplette Beleuchtung an. Der Fernseher drehte laut auf, natürlich zu MTV. Rachel musste wieder zurück sein. Ich blieb, wo ich war. Ein paar Schritte kamen näher. Nichts gegen die junge Frau, aber ich hatte keine Lust mich mit ihr zu unterhalten schon gar nicht, wie toll doch der Abend mit Kyran war. Booh, Kyran. Oh, oh, Kyran. Himmel das konnte doch nicht sein. Der Typ stand wirklich hier im Garten und er ... er, schien äußerst Sauer.

„Was fällt Ihnen eigentlich ein? Sie können doch nicht so einfach abhauen, ohne etwas zu sagen. Was hätte alles passieren können. Sie obliegen meiner Verantwortung. Haben Sie sich denn gar keine Gedanken gemacht? Wie Verantwortungslos das von Ihnen war. Vielleicht hätten Sie ja mal jemanden Bescheid sagen können." Das war ja wohl ein starkes Stück. Bäumte der Typ sich doch hier auf und spielte den Obermacker. Unglaublich. Meine Tränen waren noch nicht getrocknet, als ich sie mir schnell wegwischte. Jedoch nicht ohne das er es sah.

„Haben Sie etwa geweint? Das … das, tut mir leid, ich wusste ja nicht das Sie ...", das fehlte mir noch, dass der Typ Mitleid mit mir hatte. Bei all der Schönheit der Natur, aber ich brodelte.

„Was erlauben Sie sich eigentlich? Erst schicken Sie diesen Möchtegern Ersatz und meinen es würde nicht auffallen und dann lassen Sie sich verleugnen, wegen irgendwas und reißen dann auch noch blöde Witze über die typischen Deutschen Weiber, die ja so blöd sind. Wer ist jetzt hier lächerlich. Das ganze Hier war doch nur ein Witz. Ich hätte diese Reise sein lassen sollen. Nichts gegen Sie, Ihre Musik ist super, aber das ist echt ein Witz. Und außerdem habe ich kein Heimweh, wenn Sie denken, dass es das ist, warum ich weine. Ja ich habe geweint, aber nur, weil mich diese Natur so überwältigt hat. Ich weiß, jemand wie Sie kann das nicht verstehen. Wahrscheinlich denken Sie nur, blödes Stadtweib, heult wegen son bisschen Gras und Wiese, aber pff, ist mir egal, was Sie denken. Es ist, wie es ist, warum sollte jemand wie Sie das verstehen."
Ich war geladen, entsichert und schoss. Habe ich vielleicht zu viel Feuer abgefeuert? Meine Lippe nagte leicht verlegen an der Unterlippe und verschränkte die Arme. Kyran sah mich total entgeistert an. Er schien nach Worten zu suchen. Als

Antwort bekam er Sean, der sich an ihn heranschlich und etwas flüsterte. Der Sänger nickte nur und nuschelte so was wie.

„Lass dir einen Kaffee machen, ich komme gleich", dann trabte der Fahrer davon und Kyran stand auch mit verschränkten Armen vor mir. Ich hingegen fing leicht an zu zittern, vor meiner eigenen Courage, aber um das Zittern etwas unter Kontrolle zu bringen, setzte ich mich wieder auf den Baumstamm. Kyran stand unschlüssig da, bis er sich ein Holzstück schnappte und es in das Feuer warf. Es glimmte gleich auf und eine Flamme sog gierig daran. Als der junge Mann sprach, zuckte ich kurz zusammen.

„Ich … es tut mir leid. Ich wollte Ihnen nicht solche Vorwürfe machen, aber als Sie da einfach abgehauen sind, wurde mir auch bewusst, dass ich Mist gebaut hatte. Sehen Sie, das vor dem Pub, war nicht so gemeint. Es ist nur so, als wir dieses Gewinnspiel machten, war das die Idee von meinem Manager. Es ging einige Jahre gut, aber dann wurde es immer heftiger. Die Mädels wurden immer schräger. Es kam sogar schon mal, soweit das eine nackt in meinem Bett lag und mich auf Schritt und Tritt verfolgte. Das wurde mir zu viel, aber mein Manager bestand darauf. Er meinte dieses Jahr noch und dann wäre es zu

Ende. Mir sind einfach die Sicherungen durchgebrannt.
Können Sie mir verzeihen!", er blickte mich an und hielt seine
Hand hin. Erst zögerte ich, doch ich ergriff sie kurz und nickte
nur stumm. Verzeihen sah anders aus, ich weiß. Es herrschte
eine kurze Pause.

„Und was war mit diesem Ersatz?", hakte ich nach. Kyran
rollte die Augen.

„Oh der. Ja, das war ein blöder Plan. Ganz ehrlich, ich hatte
keine Lust auf Sightseeing und bat meinen Kumpel Pete mich
kurz zu vertreten. Na ja, er hatte, das muss ich gestehen, das ab
und an schon mal gemacht. Dafür schäme ich mich auch. Aber
ich dachte, was solls, es war ja nur noch dieses eine Mal."
Das waren ja schöne Aussichten, dachte ich. Mir
war es auch irgendwie langsam egal. Wer weiß was ich diesem
Typen noch glauben konnte. Also erhob ich mich, schnappte
mir eine Fackel und war im Begriff zum Haus zu gehen.

„Gute Nacht!", meinte ich noch zu ihm und wollte ihn einfach
zurücklassen, aber Kyran hielt mich kurz zurück.

„Sagen Sie, dass mit den Weinen, war doch nur ein Scherz
nicht wahr? Sie nehmen mich jetzt aus Rache auf den Arm",
zwinkerte er mir zu, doch ich schüttelte den Kopf.

„Nein. Ich weiß für Sie ist das zu hoch, aber es war wirklich die Schönheit der Natur. Es war … ach egal."

Wieder ging ich zum Haus. Noch nicht an der Tür angekommen hörte ich die Schritte hinter mir. Kyran war mir schnell gefolgt und stoppte mich kurz am Arm.

„Das wusste ich nicht. Ich meine, natürlich bin ich baff das zu hören, aber ehrlich, ich verstehe das. Hören Sie, was wenn ich Ihnen sage, ich möchte mich entschuldigen. Was würden Sie von einem kleinen Ausflug halten, morgen früh? Ich hole Sie um acht Uhr ab. In Ordnung?", fragte er, und ehe ich antworten konnte, schnippte er mit den Fingern, nach dem Motto gebongt. Mir war alles egal und zuckte nur die Schultern. Eigentlich war ich schon in Gedanken an den nächsten Flughafen, den ich morgen aufsuchen wollte. Kyran hupte noch kurz und schon flitzte Sean mit hochrotem Kopf aus dem Haus, während ich in demselben eine höchst amüsierte Rachel vorfand.

„Na du hast uns ja einen schönen Schreck eingejagt. Einfach so abhauen", säuselte sie. Ich gab es auf. Jetzt mit ihr zu diskutieren wäre doch sinnlos. Ich hatte ihr gesagt, dass ich nach Hause fahre. Jedenfalls saß sie jetzt mit ihrer Tüte Chips auf dem Sofa und zog sich ihr Fernsehprogramm rein. Für mich war das alles nichts mehr. Der Wein und die Luft taten sein Bestes und ich fiel müde in mein Bett. Auch hörte ich nichts von Rachels Musik und schon gar nicht das permanente Summen meines Handys. Völlig vergessen waren Mike und Ellis. Himmel sie würde mir den Kopf abreißen, wenn ich nicht bald mal was schreibe oder wenigstens ein paar Fotos schickte. Immerhin, ich schob es einfach auf das Netz, welches hier so schlecht wäre, auch wenn das eine Lüge war, aber sollte ich ihr denn Beichten, was für eine Katastrophe das hier war? Nein, sie würde sich das Ganze zu sehr zu Herzen nehmen und sich verfluchen mich darauf angestachelt zu haben zu fahren. Na ja und was Mike betraf, nun, der konnte ruhig schmoren. Auch wenn ich ihm das glatt zutrauen würde, ins nächste Flugzeug zu steigen und hierher zu düsen. Bloß nicht, dachte ich mit grauen dran.

Ich tippte noch schnell eine Nachricht an Ellis, dass alles so weit in Ordnung wäre und ich mich morgen bestimmt melden würde. Ein kurzes: „O.k", kam und ich sank in meine Kissen.

Erkenntnis

Zu meinem Erstaunen war ich morgens schon früh wach.
Sechs Uhr war eigentlich nicht meine Zeit, aber da ich gestern
ja früh zu Bett ging, war ich dementsprechend auf. Ich fühlte
mich erstaunlich gut. Rachel schnarchte, Gott Lob, vor sich
hin. Natürlich hatte sie wieder vergessen den Fernseher
auszumachen und die Chips lagen überall verteilt. Also ging
ich ins Bad, wusch mich, und zog mich an. Ich entschied mich
heute für eine enge Bluejeans mit einer weißen Bluse und
schwarzen Boots. Schnell räumte ich die Überbleibsel von
meiner Mitbewohnerin weg und wischte hier und da über die
Tische und Schränke, dabei brühte ich mir einen Kaffee auf
und aß eine Scheibe Toast mit Marmelade.
Die Sonne lugte ganz vorsichtig zwischen den Wolken hervor.
Noch konnte sie sich nicht durchkämpfen, aber das hielt mich
nicht davon ab meinen Kaffee zu schnappen und nach draußen
zu gehen. Es war leicht kühl, also zog ich meine Lederjacke
über und ging bis zu dem kleinen Bach. Heute Morgen schien
er noch klarer zu sein. Ich kniete mich kurz hin um meine
Hände hineinzuhalten. Es war so herrlich kühl und glasklar das

es mir den Atem raubte.

Mit meinem Kaffee in der Hand hockte ich eine Weile so da und hörte dem seichten Rauschen des Bachlaufes nach. Hier schien mir die Natur näher zu sein, als sonst wo.

Leichter Raureif bedeckte noch das Gras, die Pflanzen und Bäume, und bei jedem Lichtstrahl schienen sie zu neuem Leben zu erwecken. Man konnte genau zusehen, wie ihnen das Leben eingehaucht wurde. Ich seufzte kurz, und ehe ich mich versah, vernahm ich ein Räuspern hinter mir. Eigentlich wollte ich nicht aus diesem Traum erwachen, aber ich drehte mich um und blinzelte kurz gegen die Sonne, ehe ich erkannte, wer vor mir stand. Kyran. Kyran! Himmel, den hatte ich glatt vergessen.

„Oh. Sie sind es. Ich … hatte Sie völlig vergessen. Sorry", meinte ich und erhob mich schnell. Er grinste wieder.

„Ich hatte eigentlich damit gerechnet das Sie noch in den Federn liegen. Als ich geklopft hatte, rührte sich nichts und ich wollte nicht so unhöflich sein, einfach rein zu platzen. Ich bin auch zehn Minuten zu früh. Na ja, bis ich die Fußspuren im Gras gesehen hatte", meinte er munter. Natürlich war ich gleich wieder auf Krawall gebürstet.

„Was soll das denn heißen? Mit gerechnet, dass ich noch im

Bett liege? Meinen Sie, nur weil wir Stadtmenschen sind, haben wir die Angewohnheit bis in den Puppen im Bett zu liegen. Sie unterschätzen uns, mich, zumindest", keifte ich ihn gleich an, was mir aber sofort leidtat. Er grinste dennoch weiter und hob abwehrend die Hände.

„Ich wollte Sie nicht beleidigen. Es ist eben nur, dass die meisten, die hier in diese Natur ankommen, ziemlich fertig sind, wegen der Umstellung. Es tut mir leid." Er hielt mir die Hand hin und ich griff kurz danach, dann deutete er auf das Tor und meinen Kaffee, ehe ich verstand.

„Oh, oh ja, ich bringe eben meine Tasse rein und ganz kurz ins Bad, dann können wir los." Bevor ich ging, drehte ich mich noch mal um und fragte ihn.

„Ähm, was soll ich Rachel sagen? Ich denke, sie wird sich doch sicher wundern oder Sorgen machen, wo ich bin?", fragte ich ihn, doch wie immer lachte Kyran kurz und meinte nur, das ginge schon in Ordnung. Ihr Tag sei schon verplant und deutete auf das Handy mit Seans Nummer. Dieser hatte sich bereit erklärt mit Rachel eine Stadttour zu machen und siehe da, sie hatte nichts dagegen gehabt. Als wenn sie sich Sorgen machen würde, was mit mir war. Jedenfalls flitzte ich ins Bad, strich mir kurz über die Haare und legte schnell Puder auf um

65

dann frisch wie aus dem Ei gepellt aus dem Haus ging. Dort
stand Kyran vor … Himmel, nein einer Chopper Maschine.
Ich auf einem Motorrad? Undenkbar. Noch nie habe ich auf so
einem gesessen. Hoffentlich wurde das nicht peinlich.
„Keine Angst, es kann nichts passieren. Das Ding ist eigentlich
sicher. Und meinen Führerschein habe ich schon seit sieben
Jahren unfallfrei." Er hielt mir den Helm hin. Ich sah von dem
Chopper auf den Helm und wieder zurück. Eigentlich musste
ich mir eingestehen, dass die Maschine wirklich gut aussah. In
Silber gehalten und die Sitze waren auch breit genug. Also
wollte ich nicht als Spielverderber gelten und hievte das Ding
über meinen Kopf. Es wurde dumpf und meine Sicht war auch
leicht eingeschränkt. Etwas skeptisch stieg ich auf. Kyran
startete seinen Motor und … wartete. Er versuchte sich kurz,
um zu drehen, was bei dem Helm etwas schwer war. Er
murmelte etwas und ich verstand es nicht richtig, da es so
gedämpft wirkte. Erst beim zweiten Mal und mit Andeutung,
beziehungsweise, griff er demonstrativ nach meiner Hand und
legte sie um seine Hüfte. Etwas peinlich berührt begriff ich es.
Irgendwo musste ich mich ja festhalten. O.k, wenn es denn so
sein sollte, bitte. Nur widerwillig und mit äußerst leichten
Zügen, hielt ich mich fest. Der Motor heulte kurz auf und

66

Kyran fuhr los. Ich muss sagen, ich hatte ziemliche Angst, doch es war gar nicht so schlimm. Die erste Zeit versuchte ich mich nicht allzu krampfhaft festzuhalten, dazu hatte ich zu viele Berührungsängste, doch als Kyran die eine und andere Kurve nahm, wurde mein Griff fester. Auch wenn er nichts sagte, meinte ich ein leichtes Zucken zu vernehmen. Was ja auch kein Wunder war. Meine Fingernägel bohrten sich leicht in sein T-Shirt. Erst nach ein paar Kilometern ließ ich meine Hand flach auf seinen Körper ruhen. Im Grunde genommen hatte ich das untrügliche Gefühl, anzunehmen, wenn man auf einem Motorrad saß, würde man die Freiheit instinktiv besser spüren, aber bisher war mir das verborgen geblieben. Anscheinend hatte ich dafür den Sinn noch nicht entdeckt, was, so hoffte ich, noch kommen würde. Auch wusste ich nicht, wohin die Reise ging. Ich wagte nicht meinen Kopf zu heben. Zu sehr hatte ich Angst, dass, wenn er in die Kurve ging, ich nicht mithalten konnte und mein Körper in die entgegengesetzte Richtung abdriftete und wir so außer Kontrolle geraten würden. Allmählich tat mir auch der Hintern weh. Denn die Strecken, die er fuhr, waren nicht wirklich von glattem Asphalt gezollt.

Langsam quoll die Sonne immer mehr hervor und brannte auf

meiner schwarzen Lederjacke. Das konnte ja nur noch peinlicher werden. Wenn wir irgendwo anhielten, würde ich übersät von Schweißflecken seien. Mittlerweile war mir fast alles egal. Sicher, zur Not hatte ich immer ein bisschen Deo und Parfüm dabei, aber keine Ersatzbluse, ganz zu schweigen von den Schweißflecken zwischen meinen Schenkel. Nicht das ich aufgeregt war, aber mehrere Kilometer so breitbeinig auf einem lederbezogenen Chopper zu sitzen in hautengen Jeans, ich weiß ja nicht, aber das musste ja daneben gehen.

Der Schweiß lief mir vor Scham schon den Helm an der Stirn herunter. Ich wusste nicht, wie lange wir noch fahren würden, aber ich musste gestehen, für heute würde es reichen. Wenn wir nicht bald anhielten, konnte ich für nichts garantieren, am allerwenigsten für meine Laune. Irgendwie versuchte ich in eine bessere Position zu gelangen und rutschte deshalb leicht hin und her, was auch leider Kyran mitbekam. Er rief über seinen Helm zu mir durch.

„Nicht mehr lange und wir sind gleich da." Noch mal peinlich. Ich nickte deshalb nur lächelnd und versuchte meinen Daumen hoch zu zeigen. Ich weiß nicht, ob es mir gelang, denn die Hände kribbelten mir so sehr, dass sie eingeschlafen waren. Hoffentlich konnte ich mich gleich aus der Umklammerung selbst befreien, sonst musste er ja denken, ich hätte sie nicht alle am Zaun. Dennoch, er hatte recht. Nach ein paar Kilometer weiter fuhr er langsamer. Noch konnte ich meinen Kopf nicht heben, aber aus den Augenwinkeln sah ich, dass wir in einer Stadt waren. Einer Alten. Leider konnte ich kein Schild erkennen, doch wir fuhren etwas weiter durch die Stadt hindurch, bis hin zu einer Anhöhe, dort ging es kurvig zu und vor lauter Biegungen, als sei man im tiefsten Sauerland, hielten wir endlich an.

Kyran nahm seinen Helm ab und ich merkte, auch er war etwas verschwitzt. Also nahm, ich meinen ab und versuchte so gut es ging abzusteigen. Hier oben ging ein frischer Wind und blies Kyrans Locken gleich wieder aus seinem Gesicht.

Ich war froh über den Wind und ließ meine vor Schweiß tropfenden Haare wehen. Dabei schüttelte ich sie kurz und warf sie über den Kopf, was mir gleich guttat. Etwas peinlich berührt stellte ich mich neben den Chopper, hatte ich doch Angst, die Schweißperlen würden meine Hose heruntergelaufen sein. Aber das war zum Glück nicht so, es kam mir nur so vor und atmete erleichtert auf. Ich zog schnell meine Jacke aus, um sie etwas zu lüften, was auch Kyran tat. Bei ihm konnte man leichte Konturen sehen, die ihm der

Schweiß zusetzte, was bei meiner weißen Bluse, Gott Lob,
nicht auffiel. In einem unbeobachteten Moment konnte ich die
Gelegenheit nutzen und schnell mein Deo zücken. Ach, wie
wohl das tat. Jetzt war ich wieder einigermaßen ansehbar.

Wir hatten auf einer Anhöhe gehalten und standen vor einer
Schlossruine. Von hier aus sah sie schon gigantisch aus, aber
ich verstand nicht. Machte er jetzt einen auf Touristenführer?
Nun, ich war ja gewillt zu sehen, was er mir zeigen wollte.
Also grinste ich genauso wie er.

„Und wie geht's jetzt weiter?", fragte ich ihn. Kyran schüttelte
den Kopf und deutete mir an ihm zu folgen. Also gut dachte ich
und folgte ihm.

Wir gingen zu dem Ruinen Eingang, ein altes eisernes Tor,
welches aber für die Allgemeinheit offen stand. Dann führte ein
Steinweg nach oben, gesäumt mit Gras an den Seitenrändern.
Halb verfallene Steinmauern ragten aus dem Boden hervor und
ein großes Gebäude kam zum Vorschein. Kaputt, aber
immerhin Mauern. Kyran überquerte einen kleinen Hof bis zu
einem anderen Gebäude, es war eine Art Rundturm und eine
steile Treppe führte eindeutig nach oben. Wollte er etwa da
hinauf? Ich kam mir vor wie bei dem Highlander, wo Connor
McCloud den Turm hochgejagt wurde,

der an allen Seiten offen war und bei jedem Schritt auseinanderzufallen drohte. Was, wenn er mich da rauf lockte und mich dann, schwups die Treppe herab stieß? Himmel, Elara, du siehst schon Gespenster. Der junge Mann schien keine Müdigkeit vorzutäuschen, er stieg immer weiter hoch. Die runde Treppe schien kein Ende nehmen zu wollen, bis ich Kyran nicht mehr sah. Ach was solls, dachte ich. Am liebsten wäre ich gleich wieder umgekehrt, nur mir taten die Beine so weh und ich wollte mir nicht die Blöße geben. Reiß dich zusammen, ermahnte ich mich und stieg weiter hoch. An manchen Abschnitten wurde es ziemlich Düster, da hier die Mauern mal wieder im Takt waren und ein paar Meter weiter, sah man, wie in einem Tunnel, das Licht. Mein Atem ging immer schneller und ich bekam kaum Luft. Nach ein bis zwei Sekunden konnte ich weitergehen.

Am Ende der Treppe blies mir schon ein leichter Lufthauch entgegen. Frische, salzige Luft und ich war begierig zu wissen, woher das kam. Meine Füße hatten die letzte Stufe erreicht und eine Lichtkrone umwarb mich mit einem grinsenden Kyran. Er stand da, angelehnt an einer Mauer, die sich wie eine Brücke über den Hof zog. Dennoch ging sie nicht weiter. Am Ende der Brücke war die Mauer eingefallen und ein Baugerüst erhob sich dort.

Eigentlich hatte ich ja tierische Höhenangst und wagte kaum weiterzugehen, doch Kyran hielt mir die Hand hin und meinte.

„Keine Angst, die Mauern stehen hier schon seit dem 16. Jh. Sie werden nicht ausgerechnet jetzt einfallen. Kommen Sie."

Ich vermied es, seine Hand zu nehmen. Das kam mir so feige vor, was ich nicht zugeben wollte. Also raffte ich mich auf und lugte vorsichtig über die Mauer. Nicht nur die Luft, auch der Ausblick raubte mir den Atem. Ein bisschen wackelig auf den Beinen versuchte ich Halt an der Brüstung zu finden. Mir zitterten die Knie, doch ich wollte den Ausblick haben. Meine Hände zogen sich langsam hoch und ich sah das ganze Ausmaß an Schönheit und Natur. Fast vergaß ich wieder zu atmen. Der Ausblick war sensationell.

Eine flache grüne, leicht hügelige Landschaft breitete sich vor mir aus. Etwas weiter entfernt schummelte sich ein Azurblau wieder. Das Meer spiegelte sich wie in einem Bild. Mir entfuhr ein Laut, den selbst ich noch nicht kannte, und bemerkte gar nicht Kyrans Gesicht, welches mich irgendwie verblüfft anstarrte.

„Nicht wahr?", fragte er mich. Mein Blick konnte sich kaum abwenden von der Schönheit dieser Natur und des Ausblicks.

„Ich komme hier manchmal hoch, um etwas abzuschalten. Ich meine, hier kann ich einfach mal die Seele baumeln lassen. Keine Menschen, kein Lärm, einfach nur ...", „Frieden", beendete ich seinen Satz, was er auch leise wiederholte. „Frieden", dann sah er hinaus auf das Meer und seine Augen schienen genauso zu glänzen wie meine. Ach ich war so nahe am Wasser gebaut, das war mir so peinlich, aber Kyran schien es entweder nicht zu merken, oder ignorierte es einfach. So standen wir eine Weile da und genossen den Augenblick.

Ich schloss meine Augen und sog den Duft des Salzes und des Windes ein. Vermischt mit dem grünen Gras und dem Heu gab es eine wundervolle Mischung aus Freiheit, Natur und Wärme. Ich muss sagen, so wohl hatte ich mich schon lange nicht mehr gefühlt. Selbst Kyran war neben mir vergessen. Erst als er sprach, zuckte ich zusammen und kam etwas ins Wanken, sodass ich mich an einem Stein festhielt, der sich allerdings als ziemlich wackelig herausstellte und ich ihn halb mit raus riss. Kyran konnte mich gerade noch so festhalten. Der Stein fiel krachend über die Brüstung und ich musste schlucken und schnell nachsehen, ob ich vielleicht jemanden getroffen hatte. Doch gleich beim Anblick nach unten wurde mir richtig schwummrig. Ich hasste die Höhe, aber die Aussicht war phänomenal. Meine Hände hielten sich irgendwo an meinem Körper fest und musste feststellen das es auch Kyrans Hände waren, die mich noch immer festhielten. Peinlich berührt und mit hochrotem Kopf sah ich ihn an. Jetzt erst fielen mir seine Augen richtig auf. Himmel, ich wurde noch roter. Er starrte mich lächelnd an. Diese grau/grünen Augen durchbohrten meine. Schnell versuchte ich mich abzuwenden und sah stattdessen noch mal nach unten.

„Keine Panik, da unten steht niemand, den Sie erschlagen haben könnten. Es ist nichts passiert. Sehen Sie!", deutete er mir an und schob mich etwas näher zur Mauer. Meine Bedenken waren noch ziemlich groß. Innerlich versuchte ich mein Zittern in den Griff zu bekommen. Mit gesenktem Blick und in halb, aufrechter Haltung, robbte ich weiter zur Mauer. Ich hätte kotzen können. Eigentlich versuchte ich seinen Griff zu lockern, doch der ließ nicht ab.

„Du lieber Himmel, warum haben Sie das denn nicht gleich gesagt?", meinte er und zog mich gleich wieder zur Innenmauer zurück. Natürlich sah ich ihn blöde an.

„Was? Was ... sollte ich sagen?", keuchte ich mehr als ich sagen konnte. Gott war das peinlich. Ich wollte im Erdboden versinken.

74

„Sie haben Höhenangst!", sagte er trocken, aber es klang keinesfalls belustigt. Deshalb zuckte ich die Schultern. Was sollte ihn das interessieren.

„Ich wusste ja nicht das Sie so eine Phobie haben, sonst wäre ich ja nicht auf die Idee gekommen hierher zu fahren. Wollen Sie wieder runtergehen? Ich glaube, es ist besser. In meinem Rucksack habe ich einen starken Tee. Kommen Sie, das wird Ihnen guttun", befahl er mir und ich hatte keine Einwände. Es fiel mir zwar schwer diese Aussicht verlassen zu müssen, aber noch länger und mit ihm hier, hätte ich nicht ausgehalten. Zudem kamen jetzt auch immer mehr Touristen. Kein Wunder, die Sonne kam durch und es war Vormittag. Alle Leute, die jetzt ihre Sehenswürdigkeiten in Augenschein nahmen, um dann anschließend die näheren Lokale zu belagern.

Man musste echt höllisch aufpassen, wenn jemand die Treppe wieder herabstieg. Wie gesagt, Touristen stampften in Scharen zur Ruine. Kein Wunder, der Blick war einfach fantastisch. Dennoch war die Treppe nicht unbedingt für mehrere Leute ausgelegt. Ein etwas korpulenter Mann stürmte geradewegs die Stufen hoch ohne Rücksicht auf Verluste. Sein Schnaufen kam immer näher und meine Panik stieg. Es gab keinen Anhaltspunkt, wo ich mich hätte festhalten können, geschweige denn ausweichen. Mein Puls stieg. Also versuchte ich mich, so gut es ging, an die Wand zu quetschen. Gerade noch rechtzeitig. Der schwitzige Mann dampfte weiter auf mich zu. Er drängte mich so zur Seite, dass ich auf einer Stufe das Gleichgewicht verlor und stolperte. Das konnte jetzt nicht wahr sein. Verstorben auf Irland in einer alten Ruine, umgerannt von einem schwitzenden Touristen. Tolle Aussicht. Innerlich machte ich meine Rechnung mit Gott, doch eine Hand hielt mich gerade noch vom Abgrund fern. Fast hätte Kyran mir den Arm ausgekugelt, als er mich festhielt und den korpulenten Mann zur Seite schob. Dieser schnaubte nur und sah ihn giftig mit seinem Sandwich in der Hand, an. Kyran raunte den Mann auf irisch etwas zu und zog mich an der Hand haltend die Treppe herunter. Unten angekommen schnaubte auch er jetzt. Teils vor Wut, teils vor Anstrengung. Er strich sich mit einer Hand durch das Haar, dann lehnte er sich auf das Motorrad und atmete kurz durch.

„So ein Schwachsinn!", donnerte er los. Ich selber war noch mit zittern beschäftigt, um darauf zu reagieren.

„Das ist ja mal wieder typisch. Kaum in diesem Land müssen sich die Leute wie die letzten Touristen benehmen. Ich ... oh, geht es Ihnen gut?", fragte er mich und ich konnte nur zitternd nicken. Meine Hand tat höllisch weh und sie war ziemlich gerötet. Der junge Mann sah es jetzt erst und nahm wieder meine Hand. Er drehte und wendete sie wie ein Schnitzel. Dann kramte er etwas aus dem Rucksack und verband meine Hand mit einer Mullbinde. Seine Hände waren weich und warm. Ach komm schon El, dachte ich, wie kannst du jetzt nur auf so etwas achten. Schnell zog ich meine Hand weg und murmelte nur.

„Danke! Es geht schon wieder!" Kyran war trotzdem leicht außer sich.

„Das ist ja mal wieder typisch. Ich hätte es wissen müssen, das die hier, wie eine Horde Vieh einfallen. Es tut mir leid, das ich Sie hier heraufgebracht habe und dazu noch, wo Sie Höhenangst haben." Er hieb leicht mit der Faust auf seinen Motorradsitz. Ich nahm dankend einen Schluck von seinem Tee, der heiß meine Kehle runterrann, aber er tat wirklich gut. Von oben hörten wir die Touristen noch wild durcheinander rufen, allen voran dieser schwitzige Mann, dem seine Sandwich brocken einzeln herunterfielen. Von „Achs," und „Ohhs", war alles vertreten bis hin zu, „Mama, ich hab Hunger. Mama ich muss mal." Was noch eine Übertreibung war.

„Sie konnten das doch nicht wissen. Ich meine, das mit der

Höhenangst", sagte ich leicht bedrückt. Er sah mich an und nickte nur stumm. „Es war eine wirklich gute Idee. So eine Aussicht habe ich noch nie gesehen. Ich … ich danke Ihnen für den Ausflug", meinte ich dann noch geknickt, aber ich meinte es ernst. Er sah mich jetzt kurz an und es schien mir, als wenn er überlegen würde. Dann schnappte er sich seinen Helm und meinen und reichte ihn mir.

„Wären Sie bereit für noch einen Ausflug?", fragte er mich und sah mich begeistert an. Ich nickte nur und setzte demonstrativ den Helm wieder auf. Kurz bevor wir losfuhren, guckte er noch mal halb zurück.

„Ich weiß ja nicht, ob es etwas für Sie ist, aber man sagt, der Ausblick sei noch sagenhafter als hier", sagte er und ich konnte nur sarkastisch erwidern.

„Na, wenn es da keine Mauern mit Höhen gibt, gerne." Sein Blick war grandios. Sollte ich wirklich annehmen, dass es da doch noch Höhen gab?

„Nun ja, Höhen, ja, aber keine Mauern. Lassen Sie sich einfach überraschen. Sie können da jederzeit wieder weggehen." Er zwinkerte mir leicht zu und schon fuhren wir los. Vorbei an der alten Ruine ging es wieder auf die Landstraße. Noch immer hatte ich keine Sicht in diesem Helm und konnte daher auch nur leichte Konturen wahrnehmen. Immerhin hatte ich noch etwas Angst hier mitzufahren und traute mich nicht meine Augen oder Kopf offenzuhalten oder zu drehen. Auch merkte ich, dass Kyran nicht mehr ganz so schnell fuhr, was ja auch kein Wunder war. Ich konnte mich kaum richtig festhalten. Nur mit einer Hand hielt ich mich an Kyrans Körper, während die andere noch höllisch tuckerte.

Nach mehreren Kilometern wurde der Wind immer stärker und meine Nase vernahm einen noch stärkeren Salzgeruch. Waren wir etwa wieder am Meer? Eigentlich wollte ich nachgucken, aber nach einigem Ruckeln hielt Kyran endlich an. Ich setzte meinen Helm ab und es traf mich wie eine Wucht. Der Wind nahm mir gleich den Atem. Ich musste mich kurz entgegen dem Wind stellen, um Luft zu bekommen, erst jetzt sah ich, dass wir auf einer Klippe waren, die weit über das Meer hinaus ragte. Es verschlug mir den Atem.

Die Klippen waren übersät mit grünem Gras und kleinen Mauern. Diese zierten teils die Grenzen der Grundstücke, teils um die Natur etwas in den Schranken zu halten. Kaum drehte ich mich um, neigte ich meinen Kopf leicht um den Wind nicht gleich wieder frontal ins Gesicht zu kriegen. So ging es. Der Blick war unbeschreiblich.

Weite, unendliche Weite strebte sich aus. Auf der Klippe, hatten man einen sagenhaften Ausblick auf den Baily Leuchtturm, während sich im Wasser zahlreiche Schiffe tummelten. Von kleinen roten und grünen Anglerbooten bis hin zu großen Passagierschiffen. Etwas weiter von der Klippe gelegen erhaschte man einen Blick auf den kleinen Hafen der sanft eingebettet in einer Bucht lag. Zudem sah ich von hier aus, die kleinen Häuser, die wie Boten einer Wache, am Rande einer alten, eingefallenen Kapelle lag umringt mit den Zeitzeugen der Geister, in ihrem Grab. Mich schauderte leicht, aber es war zum Sterben schön.

Oh bitte nicht doch, dachte ich und schon flossen meine Tränen. Nicht nur vor Schönheit, auch der Wind biss in meine Augen. Nur hier und jetzt war es mir egal. Fast kam ich mir vor wie Scarlett O Hara, aus" Vom Winde verweht", die vor Ehrfurcht auf die Knie sank und Gott dankte. Auch ich fiel auf meine Knie und seufzte geradeaus. Kyran war indes zum Klippenrand gegangen und genoss von dort aus die Schönheit. Ich selber konnte nicht anders und musste mich in das Gras legen. Es war so weich wie ein Federbett, und wenn man die Ohren auf den Boden legte, hörte man das Rauschen des Meeres direkt unter einem, wie die Gischt gegen die Felsen schlug. Es war gigantisch und magisch zugleich. Im Einklang mit der Natur ließ ich meine Seele baumeln. Es tat so gut. Ich hatte völlig die Zeit vergessen, bis Kyran zu mir kam und sich neben mich setzte. Als er sprach, zuckte ich leicht zusammen.

„Woher nehmen Sie all die Energie für so was?", fragte er mich und sah mich an. Ich blinzelte gegen die Sonne und richtete mich etwas auf.

„Was meinen Sie?", fragte ich ihn und zupfte an einem Grashalm. Ich war ziemlich entspannt, fand ich.

„Nun, wie Sie die Dinge so wahrnehmen, meine ich. Sie … Sie sehen die Dinge wie … nun, seien Sie mir nicht böse, aber Sie sehen die Dinge wie ein Kind das, das Meer zum ersten Mal gesehen hat."

Er lächelte und irgendwie fand ich es süß. Oh bitte Elara, sei nicht dumm, das ist doch seine Masche, dachte ich.

„Na ja, für jemanden wie Sie ist das bestimmt nichts Großartiges. Ich meine, Sie sind hier aufgewachsen und kennen das alles. Ich kenne das nur von Urlaubsreisen an die Nordsee. Nichts gegen die Nordsee. Es ist fantastisch dort, aber hier … ich weiß nicht, hier ist alles noch grüner, noch reiner, noch magischer. Auch wenn es sich kitschig anhört und ich mich wie ein kleines Kind, aber so ist es nun mal. Ich kann einfach nichts dafür, dass diese Natur mich so hinreißt." Kyran spielte jetzt auch mit einem Grashalm. Hin und wieder sah er auf das Meer hinaus.

„Wissen Sie, es ist nicht unbedingt leicht mich zu beeindrucken, aber es gibt Menschen, die faszinieren mich, weil Sie, wie Sie, die Natur so einzigartig finden. Die meisten Touristen, die hierherkommen, würdigen diesem kaum eines Blickes. Die wollen alle nur schnell, schnell alles an einem Tag sehen und dann soviel wie möglich. Aber so etwas kann man nicht einfach schnell erkunden. So etwas muss man auf sich wirken lassen, deshalb habe ich Sie hierher gebracht. Ich meine, als ich Sie das erste Mal im Garten gesehen habe, da wusste ich, dass Sie da etwas fühlen, was andere nicht fühlen können."

Er hörte auf zu reden und es entstand eine kurze Pause. Ich wusste nicht genau, was das alles hier jetzt sollte. Würde ich ihm vertrauen können? Und wenn, was hatte er vor?

„Glauben Sie mir, ich bin eigentlich nicht so. Ich kann auch anders, aber so etwas hab ich, wie gesagt, noch nie gesehen. Darf ich Sie trotzdem etwas fragen?", ich sah ihn leicht von der Seite an und Kyran nickte nur.

„Warum haben Sie das getan? Ich meine, am Anfang, diesen

anderen Mann einzusetzen. Sie hätten doch auch einfach sagen können, dass Ihnen das so nicht passt und jeder wäre damit zufrieden gewesen", sagte ich. Kyran wand sich leicht. Es war ihm sichtlich unangenehm. Dennoch hielt er meinen Augen stand, was mir schon leicht peinlich war.

„Nun ja, wie ich schon sagte, mein Manager meinte, es wäre eine gute Idee. Wir hatten es, für dieses Jahr, eigentlich das letzte Mal so geplant. Ich wollte das schon lange nicht mehr, aber ehe ich mich dagegen aussprechen konnte, war dieses Gewinnspiel schon online gegangen. Wissen Sie, die meisten die dieses Gewinnspiel gewonnen hatten, waren nur darauf hinaus mir ständig etwas beweisen zu wollen. Es wurde immer schlimmer, als die sogenannten Fans immer aufdringlicher wurden. Sie lauerten mir auf, machten nicht einmal halt vor meinem Elternhaus. Deshalb wollte ich dies nicht mehr, aber als ich Sie da so gesehen hatte. Ich weiß nicht, aber da kam irgendwie der Glaube wieder zurück. Das hört sich ein wenig naiv an."

Er sah mich lächelnd an und fragte mich dann gleich weiter. „Was hat Sie eigentlich dazu gebracht hier mitzumachen?", wollte er jetzt wissen. Ich schluckte leicht. Sollte ich ihm die Wahrheit sagen? Ich schmiss meinen Grashalm weg und verknotete meine Hände ineinander.

„Nun, ich bin einer dieser doofen Touristen." Ich lachte, als ich sein Gesicht sah, das kurz peinlich berührt war. Doch ich antwortete weiter.

„Nein, ganz ehrlich. Ich weiß es nicht. Ich meine, sicher ich gebe ja zu, dass mich Ihre Musik berührt hat, aber als ich von diesem Gewinnspiel gelesen hatte, wollte ich nur einmal nach Irland. Es war zwar meine Chance, aber ich habe sie nicht wahrgenommen." Dabei musste ich lachen. Kyran verstand nicht.

„Aber Sie sind doch hier", meinte er. Ich musste überlegen. Erfand ich jetzt eine neue Version oder erzählte ich die Wahrheit? Dabei musste ich noch mehr lachen. „Was?", fragte er, „Was ist daran so lustig?", wiederholte er. Ich schüttelte den Kopf, bis ich mich einigermaßen beruhigt hatte.

„Also gut, ich … Nun ja, ich schlief auf dem Computer ein und am nächsten Morgen hatte ich bei dem Spiel mitgemacht. Ich hatte sogar noch die Buchstaben auf meiner Wange abgedruckt. Oh es tut mir so leid, es sollte nichts gegen Sie sein, aber als ich auf dem Schiff war und in dem Hafen einsetzte, war ich doch froh, dass dieser Zufall es so wollte."

Ich lachte wieder und sah ihn verstohlen an. Glaubte er mir

oder meinte er, das ich gelogen hatte? Ich wusste immerhin, dass es die Wahrheit war.

„Sie meinen das im Ernst?", fragte er mich und sah mich amüsiert und leicht geschockt an. Doch ich konnte nur lachen. Dabei setzte ich mich auf und breitete die Arme aus. Noch immer grinste ich, und er musste ja wirklich annehmen, ich hätte einen an der Klatsche, aber ich konnte nicht anders. Ich stand auf, dann lief ich über die Wiese bis hin zu den Klippen, an denen ich vorsichtig stehen blieb.

Ich stellte mich mit dem Rücken zur See und fing an zu laufen. Wie bei einem Drachen der fliegen sollte, wollte ich mich vom Wind treiben lassen. Er drückte mich in den Rücken und es gelang fast.

Meine Füße wurden immer leichter. Zu leicht, wohl. Ein paar Meter weiter fand meine Flugkunst ein jähes Ende. Ich stolperte und fiel in das Gras, welches mich sanft auffing. Schnell drehte ich mich und sah in das Gesicht von Kyran. Er verstand nicht ganz und ich lachte erneut.

„Oh Verzeihung, aber haben Sie so etwas noch nie gemacht? Sich von dem Wind treiben lassen und bei einer Bö so tun, als wenn man fliegen könnte? Das sollten Sie mal versuchen."

Ganz außer Atem legte ich mich wieder ins Gras und breitete

meine Arme und Beine aus. Der Moment, diesen so auszukosten, vermag wie Magie zu sein. Meine Augen schlossen sich und ich genoss den Moment. Dabei huschte ein leichter Schatten über mein Gesicht, und als ich die Augen öffnete, blickte ich in Kyrans Gesicht, welches über meinem beugte. Seine Finger zogen einen Grashalm aus meinem Gesicht und er schnippte es verlegen weg, aber dennoch blieb er so sitzen. Er sah mich kurz an.

„Sehen Sie, genau das, ist es was mich an Menschen so fasziniert. Es gibt nicht viele, die so sind wie Sie. Die diese Natur so annehmen. Die so, … ja so einzigartig sind. Es ist erstaunlich. Sie sind erstaunlich", sagte er und sah mich wieder an. Mich durchfuhr ein kurzer Schauer und ich wollte mich aufsetzen. Kaum das ich mich abstützte, knickte ich mit der Hand kurz ein, die ich schmerzhaft zurückzog. Ich verfluchte diesen Idioten von Tourist. Kyran selbst war schnell Gentlemen und hielt mich fest.

„Nicht so schlimm. Es geht wieder", meinte ich leicht verzerrt, doch Kyran hielt mich weiter fest. Er nahm meine Hand und massierte sie leicht, dabei sah er mich so durchdringend an, dass mir heiß und kalt wurde. Sein Gesicht kam immer näher, und ehe ich mich versah, lagen seine Lippen sanft wie der Tau, auf den meinen. Erst nur wie ein Blatt Papier, so zögerlich und sanft, dann wurde der Kuss immer intensiver. Seine Zunge versuchte, gefühlvoll aber fordernd, meine Mundhöhle zu öffnen. Ich wusste nicht, ob ich es zulassen sollte, doch mein Körper entschied anders.

Erst zögerlich, dann aber mit leichter Hingabe öffnete ich meinen Mund und ließ seine Zunge mit der meinen spielen. Mir schwirrte der Kopf und ich begriff nicht, was geschah. Es schien mir wie Stunden, die wir uns küssten und doch waren es nur Sekunden. Leicht verlegen lösten wir uns. Dafür, dass ich ihn eigentlich nicht leiden konnte, wegen seiner arroganten Art, konnte ich mich von ihm aber sehr gut küssen lassen.

Noch ziemlich verwirrt und leicht beschämt wandte ich mich kurz ab. Was machte ich eigentlich da? Fragte ich mich. Ich war eine Frau mittleren Alters, geschieden und nun das, knutsche hier herum, wie im ersten Frühling mit einem jungen Mann, den ich noch nicht mal richtig kannte. Natürlich hörte ich Ellis schon sagen, „ Ja prima, endlich kommst du aus deinem Schneckenhaus mal raus. Nimm ihn dir, er sieht doch fabelhaft aus. Das bist du dir schuldig. Und vor allem Mike." Oh Gott Mike, den hatte ich ja ganz vergessen. Wenn der das rausfindet, bin ich erledigt. Mir stieg die Röte ins

Gesicht, doch Kyran kam langsam auf mich zu und hielt meine
Hand fest. Ich sah ihn unschuldig an und doch wirkte ich
ziemlich ertappt.

„Was macht dir Sorgen?", fragte er und sah mich mit diesen
grau/grünen Augen intensiv an. Ich wollte ihn nicht angucken,
konnte aber nicht anders.

„Ich … es ist … ach, ich weiß nicht, ob es richtig ist. Du … du
… ähm Sie kennen mich doch gar nicht. Wieso …?", fragte
ich, aber Kyran, kam gleich wieder näher und küsste mich.
Dann sah er mich lächelnd an und meinte nur.

„Du bist ein Mensch der mich noch überrascht. Ich meine, als
ich dich das erste Mal sah, dachte ich eigentlich nur an diese
dummen Touristen. Verzeihung, aber als ich dich dann da im
Garten gesehen habe, wusste ich, irgendwie bist du anders.
Deine Ausstrahlung und dem Gefühl für diese Insel sind
einfach magisch. So etwas habe ich noch bei keinem Menschen
erlebt."

Was sollte ich da nur machen, einfach lächeln, dachte ich.
Doch ganz geheuer war es mir nicht. Was, wenn das nur so eine
Masche war um die weiblichen Touristen herum zu kriegen?
Meine innere Stimme riet mir; Elara, sei auf der Hut!
Zurückhaltend und dezent lächelnd, sah ich ihn an. Kyran hielt

mir erneut die Hand hin und zog mich zurück zum Chopper. „Komm, ich habe da noch so eine Idee. Was hältst du von Essen? In Dublin gibt es einen kleinen urigen Pub mit dem besten Burger und Chicken." Meine Schultern zuckten. Um meinen Beistand zu geben, meinte ich noch.

„Und Guinness!", dann lachte auch ich und wir fuhren wieder los. Diesmal war die Fahrt entspannter und ich konnte mich leichter festhalten, auch wenn ich nicht wusste, wie das hier enden sollte. Eigentlich hatte ich gar keinen Hunger, doch viel gegessen hatte ich heute auch nicht. Wobei mir einfiel, was denn mit Rachel wäre. Was würde sie davon halten und wäre es nicht unfair ihr gegenüber? Beim nächsten Stopp würde ich ihn darauf ansprechen, auf jeden Fall.

Sinnlichkeit

Allmählich machte mir das Gekurve Spaß. Der Wind suchte sich seinen Weg durch meinen Helm und jede Ritze, in die er reinpassen konnte. Ich versuchte meinen Kopf mehr zu heben und schaute mir die Gegend jetzt intensiver an, aber ohne dabei ihn loszulassen.

Wir fuhren auf der Schnellstraße und daher gab es leider nicht all zu viel zu sehen. Außer ein paar Laubbäumen und gelben Ginstersträuchern mit angrenzenden Lagerhallen und Schildern war nicht wirklich viel zu sehen. Die zahlreichen, blauen Straßenschilder hingen über dem Asphalt. Ab und an konnte ich einzelne Schilder lesen. Hier waren sie in englisch und auf irisch übersetzt. Es war interessant und mich wüsste gern, wie diese Namen auf irisch ausgesprochen wurden. Nun, vielleicht käme ich ja noch in den Genuss.

Erst als wir nach Dublin reinkamen, brummte das Leben. Angefangen von den guten Vororten an Häusern, die sich eins nach dem anderen reihte, die dann übergingen zu Verkaufshallen, Shops und Garagen, sowie Einkaufsläden und Pubs. Immer weiter fuhren wir bis zur berühmten O´ Connell

Street. Hier reihte sich ein Geschäft an das andere.

Von Starbucks Kaffee bis zu Burger King oder Subway und den kleinen Spar und Tesco Supermärkten, war alles vertreten. Modegeschäfte in Hülle und Fülle, dazwischen kleine Stände mit üppigen Blumen und Hütten, die als Kioske dienten in denen sie Gifts, also kleine Geschenke anpriesen, mit heimischen Zeitungen und an denen die Leute ihre Bustickets kaufen konnten.

Wir überquerten die O`Connell Bridge und bogen auf die Hauptstrasse ab bis zur Fleet Street um dann direkt auf die Temple Bar zu schließen. Das hier war das Pub Viertel schlechthin.

Am Wochenende tobte hier das Leben. Im Sommer natürlich noch mehr, also war heute ein eher ruhiger Tag. Etwas abseits der Temple Bar Street hielt Kyran vor einem urigen Pub mit braunen Steinmauern und Blumenkästen an den Fenstern. Ein kleiner Tisch stand vor der Eingangstür mit zwei Stühlen. Keine Ahnung, ob man sich da draußen setzen konnte. Jedenfalls, kaum war Kyran in der Tür drin, begrüßte ihn der Wirt überschwänglich. Er musste wohl ein Stammgast sein. Was ja auch kein Wunder war. Draußen war ein Schild angebracht. Auf dem stand, dass es hier jeden Abend Live

Musik gab. Natürlich, Kyran war ja Sänger und er verbrachte bestimmt viel Zeit hier. Ein paar Gäste waren schon da.

Drei Männer saßen an der Bar und unterhielten sich lautstark, dabei verfiel der ein oder andere in ein lachen und sie schlugen sich auf die Schultern, um dann anstoßen zu können. Ein älteres Ehepaar saß am Fenster und aß Chicken mit Pommes. Auf der gegenüberliegenden Seite saß ein junges Paar, die einen Burger aßen. Die beiden sahen mir eher nach Studenten aus. Beide hatten ihre Bücher offen und sie diskutierten zwischen Ketchup und einer Cola.

Meine junge Begleitung plauderte kurz mit dem Wirt und kam dann mit zwei Gläsern Guinness zurück. Die Speisekarte war recht klein, aber er schwor darauf, dass es hier den besten Burger und Chicken gab, also nahm ich den Burger. Während wir auf das Essen warteten, trank ich mein erstes frisch gezapftes Bier in Irland. Naja, abgesehen von dem Guinness, welches ich mit Rachel im Pub getrunken hatte. Nur schmeckte dies unter anderen Umständen, einfach viel besser.

Himmel, was war das gut, dachte ich und leckte mir den Schaum von den Lippen. Wieder grinste mich Kyran an.

„Was?", fragte ich leicht beschämt. Er grinste.

„Siehst du, genau deswegen bist du mir so sympathisch. Du

machst eine Lebensfreude daraus, selbst das Guinness zu genießen. Das ist einfach fabelhaft und unglaublich zugleich." Er drückte kurz meine Hand und ich fühlte mich irgendwie wohlig, um nicht zu sagen heimisch.

Wir unterhielten uns über seine Heimat, seine Eltern, die hier wohnten und einen kleinen Messerladen hatten. Natürlich war sein Vater schon in Rente, aber klein Kyran hatte bisher keine Lust gehabt, den Laden zu übernehmen. Seine Ambitionen gingen eher in Richtung der irischen Musik, und so blieb er auch dabei. Was nicht gerade erfolglos war. Er hatte sich seinen Namen gemacht. Auch außerhalb dieser Insel, bis weit über das Meer. Nun war ich an der Reihe zu erzählen. Sollte ich ihm wirklich alles über Mike erzählen? Lieber spielte ich mit offenen Karten, als ihm etwas vorzumachen. Also erzählte ich alles, von Anfang bis ende.

Ein leichtes betretendes Schweigen brach an, als auch er mir von seiner Frau erzählte, die er einst hatte, aber die nicht lange hielt wegen Drogenproblemen ihrerseits. Seitdem hatte auch Kyran mit Frauen seine Probleme.

Mittlerweile war es schon spät am Abend. Die Dämmerung brach an und Kyran wollte eigentlich noch bleiben, vielleicht um noch einen kleinen Gig zu machen. Ich selber fühlte mich etwas unwohl. Den ganzen Tag hatte ich in den Klamotten gesteckt und ich wünschte mir eine Dusche und frische Kleidung. Als wenn er meine Gedanken lesen könnte, meinte er nur.

„Wie wäre es, wenn ich dich erst mal nach Hause bringe, dann kannst du dich etwas frisch machen und wir sehen uns dann wieder. Wenn du Lust hast?", fragte er mich. Ich nickte nur, doch dann fiel mir wieder Rachel ein.

„Was ist eigentlich mit Rachel? Ich meine, sie wird bestimmt stinksauer sein, wenn sie sieht, dass ich mit dir herumfahre, wo sie eigentlich das Ticket genauso gewonnen hat."

Wieder lachte er.

„Ach, das, ich glaube, die ist in guten Händen, soviel ich weiß." Er zwinkerte mir zu und ich hätte ihm sofort um den Hals fallen können, was ich aber nicht tat.

Gleich, nachdem wir losgefahren waren, hielten wir auf dem Weg zur Hütte an einem Rastplatz. Ein paar Bänke aus Baumstämmen standen dort mit dem Ausblick über einen großen See.

Es war fantastisch. Eigentlich hätte er mir auffallen müssen, als wir am Anfang zu der Hütte hingebracht wurden? Nun, vielleicht gab es ja auch noch andere Wege, oder ich war einfach zu aufgewühlt. Er setzte sich auf einen der Stämme und schaute hinaus.

„Komm her, setzt dich einen Augenblick", er hielt mir die Hand hin und ich setzte mich neben ihn. Er hatte wirklich recht. Die Aussicht, auch wenn es schon dämmerte, war sagenhaft. Fast hätte ich annehmen können wir wären in Loch Ness und Nessie käme geradewegs aus dem See.

Das Wasser war so tief und dunkel und doch geheimnisvoll, umgeben von Mutter Natur, mitten an einer Schnellstraße. Und doch strahlte es irgendwie eine Ruhe aus und etwas Feenreiches. Oh bitte Elara, du wirst sentimental. Aber ich konnte den Blick nicht abwenden. Eine Gänsehaut durchzog mich, aber nicht vor Kälte, sondern vor Schönheit. Es war wirklich fantastisch. Kyran sah mich an und nickte nur, dabei hielt er noch immer meine Hand und streichelte mit seinen Fingern darin herum. Es war prickelnd und ich hätte so hinschmelzen können. Das Wasser verhielt sich ruhig, nur wenn ein Vogel seine Runde drehte, schwappte eine kleine Welle über. Auch wenn hier und da ein Auto entlang fuhr, nahm es nicht die Schönheit vorweg.

Gerade als die Sonne langsam unterging, legte sich ein orangefarbener Filter über die Seekruste wie in einem Film. Es sah sagenhaft aus und es fehlten nur noch die Elfen und Gnome. Kyrans Körper saß direkt hinter mir und ich spürte seine Wärme intensiv. Mein Puls raste leicht. Als er mich sanft auf meinen Hals küsste, fing ich an zu zittern. Ich hätte mich so hingeben können, doch ein paar Motorrad Freaks störten unsere Zweisamkeit. Sie machten, wie wir Rast. Einer der Fahrer holte eine Dose Bier aus seiner Tasche und ein anderer grölte lauthals. Kyran schien leicht genervt.

„Komm lass uns gehen!", sagte er und stand auf. Auch ich löste mich nur ungern von ihm, doch angesichts der Motorradfahrer, schien es mir ein Wink des Schicksals. Also fuhren wir wieder zu der Unterkunft, an der ich wohnte. Überrascht stellte ich fest das, dass Auto von Sean noch davor stand. Kyran stellte seinen Motor aus.

„Siehst du, ich sagte doch, deine Rachel ist versorgt", dabei grinste er und deutete auf das Auto. Ich begriff nur langsam, obwohl mein Gehirn arbeitete, bis ich es checkte.

„Du meinst, Rachel und Sean?", fragte ich und schon nickte Kyran.

„Hast du das nicht gewusst oder gesehen, das lag doch auf der Hand." Er küsste erneut leicht meinen Nacken und ich wandte mich zu ihm um. Seine Augen durchstachen die meinen und ich hätte mich so verlieren können. Auch hier sollte uns die Zweisamkeit nicht gegönnt werden. Sean hatte anscheinend den Chopper gehört und kam gleich irgendwie schuldbewusst heraus. Aber er lachte verschmitzt und ich sah am Fenster Rachel, die ihren Mund gerade von Schokolade abwischte. Auch sie grinste.

„Oh schon so spät", meinte Sean und setzte sich schnell ins Auto. Auch Kyran gab mir schnell die Hand, die er noch galant küsste und sah zu das er wegkam.

„Ich hole dich in einer Stunde ab", raunte er noch und ich nickte nur. Wenn ich wenigstens gewusst hätte, wohin es ginge, dachte ich mir, es wäre sicherlich von Vorteil für meine Garderobe.

„Na, einen schönen Tag gehabt?", säuselte Rachel und sah mich verträumt an. Ich konnte nur nicken und begab mich gleich ins Bad. Nebenan hörte ich noch die laute Musik von Rachel, die ihren heiß geliebten MTV Sender hörte. Eigentlich fühlte ich mich dadurch ziemlich genervt, aber ich schwebte in so hohe Sphären, dass mir selber schwindelig wurde. Dennoch versuchte ich mich schnell fertigzumachen. Ich wusch mich, machte mir die Haare und zog mich an. Meine Wahl fiel auf ein schwarzes kurzes Kleid mit Spitze an den Rändern, dabei trug ich schwarze Stiefel und eine Lederjacke. Meine Haare hatte ich zu Locken aufgedreht und legte ein dezentes Make-up auf. Ich mochte nicht so aufgedonnert herumlaufen. Mein Motto war, wenn ich schon sexy herumlief, reichte unauffällige Schminke. Ja ich war zufrieden mit mir. Schnell schnappte ich mir noch ein Glas Rotwein und trank es in einem Zug leer. Auch Rachel hatte sich umgezogen und grinste mich an.

„Na, das wird ja aufregend. Ein live Konzert mit Kyran", sagte sie und schnappte sich ein Wurstbrot. Das also war es, wohin wir gehen sollten. Himmel, hatte ich das vergessen oder hatte Kyran danach noch etwas anderes geplant? Innerlich war ich angespannt. Was und wie würde ich auf Kyran reagieren, wenn er uns abholte?

Der Abend hatte sich angekündigt und ich wartete vorne vor der Haustür auf unsere Begleitung. Diese kam auch prompt um die Ecke gebogen. Es war wieder der alte Mustang und kaum sah ich Rachels grinsen, wusste ich das Sean am Steuer saß. Er stieg aus und hielt uns, Gentlemen like, die Tür auf. Rachel stampfte wie eine Dampfwalze an mir vorbei und stieg gleich vorne als Beifahrer ein. Mir blieb nur der Rücksitz. Sean hielt mir die Tür auf und flüsterte mir kurz zu.

„Er erwartet Sie im Pub", und lachte dabei. Keine Ahnung, was ich davon halten sollte, aber ich nahm es so hin. Immerhin hatte ich nur noch zwei Tage hier. Wir fuhren also los und ich sah, wie Sean mit Rachel flirtete. Das war schon amüsant. Immerhin schienen die beiden wie geschaffen füreinander. Anscheinend hatten die zwei denselben Gesprächsstoff. Keine Ahnung, vielleicht übers Essen oder was auch immer.

Wir fuhren zu einem Pub inmitten von Dublin. Von außen war es ein rötliches Gebäude mit langen Bänken draußen für die Raucher. Der Pub war umzäunt mit Blumen und lauter Lichterketten. Anbei stand ein Türsteher an jeder Tür, was ich, so muss ich sagen, in jedem Geschäft in Dublin gesehen hatte. Irgendwie gab es ein Stück Sicherheit wieder. Vor dem Pub standen schon etliche Leute mit einem Glas Guinness in der Hand und quatschten und qualmten. Kaum drinnen schwebte uns schon dieser , wie ich fand, typische Biergeruch entgegen. Alles war im dunklen Holz gehalten und die Wände waren geziert mit Bierdeckeln, Bilder der Vergangenheit und überall zierten leere Bierflaschen die Umrandung der Decke. In einer Art Insel war die Zapfanlage und darum wuselte sich das Personal. Am Ende des Pubs war in der Ecke eine kleine Bühne aufgebaut und wir bekamen auch gleich einen Tisch direkt daneben. Diese wurde gerade aufgebaut, doch von Kyran keine Spur. Als der letzte Spieler seine Trommel aufgestellt hatte, spürte ich einen Lufthauch an meinem Hals und ein leichter Kuss legte sich auf den meinen. Kyran war da und die Menge tobte. Er war wie immer genial. Von Anfang bis Ende hörte ich seine Stimme und auch Rachel war hin und weg. Natürlich würden wir keine guten Freundinnen werden, aber ich war froh sie zu kennen. Immerhin war ich nicht so alleine hier. Der Kellner brachte uns auf Geheiß von Kyran noch zwei Guinness. Meine Zimmergenossin mochte es nicht so, es war ihr zu bitter. Deshalb schob sie das Glas mir zu und bestellte sich ein Glas Wein.

Der Abend wurde lang. Erst nach ungefähr elf Uhr, eher halb zwölf, hatte Kyran seine Session beendet. Schnell zog er sich um und kam dann nach etlichen Autogrammen auf uns zu. Auch er bestellte sich ein Guinness und kippte es in einem hinunter. Sean setzte sich neben Rachel und diese kicherte drauf los. Klammheimlich ergriff Kyran meine Hand unter dem Tisch und ich lief gleich rot an. Sein Stuhl kam immer näher und ich spürte seinen warmen Körper neben mir.

Die anderen Bandmitglieder kamen zu uns, begrüßten uns überschwänglich mit einem Glas Whisky, was Rachel leider gar nicht vertrug. Sie musste an die frische Luft und Sean begleitete sie nur allzu gern. Schnell bot er sich an, sie nach Hause zu bringen. Kyran nickte nur und ich wusste ehrlich gesagt nicht, wie ich nach Hause kommen sollte, doch Kyran war Gentlemen pur. Er nickte mir zu.

„Keine Sorge ich bringe dich gleich nach Hause", meinte er und einer seiner Kumpel schlug dem Leadsänger auf die Schulter.

„Na, bereit für ein Spiel? Einen Jameson für den Sieger", meinte Dyllon, einer seiner Bandkumpanen.

Im Gegensatz zu Kyran, war dieser einen halben Kopf kleiner, sehr muskulös gebaut und hatte kurz rasierte Haare, mit einem Tattoo im Nacken. Er hielt Kyran ein paar Pfeile unter die Nase und deutete auf sein Glas mit Jameson Whisky. Kyran zuckte nur die Schultern und sah mich an.

„Warum nicht", sagte ich. Eigentlich hatte ich noch nie wirklich Dart gespielt, aber hey, ich war im Urlaub und mehr wie blamieren konnte ich mich nicht.

Also, ran. Erst zielte Dyllon mit seinen Pfeilen, dann Marcus, ein weiteres Bandmitglied und Gerard. Die beiden sahen fast aus wie Brüder, nur das einer blonde, halblange Haare hatte und der andere längere braune Haare. Die beiden sahen nicht ganz so sportlich aus wie Dyllon, aber man konnte es ihnen ansehen das sie Musiker waren. Beide schlugen sich abwechselnd auf die Schultern, dann waren Kyran und ich dran. Er beugte sich zu mir rüber.

„Hast du überhaupt eine Ahnung von Dart?", fragte er mich, doch ich musste verneinen. Es war mir peinlich.

„Oh, ich … ich hatte mal so, nur zum Spaß geworfen, aber ich fürchte, ich bin grottenschlecht. Ich sollte vielleicht lieber verzichten." Mein Blick blieb eingeschüchtert auf den Pfeilen liegen. Kyran aber grinste nur und drückte mir die Pfeile in die Hand.

„Ach was solls", grinste er. Also gut dachte ich und nahm die Pfeile in die Hand. Ich musste mich kurz leicht abseits stellen und erhob meinen Arm. Mir war nicht ganz wohl bei der Sache, auch weil die anderen leichte Witze rissen, von wegen, die hat ja noch nie gespielt und von wegen Frau. Ach, scheiß drauf, dachte ich und warf los. Aus dem anfänglichen Lachen wurde ein erstauntes, oh, wie … und Dyllon starrte mich an, während Kyran in Lachen verfiel.

„Himmel, du hast doch gesagt, sie kann nicht spielen?", donnerte Dyllon los. Keine Ahnung, was ich getan hatte. Mit Unschuldsmiene sah ich Kyran an, doch er nickte nur.

„Schon gut. Du bist sicher, du hast noch nie gespielt?", fragte auch er mich. Wahrheitsgemäß schüttelte ich den Kopf. Reine Glückssache. Wenn es nach Dyllon ginge, hätte er mich gleich ausgeschlossen, doch nach und nach wurde es immer lustiger. Der Whisky floss auf meiner Seite und auch auf Dyllons. Kyran hielt sich mit der Zeit leicht zurück. Er musste noch fahren und ich hatte ein schlechtes Gewissen, da ich ja nicht wusste, wie ich zurückkam. In einer Sekunde, als ich etwas abgewandt war und mit Marcus ein paar Dartpfeile abzog, hörte ich Dyllon und Kyran miteinander tuscheln.

„Sie ist wirklich eine starke Frau, woher hast du sie … ich, meine … wie bist du an Sie rangekommen?", doch Kyran schüttelte nur den Kopf und sah mich an. Irgendwie fühlte ich mich ertappt, aber ich gab mein bestes und zeigte mich von meiner besten Schokoladenseite. Was mir, so fand ich, gut gelang. Kyrans Augen ließen meine nicht mehr los und auch Dyllon war leicht verwundert.

„Du hast wirklich eine gute Wahl getroffen. Sag mal, läuft da was Festes?", meinte er und sah seinen Kumpel an. Dieser blickte kurz zurück. Er zuckte nur die Schultern und grinste wieder. Ich tat mein bestes und schmiss die Pfeile, was das Zeug hielt. Heute war ich eindeutig die Königin. Ich fühlte mich großartig und der Whisky tat sein Übriges.

103

Der Abend wurde länger und die Bar leerer. Es war mitten in der Woche und heute war nicht so viel los wie sonst, aber wie ich fand umso lustiger. Für mich hatte sich der Abend gelohnt. Als sich Dyllon mit Zähneknirschen verabschiedet hatte, er war kein guter Verlierer, brachen auch Kyran und ich auf. Er war mal wieder mit seiner Chopper da. Eigentlich hatte ich ja ziemliche Bedenken, was das Fahren damit belang. Ich meine, im Angesicht meines Kleides, aber ich lachte nur und schob mein Kleid so weit hoch, wie es ging, und setzte mich mit den Worten.

„Solange es keiner sieht." Kyran schluckte kurz und grinste mich an.

„O.k, wenn du meinst." Er drückte mir einen Kuss auf die Wange und startete den Motor. Kaum waren wir losgefahren, hielt er auch schon wieder. Er schlug sich vor dem Helm und drehte sich zu mir um.

„Macht es dir etwas aus, wenn wir einen kurzen Schlenker zu mir machen?", fragte er mich. Sollte ich auf der Hut sein, von wegen, Frauen verführen. Ich war mir leicht unsicher. Nach Mike hatte ich keinen Mann mehr gehabt, sei es zum Küssen, noch zu was anderem. Als wenn er meine Gedanken lesen könnte, antwortete er gleich.

104

„Oh, nicht was du denkst. Himmel, nein. Ich … hab wirklich
vergessen meinen Hund zu füttern, ja, auch ein Geheimnis von
mir. Du … kannst ja ruhig vor der Tür warten. Ist wirklich nur
eben Futter geben", meinte er und sah mich ehrlich an. Hunde!
Hmm, nun so wirklich hatte ich nichts mit Hunden, eher mit
Katzen, aber gut, wenn er sie oder ihn schnell was zu Futtern
geben würde. O.k.

„O.k, kein Problem. Ich warte dann eben. Ähm, was hast du
denn für einen Hund?", hakte ich nach. Hätte ich mal nicht
nachgefragt. Er zückte gleich ein Foto von einem braunen
Golden Retriever. Im Großen und Ganzen hatte ich keine
Probleme mit großen Hunden, aber so wirklich kam ich nicht
mit klar. Dennoch nickte ich zustimmend. Schon fuhren wir
wieder los, um am Ende von Dublin in einer ruhigen
Wohngegend zu halten.

Es war ein schönes, aber einfaches Reihenhaus, mit Vorgarten,
eben typisch irisch. Eine kleine Einfahrt ging hinauf zu einer
grünen Brettertür, abgetrennt von einem Gartenzaun. Kaum
hielten wir dort, fiel mir auch schon das Hundegebell auf,
welches von innen kam. Kyran nahm seinen Helm ab und
bedeutete mir an, dass es nur ein paar Minuten dauern würde.
Natürlich nickte ich und stieg mit ihm ab.

Ich nahm meinen Helm ab und wartete, bis Kyran im Haus verschwand. In der Nachbarschaft hörte man einen Fernseher und ein alter Mann mit Hut kam mir entgegen. Er begrüßte mich auf irisch und ging murmelnd weiter. Eine leichte Brise stieg auf und wehte mir eine Locke aus der Stirn. Plötzlich ging die Tür auf und Kyran rief schon.

„Vorsicht, er hat sich losgerissen. Es tut mir leid, aber er war zu lange allein zu Hause", meckerte Kyran und lief hinter seinem Hund her. Der jedoch war schneller und lief geradewegs auf mich zu. Ehe ich mich versah, hechelte mich das Tier von Ungetüm an. Er leckte mich regelrecht ab und ich konnte nicht anders, als ihn zu streicheln. Ich lachte laut auf und sah Kyrans Gesicht auf meinen ruhen. Er war wirklich fasziniert.

„Was ... ich meine, eigentlich hat er nie so ein Vertrauen auf fremde Menschen. Er ... er mag eigentlich keine Fremden. Das ist wirklich erstaunlich", fügte er hinzu und kam auf uns zu.

„Wie ... wie heißt er eigentlich?", fragte ich ihn und kraulte den Hund hinter den Ohren, was er anscheinend sehr genoss.

„Major! Sein Name ist Major", und kraulte auch ihm hinter den Ohren. Dieser legte sich flach auf den Boden und auf den Rücken, sodass man ihm seinen Bauch streicheln konnte. Ich musste lachen und auch Kyran war angenehm überrascht.

„Das kenne ich von ihm gar nicht. Wie gesagt, eigentlich mag er keine Fremden, aber hier … ich muss schon sagen", staunte er.

Wie zwei Familienmitglieder hingen wir um den Hund herum und streichelten ihn einen nach dem anderen. Doch meine Blase meldete sich langsam zu Wort. Ich druckste herum.

„Ich … ähm, kann ich mal kurz dein Bad benutzen? Ich denke, es war zu viel Guinness", und grinste. Dabei trat ich langsam von einer Beinseite auf die andere und Kyran lachte nur.

„Natürlich. Komm, ich zeig es dir. Komm Major, komm rein!" deutete er dem Hund an, der ihm aufs Wort folgte. Kyran ging voran, legte Major ein paar Hundeknochen in den Napf, der daran gleich zu knabbern begann, und deutete mir den Flur entlang.

Das Haus war spartanisch eingerichtet. Man gelangte gleich in das Wohn-/Esszimmer. Eine große Couch im dezentem grau und Rosenmuster, zierte den Raum entlang zum Fenster mit einem hellen Tisch, davor an der Wand, befand sich ein Fernseher und an der Seite ein helles Regal mit lauter Aktenordner und ein paar Büchern. An der Seite befand sich eine Theke mit einer Küche dahinter. Einen kleinen Flur entlang gelangte man zum Schlafzimmer und zum Bad. Ich ging schnell hinein. Es war erstaunlich groß, im Gegensatz zu der äußeren Fassade. Das Bad war in schwarzen Fliesen gehalten, mit weißen Absätzen und einem hellbraunen Fußbelag. Sein Aftershave lag noch in der Luft und es roch so gut. Ein Schauer ging mir durch den Körper. Verdammt das war mir echt peinlich. Also, das Guinness trieb wirklich und ich war erleichtert für diesen Zwischenstopp. Keine Ahnung, ob ich es ausgehalten hätte bis zur Ferienwohnung. Jedenfalls war ich froh. Ich hörte Kyran mit Major kurz sprechen, wie er ihm Wasser gab. Ich hatte meine Lederjacke ausgezogen und hielt sie im Arm fest. Kaum kam ich aus dem Bad, fragte Kyran mich.

„Wie wäre es mit einem Glas Rotwein?", dabei konnte ich nicht Nein sagen und nahm es dankend an. Mit dem Glas in der Hand guckte ich mir die Bilder an der Wand an, die Kyran in den jungen Jahren zeigten mit seinem Vater, anscheinend, beim Angeln und in einem Pub. Dabei musste ich lachen. Wie der Vater, so der Sohn, dachte ich. Kaum stand ich hier, kam auch Major auf mich zu. Er hechelte mich an und wollte gestreichelt werden. Ich bückte mich kurz und tat es. Kyran sah uns beide an und schien in ganz anderen Welten zu sein. Nach einer Weile stand ich wieder auf, da mir sonst die Beine

eingeschlafen wären und ich stützte mich kurz an dem Regal
ab, welches neben mir stand. Kaum drehte ich mich um, stand
Kyran vor mir. Seine Arme stemmten sich gegen das Regal, an
welchem ich lehnte. Er nahm mir das Glas aus der Hand und
stellte es in das Regal, dann kam er näher und seine Lippen
legten sich sanft aber fordernd auf die meinen. Seine Hand
ging immer mehr zu meinen Nacken und zog mich von dem
Regal sanft weg. Ich konnte nicht anders, als mitzugehen.
Natürlich hätte ich mich wehren können, aber wollte ich das?
War ich wirklich so naiv nicht zu wissen wohin das führen
sollte? Er roch so gut und seine Lippen waren so sinnig.
Im Flur küssten wir uns weiter, bis wir eine Tür erreichten, die
er mit der anderen Hand aufstieß. Es war eindeutig sein
Schlafzimmer. Ein großes Bett stand mitten im Raum, in heller
Eiche. Dabei ein großer Bauernschrank und zwei Kommoden.
Es war hell und freundlich eingerichtet. Auch die Bettwäsche
zierte in einem hellen Ton von Satin. An den Wänden hingen
ein paar Bilder von Fischern und alten Häfen, ein kleiner
Fernseher stand am Fenster, welches auf Kippe offen war und
eine kühle Brise hineinströmen ließ. Die weißen Gardinen
flatterten leicht hin und her.
Wir erreichten küssend das Bett und er legte mich sanft darauf.

Dabei sah er mich kurz an und ich spürte seinen heißen Atem noch intensiver. Sein Puls ging höher und auch meiner stieg. Wieder nahm er mein Gesicht in seine Hände und küsste mich leidenschaftlich, während ich auf dem Bett lag. Er lag direkt neben mir. Seine Schuhe waren halb offen und auch sein Hemd war leicht aufgeknöpft. War ich wirklich bereit für diesen Schritt, dachte ich und wusste die Antwort ohnehin. Mir war es egal. Zum Teufel mit Mike, zum Teufel mit meiner Zurückhaltung. Wenn nicht jetzt, wann dann. Immerhin würde dies evtl. nur einen One-Night-Stand geben und in zwei Tagen musste ich zurück. Kyran lag auf dem Bett und ich sah ihn an. Die schwarze Jeans mit dem blauen Jeanshemd sahen an ihm verboten gut aus. Er drehte sich zu mir, und zog mich auf sich, sodass ich jetzt auf ihm lag und ich ihn ansah. Er nahm meinen Kopf und küsste mich wieder. Ich wiederum küsste ihn am Hals und wanderte mit meinen Lippen über sein offenes Hemd. Sein Puls raste. Ich küsste ihn weiter auf seine Brust. Er stöhnte leicht auf und setzte sich kurz auf um sein Hemd auszuziehen. Im sitzen küsste er meinen Hals und nestelte langsam am Reißverschluss meines Kleides. Das herunterziehen der Zacken bescherte mir einen wohligen Schauer. Auch ich entledigte mich meines Kleides und war im

110

Gegenteil zu ihm nur noch in Slip und BH.

Gott Lob hatte ich noch schnell meine schwarze Spitzenwäsche herausgekramt, da ich meinte, sie passte schließlich zu meinem Kleid. Oder sollte ich gar eine Vorahnung gehabt haben?

Ich küsste ihn erneut entlang seiner Brust und arbeitete mich weiter vor bis zu seinem Gürtel, dabei nestelte ich daran herum, bis ich ihn auftat. Kyran stöhnte noch etwas lauter und entledigte sich seiner Jeans. Ich konnte seine Männlichkeit deutlich sehen und wie erregt er war. Schon wollte ich mich an seinem Slip heranwagen, als er mich packte und umdrehte.

Nun lag ich auf dem Bett und Kyran küsste jeden Zentimeter meines Körpers ab. Dabei gingen seine Finger an meinem BH und knöpften ihn mit Leichtigkeit auf. Dieser flog schnell weg und ich lag entblößt da. Eigentlich schämte ich mich etwas für meinen Körper. Schließlich war ich ja nicht mehr die Jüngste und versuchte mit den Armen meine Brust abzudecken, doch Kyran hob Finger für Finger von mir ab und küsste mich noch leidenschaftlicher. Meine Finger glitten zu meinem Mund, damit ich vor Lust nicht aufschrie. Ich drehte mich wieder und saß jetzt auf ihm, während er mich mit seinen Lippen bedeckte. Er stöhnte auf und flüsterte mir zu.

„Bitte bleib bei mir. Heute Nacht", und küsste mich wieder. Ich windete mich und warf meinen Oberkörper zurück, dabei spürte ich seine Erektion. Nur ein Fetzen Stoff hielt uns noch vom eigentlichen Akt ab. Kyran hielt mich so fest, dass ich laut aufstöhnte. Wir drehten uns nochmals auf dem Bett und die letzten Hüllen fielen. Ich atmete seinen Duft ein und spürte seinen heißen Atem an meinem Hals. Er küsste mich immer leidenschaftlicher, was ich auch an seiner Männlichkeit spürte. Im Schneidersitz saß ich auf ihm und seine Männlichkeit drang in mich ein. Meine Schenkel zitterten und ich auch. Sein Kopf legte sich auf meine Brust und seine Lippen bedeckten mich. Mir schwanden die Sinne und ich genoss jeden Augenblick. Wir wiegten uns im Zeichen der Lust. Eine Woge jagte die andere bis zum Höhepunkt. Erschöpft, aber glücklich lagen wir nebeneinander in den Kissen. Er lag hinter mir und hielt mich schützend fest. Während der Wind sanft zu uns rein blies, schlummerten wir ein. Erst nach ein paar Stunden wachte ich auf mit einem nassen Etwas im Gesicht. Meine Augen mussten sich erst an die Dunkelheit gewöhnen, die noch herrschte. Nach ein paar Augenblicken sah ich, wer mich da an der Hand ableckte. Major! Ach was solls, das Bett war groß genug. Ich holte ihn ins Bett und kraulte ihm seinen Bauch. Was er mit einem leichten grunzen ergänzte. Alle Viere von

112

sich gestreckt schlief auch Major neben mir ein. Kyran bekam es mit und wollte ihn gleich hinunterscheuchen, aber ich grinste und ließ ihn auf dem Bett, dabei versuchte ich Kyrans Hände wegzuhalten, was ihn wiederum anspornte mich festzuhalten. Sein Mund legte sich küssend auf meinen Nacken und seine Hände arbeiteten sich weiter meinem Körper entlang. Erst musste ich lachen, doch dann fiel ich wieder in Ekstase und ließ mich von seinem Körper zudecken. Seine Hände arbeiteten sich bis zu meinem Lustzentrum vor, während seine Männlichkeit sich an mich herantastete. Seine Finger arbeiteten sich weiter vor und ich stöhnte laut auf, dabei ging sein Atem auch schneller und drang in mich ein. Im Sog der Leidenschaft ließen wir uns treiben, bis die Wellen uns auf dem Höhepunkt erreichten.

Zwei weitere Stunden später lugte vorsichtig die Sonne zu uns herein und Major drehte sich voller Wonne. Kyran atmete jetzt ganz ruhig und hielt mich noch immer fest im Arm. Ich selber dachte daran eine Dusche zu nehmen und schlich heimlich raus ins Bad. Dort ließ ich das warme Wasser über meinen Körper laufen und seifte mich wohlig ein. Ich hatte vergessen die Tür zu schließen und war ein wenig überrascht, als Kyran neben mir auftauchte. Er stellte sich hinter mich und ließ das Wasser auch auf seiner Haut abperlen, dabei berührten seine Hände meinen Körper und küssten mich. Ich drehte mich um und küsste ihn leidenschaftlich auf den Mund, dabei wanderte ich weiter herunter bis zu seinem Lustzentrum. Ich spürte seine Erektion. Er hielt meinen Kopf sanft runter und ich nahm mich seiner an, bis er in Ekstase explodierte. Wir fielen uns erschöpft in die Arme und ließen das warme Wasser über unsere Körper laufen. Nach ein paar Minuten war meine Haut ganz runzelig und ich musste raus aus der Dusche. Schnell schnappte ich mir ein Handtuch und trocknete mich ab, während Kyran noch duschte. Das Bad war schon beschlagen und ich sah zu, dass ich raus kam, um einen Kaffee zu kochen. Kaum war ich draußen, hörte ich von innen Kyran.

„Uhhh, hu … wow", rief er aus und lachte. Mittlerweile hatte ich mich angezogen und ein leichtes Frühstück gemacht. Kyran kam langsam aus dem Bad und grinste über beide Wangen. Er ging ins Schlafzimmer und zog sich an. Mit frischen Sachen an, kam er auf mich zu, kraulte kurz Major und gab mir einen intensiven Kuss. Wir beide wussten, dass ich bald zurück musste, allein schon in die Ferienwohnung um mich umzuziehen. Und doch stand da die Trennung unmittelbar bevor. Eigentlich wollte ich es nicht ansprechen, aber irgendwie lag das im Raum.

„Hör mal, ich … ich, muss mich umziehen und du … du weißt, dass ich morgen nach Hause fahre", sagte ich und sah nach unten. Kyran windete sich leicht und sah aus dem Fenster, dann drehte er sich zu mir um, nahm mich in die Arme und wollte mich gar nicht mehr loslassen. Sein Kopf vergrub sich in meinen Haaren und hielten mich schützend fest. Es war nur ein Flüstern, dass ich vernahm.

„Geh nicht! Bitte bleib bei mir!", flüsterten sie. Mir ging ein Schauer über den Rücken. Was war hier passiert, was sollte noch werden? Ich wusste es nicht. Einfach hier bleiben, das konnte ich schließlich nicht. Ich hatte hier nichts und niemanden, keinen Job, keine Wohnung oder sonst was. Außerdem ging das nicht alles zu schnell? Ich wusste es nicht. Natürlich wollte ich nicht weg. Alles war perfekt. Er war Perfekt.

Gefühlschaos

*E*ine Weile standen wir noch eng umschlungen da, ehe wir aufbrechen mussten. Schnell gab Kyran Major noch sein Futter und wir schwangen uns auf den Chopper. Ich legte meine Hand um seine Taille und klammerte mich fest an ihm. Mein Kopf lehnte auf seinen Rücken und ich atmete sein Aftershave ein. Wir fuhren die Strecke bis zur Ferienwohnung stillschweigend. An der Haustür angekommen, war Rachel noch nicht da. Sie war mit Sean unterwegs, der ihr anscheinend den Hof machte und das nicht zu knapp. Kyran stieg ab und begleitete mich zum Haus. Da es früh am Morgen war, lag noch leichter Raureif auf dem Gras und benetzte es mit sanftem Nebel. Spinnweben zogen ihre Fäden, die wie Zuckerwatte auf den Wiesen lagen. Kyran führte mich zum Garten und hielt die ganze Zeit meine Hand fest. Ich seufzte und sah dem kleinen Bachlauf zu, der leise vor sich hin plätscherte. Alles war so ruhig und idyllisch. Kyrans Arme legten sich von hinten über meine Schultern und sein Kopf lag auf meinen. Er war so warm und seine Hände waren so beschützend. Und doch drängte die Zeit unaufhaltsam. Der junge Mann wusste es und drehte mich zu sich um. Seine Augen glitzerten leicht. Hatte er etwa Tränen darin? Oh bitte nicht, dachte ich. Ich wollte wegsehen, aber es gelang mir nicht. Sein Mund kam näher und seine Lippen lagen auf meinen. War das jetzt der Kuss zum Abschied? Ich wollte es nicht. Und doch ging mein Flieger bald. Wir standen eine Weile eng umschlungen im Garten und vergaßen die Zeit. Erst später bemerkten wir, wie ein Auto die Straße heraufkam. Es waren Sean und Rachel. Beide kicherten und flachsten herum. Kyran sah mich an und ich zuckte die Schultern. Es war Zeit uns zu lösen. So gingen wir Hand in Hand zurück zum Haus. Ein Anruf von Kyrans Manager brachte ihn aus der Fassung. Ein Fotoshooting stand noch an und ich wusste, er musste es einhalten.

Dieser Tag war nur noch für mich und meine Gedanken bestimmt. Erst am Abend sollten wir ein letztes Konzert von Kyran mit erleben. Eigentlich wollte ich nicht hin, aber andrerseits musste ich einfach.

Den ganzen Tag sah ich Rachel nicht. Sie amüsierte sich mit dem Fahrer und ehrlich, ich fand das richtig gut. Die beiden passten so gut zusammen. Nicht dass ich etwas gegen formstarke Frauen hatte, aber Sean war fast vom gleichen Schlag, etwas rundlich, mit kurzem Raspel Haar und leicht schräg.

An diesem Abend schien auch Kyrans Stimmung nicht ganz dieselbe zu sein. Seine Lieder klangen eher melancholisch und in die Weite treibend. Selbst Dyllon sah das und blickte mich finster an. Während einer Pause konnte ich ihn hören, wie er sich mit Kyran unterhielt.

„Himmel Kyran, vergiss sie. Sie geht zurück nach Deutschland und du findest bestimmt eine bessere. Glaub mir, das ist doch erst der Anfang. Es gibt noch genügend Weiber, die, dir den Kopf verdrehen können. Oder war sie so gut im Bett?", er lachte, aber Kyran war nicht zum Lachen zumute. Er drehte sich leicht weg und sah mich. Auch Dyllon blickte mich an und grinste. Er wollte einen Keil zwischen uns treiben. Natürlich verstand ich es. Kurz bevor Kyran wieder auf die Bühne musste, kam Dyllon noch zu mir. Er hatte einen Whisky in der Hand, den er mir reichte, dann lehnte er sich halb zu mir hin und säuselte, bestimmt.

„Hör zu, es tut ihm nicht gut, wenn er so eine Ablenkung hat. Ich meine sicher, wenn ich so eine hätte, wäre ich auch durcheinander, aber hey, das Leben geht weiter. Es tut mir leid, aber es ist wirklich besser, wenn du gehst und ihn vergisst. Leg es als Abenteuer ab und schwamm drüber." Er grinste noch und ging zu seinem Kumpel zurück. Hatte er recht? Als Kyran wieder anfing zu singen, war mir nicht mehr

ganz so wohl. Wie sollte dieser Abend enden? Würde er mich einfach nach Hause bringen und das wars? Es war vermutlich besser so.

Der Abend ging noch lang, und als sein Auftritt beendet war, kam er gleich zu mir. Im Hintergrund lungerte wieder Dyllon herum und sah mich strafend an. Schnell blickte ich weg, doch nicht, ohne das es Kyran mitbekam.

„Lass uns nach draußen gehen", sagte er und nickte seiner Band zu. Der eine prostete ihm zu und ein anderer nickte nur. Kyran schnappte sich noch schnell zwei Guinness und zog mich mit sich. Ich wusste nicht, ob trinken jetzt die beste Lösung war, aber mir schien es so. An einem Mauervorsprung setzte er sich hin und zog mich an sich auf seinen Schoss. Er hielt mich fest umschlungen und vergrub sein Gesicht an meiner Schulter. Wir konnten beide nichts sagen. In dem Pub liefen gerade die letzten Aufräumarbeiten und der Rest der Band machte sich auch auf dem Heimweg. Nur Dyllon stand noch an der Tür.

„Kyran!", forderte er, doch dieser wollte ihn nicht hören.

„Kyran, wir müssen gehen!", forderte er erneut. Ich sah den

jungen Sänger an und meinte leicht zittrig.

„Jetzt heißt es wohl Abschied nehmen", versuchte ich zu witzeln, doch Kyran hielt mich weiter fest. Sein Gesicht hob sich zu mir und er küsste mich. Meine Beine zitterten. Ein nervöses Klopfen an einer Tür deutete mir an, das Dyllon noch ungeduldiger wurde.

„Ich glaube es … Es ist besser, wenn du jetzt gehst. Es hat ja doch keinen Sinn. Ich meine, mein Flieger geht morgen schon sehr früh", flüsterte ich ihm ins Ohr, aber Kyran schüttelte den Kopf.

„Nein, nein, geh doch nicht. Bleib bei mir, heute Nacht", flüsterte er leise zurück und küsste meinen Hals. Oh wie gerne würde ich dem nachkommen. Doch was dann? Ich selber wusste, es musste so sein und enden. Dyllon klopfte erneut und rief seinen Freund. Er kam jetzt zu uns und grinste breit.

„Ich störe eure Zweisamkeit ja nur ungern, aber Kyran, bitte, wir müssen noch die Besprechung für Morgen machen. Tut mir Leid kleines", klopfte er mir auf die Schulter. Kyran selbst war leicht genervt. Er stand jetzt auf und nahm mich an die Hand, dabei hob er mit der anderen Hand einen Finger um Dyllon sagen zu wollen, er solle sich einen Moment gedulden. Das war ihm natürlich gar nicht recht. Er kickte mit dem Fuß einen

Korken weg, der auf dem Boden lag, und schlug leicht mit der Faust gegen die Tür.

Währenddessen zog Kyran mich weiter die Straße hinunter.

Wir gingen zu der O`Connell Street bis hin zur Brücke, die über den Liffey führte, einen Fluss, der durch Dublin floss. Die meisten Leute hatten sich schon aufgelöst, nur ein paar einzelne Pärchen und der eine oder andere Betrunkene liefen noch herum. Wieder setzten wir uns auf eine Bank und der Wind kam vom Fluss herüber. Sanft und doch kühl legte er sich mit einem Gemisch aus Salz und leichten Abgasen auf meine Stirn. Kyran sah mich intensiv an. Ich selber drehte mich verstohlen um, um zu sehen, ob Dyllon uns nicht doch noch gefolgt war, doch dieser stand an der Tür vom Pub und rauchte sich eine, wobei er wie ein Tiger auf und ab wanderte.

„Na ja, nun hast du mehr Zeit für deine neuen Groupies", versuchte ich ihn aufzurütteln. Das war wohl nicht das, was er hören wollte. Er stand jetzt auf und seine Hände fuhren durch seine Haare.

„Elara, warum kannst du nicht bleiben? Versuch es doch!", bat er mich, ja es war fast flehend. Ich sah ihn an und er sah so verloren aus. Seine Arme schlangen sich um meinen Körper. Er roch so gut und ich fühlte seine Wärme. Ein Husten aus der hinteren Ecke ließ mich kurz aufhorchen. Auch Kyran drehte sich um. Es war Dyllon.

„Ja, schon gut. Ich komme gleich, fahr doch schon mal vor", meinte Kyran, doch Dyllon wollte nicht. Er rief zu uns rüber.

„Kein Problem, ich kann warten. Du hast doch gar kein Auto, um wegzukommen. Das kann ja schließlich nicht allzu lange dauern." Den letzten Satz hatte er kaum merklich gesagt und klapperte schon mit den Autoschlüsseln. Ich hatte ganz vergessen, dass der Leadsänger wirklich auf seinen Kumpel angewiesen war, da Sean ja Rachel weggebracht hatte.

Kyran war sichtlich genervt. Es hatte doch keinen Sinn, entschied ich.

„Kyran, wir … es ist besser so. Ich nehme mir ein Taxi und du kannst zu deiner Besprechung. Wir … wir können ja telefonieren", lachte ich und drückte ihn noch mal kurz. Diesmal war ich der treibende Keil. Es musste ja irgendwie enden. Auch wenn es mich umbrachte. Mein Herz raste so schnell und ich versuchte, irgendwie, die Tränen zu unterdrücken. Zu meiner Entlastung musste ich sagen, dass mir Dyllon diesmal sehr gelegen kam. So musste ich mich nicht schämen und konnte mich gleich abwenden, damit ich mir

122

schnell über die Augen wischen konnte. Tief durchatmen, dachte ich und drehte mich wieder um. Dyllon sah ziemlich genervt aus, doch er machte gute Miene zum bösen Spiel.

„Ich störe euch ja nur ungern, aber die Zeit drängt wirklich. Ihr könnt euch doch morgen früh noch verabschieden. Du kannst ja zum Flughafen hin und ich bringe Kyran. Was haltet ihr davon?", säuselte er. Aus seinem Gesicht sprachen die Lügen.

Diesmal küsste ich Kyran kurz, aber intensiv. Für mich war es ein Abschied, das wusste ich, aber für ihn?

„Ich bin morgen früh bei dir. Versprochen!", sagte er und hielt noch ein Taxi für mich an. Ein flüchtiger Kuss und ich fuhr los. Auf der Rückbank sah ich noch das Triumphierende grinsen von Dyllon. Das also wars. Meine Welt brach zusammen und kaum stieg ich aus dem Auto, als wir angekommen waren, stürzten die Bäche nur so aus mir heraus.

Heimweh

Die ganze verdammte Nacht konnte ich kaum ein Auge zu machen. Wie gerädert und mit Kopfweh wachte ich auf. Meine Sachen hatte ich schon am Abend zusammengepackt und musste mich nur waschen und anziehen. Es blieb keine Zeit mehr zum Frühstück, da Sean schon vor der Tür stand und uns abholte. Rachel grinste über beide Wangen und auch Sean sah irgendwie lockerer aus. Ich sah mich kurz um, doch Sean schüttelte den Kopf. Kyran würde nicht kommen. Vielleicht war es besser so. Während Rachel vorne saß und ständig mit Sean schäkerte, sah ich mir die Gegend an die, wie im Flug an uns vorbeirauschte. Bei all der Schönheit, ich konnte an nichts denken. Ich fühlte mich leer. Zwölf Kilometer weiter sah ich schon die ersten Parkplätze des Flughafens. Eine Aer Lingus Maschine setzte gerade zur Landung an. Das musste wohl meine sein oder auch nicht. Es war mir egal. Mein Blick ging alle paar Sekunden auf mein Handy. Es waren Nachrichten darauf, aber nicht von Kyran. Mindestens zwei Dutzend von Mike und Ellis. Die Uhr tickte und tickte. Jedes Auto, welches, auch nur annähernd an Kyrans erinnerte, ließ mich aufhorchen.

Aber er war es nicht. Bis zur letzten Sekunde hatte ich gehofft, er würde noch auftauchen. Nichts! Ich konnte ja schon froh sein, dass wir diesmal mit dem Flugzeug zurückflogen und ich nicht noch mal in den Genuss kam mit Rachel eine Kabine teilen zu müssen, nicht nach diesem Abenteuer.

Unser Flug wurde aufgerufen und Sean verabschiedete sich von Rachel, die überglücklich war. Er zuckte nur die Schultern und sah mich mitleidig an. Sollte ich noch ein Wort zu ihm sagen oder eine Nachricht geben? Nein, ich tat es nicht. Stattdessen stieg ich in das Flugzeug und in der nächsten halben Stunde hoben wir auch schon ab. Auf diesem Flug war mir so flau im Magen, dass ich am liebsten gespuckt hätte, aber ich nahm eine Pille und schwebte nur so vor mich hin. Erst am Flughafen von Köln traf mich die Gegenwart wie ein Blitz. Laute Straßen, miefiger Gestank und unfreundliche Leute und doch klang inmitten der großen Stadt, immer wieder diese Melodie in meinem Kopf, die irischer nicht sein konnte. Kyrans Blick war allgegenwärtig. Meine Augen füllten sich mit Tränen und schon hörte ich Ellis Stimme quer durch die Halle rufen.

„Ahhh da bist du ja wieder. Willkommen, Willkommen!", rief sie mir entgegen. Gott Lob konnte ich sie dafür gewinnen,

mich am Flughafen abzuholen. Auch wenn sie heute ihren
freien Tag hatte, war ich ihr um so dankbarer. Eine
zweistündige Zugfahrt wäre für mich jetzt undenkbar gewesen.
Ellis rannte wie eine Irre auf mich zu, um mich
überschwänglich zu umarmen.

„Wie war ... oje, du siehst ja grausam aus. Hast du dir was
eingefangen? Oder war es der Flug? Bestimmt! Na komm
schon, ich Pep dich schon noch auf. Einen starken Kaffee und
einen Donut. Lass uns erst mal fahren. Du musst mir alles
erzählen", lachte sie und hakte mich ein. Auf der Fahrt nach
Hause döste ich leicht ein und immer wieder klangen diese
Lieder zu mir durch.

Nach eineinhalb Stunden waren wir endlich da. Ich wollte
einfach nur ein Bad nehmen, ein Glas Wein und dann ins Bett.
Ich schätze, Ellis hatte andere Pläne. Kaum ging ich durch die
Tür, stand schon eine Flasche Sekt und ein Blumenstrauß auf
dem Tisch. Eine CD lag neben den Blumen. Es war meine
Lieblingsmusik. Eine CD von Herr der Ringe Soundtrack. Aber
wieso sollte Ellis mir so etwas schenken und so einen Aufwand
machen, wenn ich wieder käme? Eher würde sie mir ne Flasche
Whisky hinstellen und darauf warten, dass ich fertig werde, um
gleich in die nächste Kneipe zu wandern. Auch Ellis Blick

verriet mir, dass ich richtig lag. Im selben Moment klingelte auch schon die Haustür. Wer sollte …? Ich sah kurz nach und stand unter Schock, es war Mike. Er klopfte und winkte mir zu mit einer Rose in der Hand.

„Hey El, schön das du wieder da bist. Ich ... ich habe versucht dich vom Flughafen abzuholen, aber anscheinend war Ellis schneller. Bitte El, lass mich doch rein", flehte er gleich wieder. Zu meinem Pech war meine Nachbarin gerade durch die Tür und schon stand er vor mir. Ellis verdrehte die Augen.

„Danke Ellis, dass du mir die Arbeit abgenommen hast, aber das war echt nicht nötig. Kann ich kurz mit El reden?", er schob sich an ihr vorbei mitten ins Wohnzimmer. Ausgerechnet darauf hatte ich so gar keine Lust.

„Mike bitte, ich bin Hundemüde. Ich brauche ein Bad und will dann gleich ins Bett. Kann das nicht warten?", fragte ich ihn leicht genervt. Doch er machte keinerlei Anstalten sich zu entfernen.

„Oh kein Problem, ich zaubere uns schnell einen Happen und lass dir das Wasser ein. Wenn du dann nicht zu müde bist, können wir ja reden, oder aber auch nicht." Er zwinkerte mir zu, doch ich war so genervt von ihm. Er wollte es einfach nicht wahrhaben, dass wir uns getrennt hatten und ich keinerlei

Interesse an ihm mehr hegte. Was er sich darunter vorstellte, war mir schon klar. Er wollte versuchen mich so ins Bett zu kriegen, aber das war vorbei.

„Mike, bitte. Lass uns ein anderes Mal reden. Ich habe tierische Kopfschmerzen und ich kann jetzt echt niemanden um mich haben", versuchte ich ihn loszuwerden, aber bei Mike stieß ich auf taube Ohren. Ellis sah mich in der Zwickmühle und auf sie war Verlass. Vor der Tür fing sie an zu kreischen.

„Ihhh, oh Gott, Mike bitte, da … da ist eine riesen Spinne. Die will hier rein. Bitte mach sie tot", kreischte Ellis und Mike sprang darauf an. Er konnte einfach nicht anders, da er wusste das ich diese Viecher auch hasste. Im Flur suchte er danach. „Wo denn? Ich sehe keine", meinte er und Ellis rückte kurz näher.

„Da! Da ist sie doch unter dem Schrank", bettelte Ellis und kaum das Mike sich bückte, schlug meine Freundin die Tür vor der Nase zu. „Sorry!", rief sie von innen und Mike klopfte an die Tür. „El, bitte was soll denn das? Ich will doch nur reden. Bitte El, mach auf!", forderte er, aber er wusste, dass er bei Ellis auf Granit stieß. Auch wusste er, wenn er länger Krawall machte, würde sie keine Skrupel haben die Polizei zu rufen. Hinter der Tür zog Ellis Grimassen und schimpfte hinter

128

vorgehaltener Hand. Sie versuchte zu lachen und wollte mich mit einbeziehen, doch mir war absolut nicht danach. Mein Kopf dröhnte, das Wasser lief in die Wanne und ich kämpfte mit meinen Tränen. Jetzt erst sah sie mich an und verschluckte sich fast.

„Hey Mike, bitte, las sie jetzt in Ruhe, sie hat wirklich starke Kopfschmerzen, ist wohl der Flug gewesen. Melde dich morgen früh noch mal", sagte sie und kam gleich auf mich zu. „Liebes das sind doch nicht nur die Kopfschmerzen. Sag, was ist passiert?", fragte sie mich mitfühlend, dabei goss sie mir einen Whisky ein und schob mich ins Bad. Sie half mir die Sachen auszuziehen und machte ein paar Teelichter an. Dann setzte sie sich neben mich und wartete, bis der Badeschaum mich einhüllte. Sie wusste, ich würde mit ihr reden, wenn ich so weit war. Nach zehn Minuten und zwei Gläsern Whisky fasste ich den Mut. Meine Tränen liefen und ich erzählte alles von Anfang bis Ende. Danach herrschte kurz Stille und bei Ellis flossen auch die Tränen. Sie war so nah am Wasser gebaut. Jedenfalls fühlte ich mich schon etwas besser. Eine kleine Last war mir genommen und doch war Kyran allgegenwärtig. Nach zwei weiteren Gläsern Whisky, auf Ellis Seite, wurde diese leicht zornig.

„Also wirklich, wenn dieser Typ es nicht mal für nötig gehalten hat, dich am Flugplatz zu verabschieden oder dir ne SMS zu schicken, dann … dann hat er dich nicht verdient. Glaub mir. Ich meine da draußen laufen doch noch genug George Clooneys , Brad Pitts herum, scheiß auf diesen Iren."

Sicher hatte sie recht, aber es tat noch immer so weh. Und ständig diese Fragen nach dem Warum. Meine Haut war runzelig und ich war jetzt richtig müde, auch wenn ich wusste, ich könnte nicht schlafen, ging ich ins Bett. Ellis war schon auf dem Sofa eingenickt und ich schmiss ihr noch schnell eine Decke drüber. Ein kurzer Blick auf mein Handy. Nichts! Ok, dachte ich, das wars dann wohl. Wenn er sich bis heute Abend nicht gemeldet hatte, war es das wohl. Ein Urlaubsflirt, mehr nicht. Mein Kopf war so leer und wilde Träume begleiteten mich durch die Nacht. Der Morgen schien auch nicht besser zu werden. Ich hatte heute noch frei, während Ellis schon wieder weg war. Ich sollte eigentlich etwas einkaufen, aber meine Motivation blieb auf der Strecke liegen. Zu allem Unglück kam auch schon Mike angerauscht. Natürlich, er hatte sich heute auch noch frei genommen. Er wollte unbedingt mit mir reden. Die Klingel lief Sturm. Wenn ich nicht aufmachte, würde er sogar bis morgen Früh hier stehen. Kaum dachte ich, dass er weg war, schloss ein Schlüssel die Tür auf. Völlig perplex stand Mike vor mir.

„Was??? Wie um alles in der Welt? Woher hast du diesen Schlüssel?", donnerte ich ihm entgegen. Er versuchte sich wie immer herauszuwinden.

„Ach den habe ich doch für Notreserven, das weist du doch. Ich habe es dir doch neulich gesagt. Weist du nicht mehr?", fragte er unschuldig. Er drehte sich alles immer so hin, wie es ihm passte. Auch diese Wahrheit. Denn ich wusste genau, dass er es mir nicht gesagt hatte. Ich hielt die Hand auf und wollte von ihm den Schlüssel, der jedoch gleich wieder in seiner Hosentasche verschwand. Mit einem Korb voller Essen schob er sich an mir vorbei in die Küche und packte alle Sachen aus, dann machte er sich, wie selbstverständlich, an die Töpfe und fing an Gemüse zu schneiden. Ich konnte nichts essen. Eigentlich wollte ich nur meine Ruhe. Immer wieder blickte ich auf mein Handy, aber die Enttäuschung war jedes Mal groß. Keine Nachrichten.

„Na, nen neuen Lover kennengelernt?", witzelte er und doch wusste ich, dass er ziemlich eifersüchtig war. Das Essen kochte bereits auf dem Herd.

„Mike, Mike, bitte ich krieg keinen Happen herunter. Ich denke

131

die Tabletten und der Flug steckten mir noch in den Knochen. Lass es gut sein", bemerkte ich an. Mike war ziemlich enttäuscht.

„Du hast doch nicht etwa Liebeskummer? Hä, ein Ire, sag, ein richtiger Kerl, der es dir ordentlich besorgt hat", fing er erneut an. Mike wusste, dass er zu weit ging, aber er konnte nichts dagegen tun. Ich sah ihn strafend an.

„Ich glaube, es ist besser, wenn du jetzt gehst", sagte ich zähneknirschend und sah an Mike vorbei. Er kam gleich auf mich zu und packte mich an den Schultern, dabei versuchte er, mich in den Arm zu nehmen. Mein Körper wurde ganz steif und ich wand mich von ihm ab. Eigentlich wollte er mich küssen und drückte mir einen Kuss auf die Stirn.

„Babe, du weist doch das wir zusammengehören. Ich bitte dich, gib uns noch eine Chance. Ich kann mich ändern. Wirklich!", flehte er. Dabei umarmte er mich weiter. Ich selber konnte mich nicht wehren, er war einfach zu stark und ich hatte noch immer diese Kopfschmerzen und diese Leere in mir. Mike versuchte mich noch immer zu küssen und sein Griff wurde jetzt fester. An die Wand gedrückt ließ er mir keinen Spielraum und drängte seinen Körper so eng an mich das ich seine Erregung spürte, aber ich wollte es nicht. Ich machte mich so

132

steif, wie ich nur konnte, und wand und drehte meinen Kopf weg. Leider nahm er das als leichten Ansporn, noch weiterzumachen. Allmählich wurde ich zornig.

„Mike!", versuchte ich ihn anzureden, aber er meinte, ich würde in Ekstase verfallen und daher seinen Namen rufen.

„Ja, Babe. Ja komm schon. Ich weiß du willst es auch", meinte er heiser und nestelte an meiner Bluse herum.

„MIKE!", rief ich ihm jetzt ins Ohr und noch mal, bis ich ihn anschrie.

„MIKE; LASS MICH LOS! SOFORT!", drohte ich ihm. Etwas geschockt von meinem Ausbruch, hielt er mich nur noch am Arm fest, denn ich sofort mit aller Gewalt losriss.

„El. Oh El, bitte, es tut mir leid. Ich … ich wollte nicht. Aber du … machst mich einfach wahnsinnig. Können … können wir es nicht einfach vergessen und noch mal neu anfangen. Komm schon El. Ich meine, war unsere Zeit nicht schön?", fragte er, noch immer leicht außer Atem, was ich auch noch sehen konnte an seiner schwarzen Stoffhose. Mir schossen die Tränen in die Augen und sah zu aus dieser Zwickmühle zu kommen, also ging ich, so schnell ich konnte, zur Tür und öffnete diese.

„Es tut mir leid, Mike, aber ich kann einfach nicht. Nicht so", sagte ich und merkte erst jetzt, dass er leicht grinste. Hatte ich das wirklich gesagt? Er musste ja annehmen, dass ich es noch mal mit ihm versuchen wollte. Aber nein, nein, ich wollte nicht, nicht nachdem ich das mit Kyran … oh Gott, Kyran. Die Tränen flossen jetzt erst recht und ich schob Mike zur Tür hinaus.

„Ich bitte dich, Mike, geh, geh jetzt und lass mich allein", flehte ich und im selben Augenblick kam gerade meine Nachbarin herein. Sie sah uns beide an und schüttelte den Kopf. Natürlich konnte sie ihre Kommentare nicht unterdrücken.

„Na, nicht dass ich wieder die Polizei rufen muss. Alles in Ordnung, Schätzchen?", fragte sie mich besorgt. Ich nickte. Sie wusste, wie schwierig Mike einst war. Bei einem Streit, als wir noch zusammen waren, ging es so heftig zu, dass Mike ein paar Möbel zertrümmert hatte und meine Nachbarin darauf die Polizei rief. Seitdem ist sie ohnehin ein Dorn im Auge von Mike. Dieser guckte sie gleich giftig an.

„Natürlich geht es ihr gut, wenn Sie sich nicht überall einmischen würden", keifte er gleich los und murmelte noch leise hinterher.

„Alte Giftspritze", dann drehte er sich wieder zu mir um, doch ich hatte die Chance wahrgenommen und gleich den Moment genutzt um ihn die Tür vor der Nase zuzumachen. Mike klopfte und klopfte, doch er sah es wenigstens ein, das er heute nicht mehr weiter kam. Er konnte auch keinen Ärger vorm Zaun brechen, in dem er auf meine Nachbarin losging, die war ebenfalls schnell verschwunden. Eine Weile stand ich noch an der Tür und horchte mit pochendem Herzen auf ein Geräusch. Nichts! Er musste noch im Flur sein. Auch er lauschte an der Tür. Nach weiteren zehn Minuten jedoch gab er endlich auf. Seine Schuhe hallten den Eingang entlang und kurz darauf knallte auch schon eine Wagentür. Schnell rannte ich zum Fenster und sah ihn davon rauschen. Ich musste eindeutig die Türschlösser auswechseln. Am Abend telefonierte ich gleich mit Ellis, die sofort aufgebracht war und wild vor sich hin fluchte.

„Dieser Wichser von Bastard, was erlaubt der sich eigentlich. Dem sollte man mal so richtig eins aufs Maul geben. Booh, ich könnte ausrasten. Liebes, geht es dir gut?", fragte sie in einem Atemzug, was ich auch bejahte. Sie schlug mir vor bei ihr zu schlafen, bis ich die Schlösser ausgetauscht hätte, aber das wollte ich nicht. Ich denke, er hatte es kapiert, so hoffte ich. Jedenfalls gingen die Tage und die Nächte kamen. Am Tag konnte ich mich noch mit Arbeit ablenken. Aber wenn die

Nächte kamen, fing ich an zu grübeln und zu verzweifeln

Eigentlich, so hatte ich geschworen, würde ich nie mehr auf die Seite von Irland gehen und schon gar nicht bei den sozialen Netzwerken, um bei seiner Band zu gucken. Doch ich konnte nicht anders. Ich quälte mich selber. Schon der erste Eintrag ließ meine Tränen fließen.

„Ein super Gig. Der Pub war von Kyran begeistert. Er war noch nie so gut wie heute." Anbei spielte man ein Tape ab, welches ein paar Lieder von ihm beinhaltete. Er war wirklich gut. Auf der Suche nach neuen Fotos musste ich erfreut feststellen, dass es derzeit keine gab. Was für mich gut war, dabei konnte ich ihn nicht noch mehr nachtrauern. Unten in der Liste war jeweils aufgeführt, wann er wo spielte. Seine Liste war randvoll. Im Hintergrund wurde eine langsame Melodie von The Foggy Dew gespielt mit leiser Hintergrundstimme. Es war Kyrans. Eine Gänsehaut jagte die nächste. In meinen Träumen verfolgte mich Kyrans Gesicht jeden Abend. Ich war nur noch eine Hülle meiner selbst. Dennoch musste ich irgendwie den Alltag bewältigen. Auch Ellis bemerkte eine Veränderung.

„Liebes, geht es dir nicht gut?", fragte sie ständig. Doch wusste sie, dass es nicht so war, auch wenn ich jedes Mal bejahte.

„Ach komm schon, vergiss den Typen, der war es nicht wert, wenn er sich noch nicht mal meldet. Lass uns mal wieder rausgehen, auf andere Gedanken kommen", versuchte sie mich zu locken. Meine Interessen jedoch waren alles andere, als zu einer Party zumute. Deshalb verkroch ich mich weiter in mein Schneckenhaus.

Echos der Vergangenheit

Allmählich gingen die Wochen dahin und ich saß jetzt nicht mehr jeden Tag vor meinem Computer, um weitere Gigs zu sehen oder zu hören. Hätte ich es mal getan! Nein, ich beschloss, alle dem, meinen Rücken zu kehren. Für eine Weile zumindest.

Die Tage wurden auch schöner und sonniger, zum Glück von Ellis. Der bescherte ich ein paar schöne ausgiebige Spaziergänge und Eisdielenbesuche sowie ein paar Kneipen oder Bistro besuche. Für die abendlichen Dinge standen mir noch nicht die nötigen Ambitionen. Ellis war zufrieden. Wie auch an diesem Tag. Wir schlenderten gerade durch die Einkaufszone und ich gönnte mir ein exklusives Parfüm, welches herrlich nach Musk roch. Diesen Duft liebte ich. Anschließend kamen wir an einem Bistro vorbei und Ellis musste mal ganz dringend aufs Klo.

„Oh El bitte, ich kann nicht mehr. Lass uns eben da rein, wir trinken ein dunkles Bier und können dann wieder gehen. Ich lade dich auch ein", flehte sie und nickte zu dem Lokal. Es war ein kleines gemütliches Bistro mit einer großen Glastür und

Fenstern, davor waren ein paar Tische aufgestellt mit kleinen Teelichtern drauf. An der Wand standen ein paar alte Holztische und die passenden Stühle, auf denen sich auch Decken befanden, für Leute, die abends leicht froren. Im Hintergrund lief leise Geigenmusik. Es hörte sich irisch an und ich stutzte, aber Ellis kniff die Augen so zusammen das ich Schlimmes befürchtete, wenn wir nicht reingingen.

„Also gut, also gut, aber nur ein Bier", tadelte ich sie und schon flitzte Ellis an mir vorbei und rief der Bedienung zu.

„Ich nehme ein dunkles Kellerbier", und ward nicht mehr gesehen. Sie rannte schnell die Treppe zum WC runter und ich setzte mich auf die Holzbank. Eigentlich war mir nicht nach einem dunklen Bier, aber was ich sonst nehmen sollte, fiel mir auch nicht ein. Die Bedienung kam mit dem dunklen Bier und stellte es neben mich hin.

„Was darf ich dir denn bringen? Wir haben heute frisch gezapftes Guinness im Ausschank", meinte sie freundlich und zündete das Teelicht an. Ehe ich mich versah, nickte ich zustimmend. Und als Ellis wiederkam, ziemlich erleichtert, fiel ihr ungläubiger Blick auf mein Glas Guinness, doch sie sagte nichts. Ich nippte nur kurz dran. Der feine schaumige Geschmack benetzte meine Lippen und eine Explosion von

139

Gefühlen brach über mich hinein. Nein, ich wollte nicht zurückdenken. Schnell versuchte ich, mich abzulenken, in dem ich auf die Leute starrte, die vorbeigingen. Allerdings war das auch keine gute Idee. Die meisten, die jetzt in den Abendstunden unterwegs waren, schienen ausschließlich Paare zu sein. Toll dachte ich und starrte stattdessen die Karte an, als wenn ich sie auswendig lernen wollte. Ellis sah meinen Blick und war schon drauf und dran aufzustehen, um zu gehen, als plötzlich mein Handy klingelte. Oh nein, dachte ich, die ganze Zeit hatte ich vor Mike Ruhe gehabt, sollt er etwa wieder rückfällig geworden sein? Meine Augen trauten sich gar nicht auf dem Display zu gucken und doch war da eine Neugier, die mir die Nackenhaare hochstehen ließ. Es war eine unbekannte Nummer. Ellis verdrehte die Augen.

„Sag dem Penner, wenn er es noch mal wagt, dich anzupacken, verpasse ich ihm eine. Sag ihm das ruhig. Ach was, gib mal her!" Sie schnippte ihre Finger und den Spaß wollte ich ihr gönnen. Auch wenn es mir peinlich war. Sie nahm beim nächsten Klingelton ab und herrschte in den Hörer.

„Du mieses kleines Stück Scheiße, wenn du sie noch mal anpackst, kannst du dein Würstchen ... was ... äh, how ... ich meine ... what ...", sie stammelte und sah ziemlich verwirrt

140

aus. Dann gab sie mir das Handy zurück und sah mich an.

„Was?", fragte ich gleich, „Wer, war das? War das nicht Mike?", meinte ich und bekam einen Schock. Sie hatte jemanden unnötig zur Schnecke gemacht, in meinem Namen.

„Da ... da war irgendwie ein Funkloch. Ich konnte ihn nicht richtig verstehen. Er meinte nur so, was wie Sean ... Fehler ... lass dich nicht ... veräppeln ... er isst dich ..." Ich sah Ellis an. Was hatte das zu bedeuten? Du lieber Himmel, wer war das? Oder erlaubte sich Mike einen Scherz mit ihr?

„Hat er nicht seinen Namen gesagt? Ich meine, du hast gesagt ein Sean, richtig?", doch Ellis vertiefte sich in ihr Glas. Mein Gesicht wurde rot wie eine Bombe.

„Hör mal, vielleicht hat er sich auch nur verwählt. Soll vorkommen. Wenn es wirklich wichtig wäre, wird er noch mal anrufen, glaub mir", sagte Ellis und trank ihr Glas in einem Zug aus. Dann packte sie mich an der Schulter, bezahlte und wir gingen. Ich konnte es nicht glauben. Ich musste wissen, wer das war. Kaum waren wir unterwegs, hielt ich es nicht mehr aus. Ich musste wissen, wer da anrief und warum. Im Internet suchte ich die Nummer heraus. Das konnte nicht wahr sein, es war wirklich die Vorwahl von Irland. Mein Herz blieb fast stehen, aber was hatte Ellis gesagt, ein Sean, wieso Sean?

Meine Finger flogen über die Tasten, und ehe ich mich versah, wählte ich die Nummer. Es tutete und tutete, doch nichts. Es tat sich nichts. Verzweifelt sah ich Ellis an. Diese war ganz schön geschockt.

„Du meine Güte, der Typ geht dir ja wirklich nahe. So richtig mit Herzschmerz und so?", hakte sie noch mal nach und ich konnte nur mit leichtem Silberblick nicken. Mit hängendem Kopf marschierten wir in meine Wohnung. Alles, was ich tat war, dann nur am Computer zu hängen und auf das verdammte Telefon zu starren. Es gab weder ein neues Update noch eine Nachricht von Kyran. Nach etwa zwei Stunden hatte selbst Ellis von mir genug. Sie murmelte nur so was wie, keine Zeit mehr und flüsterte noch hinzu, da muss man doch was machen. Und ward durch die Tür gegangen.

Mein Schneckenhaus war wieder mein und ich gab mich meinen Erinnerungen hin. Nach Stundenlangen starren auf dem Computer, gab auch ich mich geschlagen. Ellis hatte recht, ich musste endlich aufhören an ihn zu denken und ihn vergessen. Schließlich hat er sich seitdem kein einziges Mal gemeldet, was ja am Anfang seinen Charakter wieder spiegelte. Mich traf die Erkenntnis wie ein Schlag. Er hatte mich nur ausgenutzt, wie eins seiner Groupies. Toll gemacht Elara, echt toll. Ich knallte den Computer zu und trank mir noch ein Glas Wein, ehe ich ins Bett ging.

Die Zeit siechte wieder dahin und allmählich kündigte sich der Sommer an. Die Tage wurden heißer und die Nächte länger. Ich stürzte mich so in die Arbeit, dass ich fast alles vergaß. Zusätzlich nahm ich noch, neben meinem Job im Supermarkt, einen Putzjob an. Nicht dass ich das Geld brauchte, was man natürlich immer tat, es war eher das Vergessen, was ich suchte. Für eine gewisse Zeit half es, aber abends kamen dann doch die Geister heraus. Meine Freundin war auch immer so geschäftig. Ständig tat sie so geheimnisvoll und sprach immer von unserem Urlaub. Als wenn ich darauf aus wäre, auch noch weg zufahren. Nein, danke. Davon hatte ich genug. Ich meine, im Moment ging es mir ja recht gut, wobei ich auch sagen muss, es lag zum Teil daran, dass Mike sich seit unserem Disput nicht mehr meldete. Hatte er etwa wirklich aufgegeben? Nun, man soll den Morgen ja nie vor den Abend loben. Jedenfalls quetschte mich Ellis schon die ganzen Tage aus, wann ich denn nun endlich Urlaub hätte und wir könnten doch trotzdem wenigstens ein paar Tage wegfahren. Ich konnte Ellis nicht auf den Schlips treten, aber ich wollte einfach nicht. Kaum an den Gedanken daran fing ich schon an, zu zittern. Die Erinnerung war noch allgegenwärtig.

„Oh bitte Ellis, das hatten wir doch schon", jammerte ich. Nur Ellis ging auf die Barrikaden. „Jetzt hör mir mal zu, ich weiß du hattest nen beschissenen Urlaub und seitdem hängst du hier nur so rum wie ein Trauerkloß. Ganz ehrlich, da hättest du auch gleich bei Mike bleiben können. Himmel, du musst das jetzt ein für alle Mal aus dem Weg schaffen. Das ist so als, … als, wenn du ein Geist wärst, der nicht ins Licht gehen kann, weil er hier noch was zu erledigen hat."

Ich blickte meine Freundin verständnislos an.

„Was um alles in der Welt meinst du damit?", fragte ich noch dusselig. Dann hielt mich Ellis an den Schultern fest und sah mich an.

„Hör zu, ich weiß ich habe einen riesigen Fehler gemacht, aber ich kann dich einfach nicht mehr so sehen. Wie du da jeden Tag deine Arbeit machst nur, um zu vergessen. Glaubst du nicht, ich hätte nicht gemerkt, wie du jedes Mal zusammenzuckst, wenn eine irische Musik läuft oder auch nur ein Beitrag im Fernsehen kommt? Ich bitte dich", flehte sie mich an. Himmel, ich wusste gar nicht, was sie meinte.

„Also gut", meinte Ellis weiter und sah mich stur an.

„Hör zu, ich weiß, du wirst mir den Kopf abreißen, aber ich

muss dir sagen, ich habe es getan", sie blinzelte. Meine Stimme
wurde ganz dünn und ich wagte nicht, sie zu fragen.

„Was getan? Ellis!", mahnte ich sie. Jetzt druckste sie leicht
herum.

„Also gut, ich habe uns einen Flug gebucht. Im Juni, für vier
Tage nach Dublin."

Klarheit

Die Bombe saß. Ich lief schon rot an.

„Was hast du dir dabei gedacht? Oh nein, ich werde nicht
fliegen, auf keinen Fall." Meine Arme kreuzten sich und ich
schmollte wie ein Teenager. Natürlich kannte ich Ellis.
„Tja, was du machst, ist mir egal. Ich jedenfalls habe noch
keinen Urlaub gehabt und glaub mir, ich werde fliegen. Mit
oder ohne dich. Ach ja und weißt du was, ich werde sogar ein
paar Pubs besuchen", grinste sie. Ich konnte machen, was ich
wollte. Sie hatte gewonnen. Auf der einen Seite hatte sie ja
recht, ich musste mich meinen Dämonen stellen und endlich
Gewissheit haben. Außerdem, wer sagte denn, dass ich

ausgerechnet wegen *ihm* nach Dublin fliegen würde?

Eigentlich wollte ich es Ellis nicht so leicht machen, aber sie merkte schon an meinen Gesichtszügen, das sie mich herumgekriegt hatte.

So hieß es wieder, auf nach Irland.

Es war nur ein Monat bis dahin, aber ich war so aufgeregt wie nie. Ständig musste ich aufs Klo, vor lauter Aufregung, dass Ellis meinte, ich solle doch besser ein paar Pillen nehmen, oder wenigstens jeden Tag ein Glas Wodka trinken. Oh ja, das war gut. Eine Wodka Kur würde bestimmt helfen. Zwei Tage vor der Reise nahm ich wirklich eine halbe Flasche Wodka zu mir. Sonst hätte ich das Wochenende nicht herumgekriegt.

Es sollte Montag losgehen und bis Donnerstag hatten wir uns in eines der Hotels eingebucht, die direkt an der O` Connell Street lagen, also mitten im Geschehen und nur wenige Minuten zur Temple Bar, wo die ganzen Pubs waren und das Leben tobte. Natürlich hatte ich mich vorher erkundigt, wo und in welchem Pub Kyran spielte. Zu meiner Schande musste ich feststellen, dass die Seite zurzeit überarbeitet wurde und daher die Termine nur kurz vor Ort einzusehen seien. Na toll, dachte ich, aber ich würde ja nicht wegen ihm dahin fliegen. Hoffte ich.

Noch vor der Reise schielte Ellis in meinen Koffer und schüttelte mitleidig den Kopf.

„Meine Güte, wir gehen doch nicht auf Sightseeing-Tour für Touristen. Willst du das wirklich mitnehmen?", fragte sie argwöhnisch und sah angeekelt in meine Reisetasche. Ich hatte eigentlich alles für einen praktischen Tag eingepackt. Jeans, Pullover, zwei Shirts einen Trenchcoat und meine Stiefeletten.

„Wieso, ich weiß nicht. Das ist doch alles praktisch. Schließlich läuft man da viel herum. Und das Wetter ist eben typisch irisch", verteidigte ich mich. Schon kramte Ellis in meinem Schrank herum.

„Ja, für irische Verhältnisse, aber hey, du vergisst, wohin wir gehen. Die Partymeile schlechthin. Meinetwegen behalte deine Jeans, aber dazu gehört etwas mit Pep und für abends was Sexiges., hier … genau das." Sie hielt mir ein schwarzes Minikleid hoch mit Spitze am Saum und na ja, sagen wir leicht Figurbetontes. Sie grinste über beide Wangen.

„Genau das und die Kerle werden dir zu Füßen liegen", lachte sie. Meine Güte, ich wollte doch keinen Kerl aufreißen, doch innerlich sah ich mich schon vor Kyran stehen. Nein, nein, ich musste damit aufhören. Ellis packte noch ein bis zwei lockere Blusen rein. Eine Schwarze, die leicht durchsichtig war, aber

nicht zu viel preisgab und eine weite, weiße Bluse. Meine
Stiefeletten durfte ich tragen, aber ein paar Pumps, flogen
auch noch mit. Dazu einen kurzen Blazer und meine schwarze
Lederjacke. Gut, so sollte es sein.

Am frühen Morgen brachen wir auf und fuhren mit dem Zug
zum Flughafen. Im Zug selber hatte ich mir einen Piccolo
genehmigt, um das Ganze lockerer zu sehen. Aus einer wurden
zwei und das auf nüchternen Magen, da ich vor Reisen nie
etwas essen konnte vor Aufregung.

Am Flughafen angekommen hatten wir noch eine Stunde
Aufenthalt. Ellis konnte sich in der Zeit noch den Bauch
vollschlagen, während mir derselbe sauer aufstieß. Ein Schluck
Cola und eine Tablette gegen Übelkeit und schon war die Sache
geritzt. Obwohl die Dinger leider auch ihre Nebenwirkungen
hatten, vor allem mit dem Sekt vorher.

Wie ein Junkie lief ich Peacemäßig in der Halle umher. Erst im
Flieger überkam mich die Müdigkeit und ich döste die ganzen
eineinhalb Stunden, ehe wir in Dublin ansetzten.

Mit dem Busshuttle, der vom Hotel geschickt wurde, ging es
gleich weiter. Gute zwölf Kilometer fuhren wir, ehe der Bus an
der O` Connell Street hielt, direkt gegenüber unserem Hotel. Es
war ein einfaches, aber altes Hotel und doch Urgemütlich. Die

Leute begrüßten uns herzlich und wir nahmen den Schlüssel entgegen. Kaum dort angekommen stürzte sich Ellis ans Fenster.

„Wow, sieh mal, wir können direkt auf die Hauptstraße sehen. Und da hinten kann man das Meer sehen, nur ganz klein", lachte sie und warf sich auf eines der Einzelbetten.

Alles in allem war es schlicht eingerichtet. Zwei Einzelbetten mit roten Überdecken, daneben je zwei kleine Kommoden, ein Schrank, ein kleiner Tisch mit Stuhl und an der Wand ein Flachbildschirmfernseher. Direkt nebenan war ein kleines Bad mit Dusche.

„Oh komm schon El, lass uns nen Happen essen gehen und ordentlich shoppen", lachte Ellis und schmiss ihre Klamotten auf das Bett, dabei verschwand sie schnell im Bad und kam nach zehn Minuten, frisch wie der Morgentau, wieder heraus.

Es nützte ja alles nichts. Ich schnappte mir auch meine Sachen, wusch mich und steckte meine Haare an den Seiten hoch. Hier herrschte, trotz Stadt, ein starker Wind. Ich zog meine zerrissene Jeans an, die hauteng saß, aber nicht einschnürte, dazu eine kurze Bluse und einem langen Cardigan drüber, natürlich mit meinen Stiefeletten. Ich fühlte mich gut. Mittlerweile spürte ich auch einen leichten Hunger. Mal sehen, was es hier so gab. Wir beide hakten uns unter und marschierten fröhlich an der Rezeption vorbei. Dort stand gerade ein junger Mann, er war wohl Inder, dem Akzent zu urteilen, als er uns nachrief.

„Hey, habt einen Riesen Spaß. Wow.!", pfiff er noch und das ging bei mir runter wie Öl, obwohl ich leicht eingeschüchtert war, als ich all die Frauen und Mädchen sah, die hier herumliefen. Alle sahen so richtig gut aus, so natürlich, aber was solls, dachte ich. Wir sind wir.

Den ganzen Tag schlenderten wir durch Dublin. Angefangen an den Snack Buden, wobei wir an einem Shop hielten, der Fish and Chips hatte mit Essig und frittierten Mars, lecker. Dann schlenderten wir zu dem Trinity College und tranken einen Coffee to go, dabei setzten wir uns auf die Stufen der College Treppe, wo auch noch andere Leute saßen. Alle redeten durcheinander. Mal konnte man den irischen Akzent heraushören, dann wieder den typischen Englischen, aber auch Italienisch, Türkisch und ein oder zwei Deutsche. Vom College schlenderten wir gleich durch die Innenstadt. Hier wuselte alles durcheinander und doch irgendwie geordnet. Am Ende der Stadt überquerte man eine Straße die zum Stephens Green Park führte. Den besahen wir uns aber nur zum Anfang, denn die

Füße schmerzten schon extrem. Waren wir doch das lange laufen nicht so gewöhnt. Auf dem Rückweg zur Half Penny Bridge begegneten uns verschiedene Künstler. Ein älterer Mann spielte auf zwei Löffeln seine Melodie, ein paar Meter weiter stand wieder ein junger Mann mit einer Gitarre und schmetterte Songs von U2 und Goldplay. Noch etwas weiter standen ein paar Männer und zeigten Jonglierkünste. Ich staunte nicht schlecht. Diese Stadt lebte wirklich.

Zur Abendstunde hin, legten wir noch einen Fußmarsch zu der Half Penny Bridge, die über den Fluss Liffey, gespannt war. Auch hier setzten wir uns mit einem Eis in der Hand und genossen den Wind, der vom Fluss herüberwehte. Ich schloss kurz die Augen, und als ich sie wieder öffnete, fiel mir wieder ein, wo wir waren. Mein Herz begann zu rasen.

Hier hatte ich mit Kyran gesessen. Erinnerungen wurden wach und leichte Panik machte sich breit.

„Wow, was ist denn los?", fragte Ellis besorgt. „Die Reise? Hmm, war wohl doch alles zu viel?", fragte sie noch mal, aber ich schüttelte den Kopf. Auch bei ihr fiel jetzt der Groschen.

„Oh, du meinst … du und dieser Typ. Ich verstehe. O.k, dann komm", grinste sie und hob mich an der Hand hoch. Sie setzte sich in Bewegung, Richtung Hotel.

151

„Ach Ellis, es tut mir leid, aber ich kann doch nichts dafür. Sei mir nicht böse“, jammerte ich, aber Ellis lachte nur.

„Du Dummerchen, ich muss mal ganz dringend“, grinste sie und kniff leicht die Beine zusammen. Auch ich lachte jetzt und wir gingen wieder zum Hotel zurück. In zwei Stunden wollten wir noch einmal zur Temple Bar und ein Guinness trinken. Ich überlegte mir schon jetzt eine Ausrede, warum ich nicht mitkommen konnte.

„Hör mal, ich glaube, ich krieg so ne Magenverstimmung. Vielleicht sollten wir heute nicht alles auf einmal machen“, versuchte ich. Kaum gesagt flog mir ne Flasche entgegen mit Tropfen.

„Kneifen gilt nicht. Immerhin sind wir nur vier Tage hier und einer ist schon so gut wie um. Ich will alles mitnehmen. Zwanzig davon und du fühlst dich wie neu“, und deutete auf die Flasche. Brav nahm ich sie und wartete ab. Wirklich, nach zehn Minuten fühlte sich mein Magen nicht mehr ganz so wabbelig an. Dennoch war da dieses flaue Gefühl. Die Angst kroch hoch.

Ellis kam aus dem Bad und sah aufgebrezelt auf wie nie. Ihre Haare standen ab wie bei einem Sturm, aber diese kämmte sie schnell und sie lagen wieder richtig. Dabei hatte sie einen kurzen Minirock an mit einer Bluse aus Blüten und Stiefel. Sie warf sich einen Poncho über und zog eine Flasche Secco aus dem Koffer. Keine Ahnung, wo sie den her hatte, da man ja nichts Flüssiges mitnehmen durfte im Gepäck. Wahrscheinlich war ich noch im Halbschlaf und sie hatte die Flasche am Flughafen gekauft. Jedenfalls prosteten wir uns zu, während ich mich umzog. Ellis bestand darauf, dass ich, dass kleine Schwarze anzog. Zuerst wollte ich nicht, mir war irgendwie nicht richtig nach. Doch nach dem zweiten Secco wurde ich etwas lockerer. Ellis hatte recht, so schlecht sah ich nicht aus. Also schnappte ich mir meine Lederjacke und wir zogen los. Das Leben hier an der Temple Bar, brummte zu dieser Jahreszeit. Teenager, Studenten, Touristen und Einheimische tummelten sich hier. Mich wunderte es, auch ein paar ältere Leute zu sehen. Aber genau das machte diesen Teil aus. Man konnte feiern oder relaxen. Auch wenn es mitten in der Woche war.

Ein Pub reihte sich an den anderen, gemischt mit ein paar Snack- Buden. Ein Hotel stand neben dem anderen, dazwischen das ein oder andere Hostel. Natürlich waren hier auch etliche Restaurants vertreten, die dadurch bestachen, das Angestellte davor standen und ihre Speisekarten anpriesen.

Auch Souveniershops durften nicht fehlen. Wo man hinsah blickten einen grüne Emblems entgegen in Form von Karten, Schirmen und Hüte. Überall standen junge Leute auf den Straßen und unterhielten sich und rauchten. Manche, hatten schon eindeutig zu tief ins Glas geschaut, aber sie blieben friedlich. Der erste Pub, den wir ansteuerten, lag gleich um die Ecke. Er war gerappelt voll. Noch spielte keine Live Band oder aber wir mussten noch weiter suchen. An einem Ecktisch fanden wir noch zwei Plätze und Ellis holte uns ein Pint Guinness und ein Glas Paddy´s. Ein irischer Whisky.

Sie fuhr gleich harte Geschütze auf. Mir war das recht, je schneller ich angetrunken war, umso eher konnte ich wieder in das Hotel.

Die Leute rund um uns redeten und lachten und es war faszinierend zu sehen, wie sie alle waren. Schon beim ersten Schluck Whisky, der mir leicht brennend die Kehle runterrann, fühlte ich mich wohler.

Der Abend wurde länger und wir zogen von einem Pub zum anderen. Ellis angelte sich immer wieder ein paar Kerle, die entweder schwul waren, oder noch in den Windeln lagen. Na gut, den einen oder anderen hatte sie dabei, die waren schon in Ordnung. Letztendlich liefen wir mit noch drei weiteren Leuten

um die Häuser. Ein Pärchen und ein Typ, der als
Rucksacktourist hier sein Lager aufschlug. Er fuhr in
Irland herum, um mal alle Länder zu bereisen. Ellis war
sichtlich angetan von ihm. Haare so lang und leider auch leicht
speckig, Hemd und Jeansweste an, die schon bessere Zeiten
erlebt hatten, eine zerrissene Jeans und zerlöcherte Boots. Im
Anschlag immer eine Gitarre, auf der er versuchte zu klimpern.
Nun gut, ganz so schlecht war er auch nicht. Ich weiß nicht,
aber er sah so aus wie, als wenn er ständig bekifft wäre, oder
einfach nur ein totaler Ökofreak war. Nicht dass ich was
dagegen hatte, aber er versuchte immer einen auf diese
schnoddrige Art einzuwickeln, von wegen ; „Hey, man" und,
„Hey Alter, voll cool", und das bei jedem zweiten Wort. Keine
Ahnung, was meine Freundin an ihm fand. Jedenfalls wurde
der Abend immer später.
In den meisten Pubs liefen jetzt Livebands. Auch wir hangelten
von Pub zu Pub. Im, keine Ahnung, gefühlten zwölften Pub,
gingen wir auch rein. Noch ein Guinness. Die Band hatte
gerade Pause und dementsprechend tummelten sich die Leute
vor dem Pub, um eine zu rauchen, oder einfach nur Luft zu
schnappen. Das Pärchen hatte sich mittlerweile abgeseilt und
ging uns irgendwo zwischen Pub fünf und Pub neun, verloren.

155

Natürlich blieb David, der Freak bei uns, sehr zur Freude von Ellis. Die beiden hingen an einem Tisch fest und ich musste mich nach all dem Guinness schnell erleichtern. Das war gar nicht so leicht. Die Leute standen im Weg, fast alle rannten gleichzeitig zur Toilette. Es nutzte ja nichts, ich stellte mich brav an. Nach zehn Minuten war ich endlich an der Reihe. Schlagartig wurde es leer. Was … ich hatte doch noch gar nicht. Ich meine, ich war ja noch gar nicht auf Toilette. Ich blöde. Jetzt erst merkte ich, dass die Bühne wieder voll wurde und die Vorband spielte. Ich wusch mir gerade die Hände und ließ mein Parfüm den Raum einnebeln. Beinahe wäre mir der Flakon aus der Hand gefallen. Die Band spielte, The Foggy Dew, zwar in einer schnelleren Version, aber so vertraut. Hörte ich schon Gespenster? Sollte das wirklich Kyrans Stimme sein? Meine Knie zitterten und ich sah mich schnell im Spiegel an. Ein Handgriff hier, eine Locke in die Stirn und reichlich Parfüm. Himmel, Elara, was machst du denn da? Du wolltest ihn doch vergessen. Dennoch spielten meine Füße nicht mit. Sie taten, was sie wollten und ehe ich mich versah, drängte ich mich nach vorne. Zur Band. Innerlich betete ich, dass es nicht Kyran war. Anscheinend hatte man mich erhört. Es war nicht seine Band. Erleichtert und doch mit pochendem

156

Herzen, drängte ich mich zurück zu Ellis und David. Ich war noch so in Gedanken, dass ich gar nicht bemerkte, wie ein Mann mich anrempelte.

„Oh, sorry", murmelte ich und auch der Mann gab nur leicht grimmig zurück.

„Kein Problem", und zischte noch leise hinterher. „Typische Jaffy Touristen.", was ich noch mitbekam. Ich drehte mich um, um ihn zur Rede zu stellen. Immerhin hatte ich ein paar Pint Guinness intus und die fingen an zu wirken. Ich war leicht redselig. Als ich ihm die Stirn bieten wollte, wandte ich mich zu schnell um und knallte mit einem chinesischen Austauschschüler zusammen, der gerade ein Bier in der Hand hatte. Dieses verschüttete er und es landete auf den unhöflichen Menschen. Jetzt war er erst recht sauer. Er giftete mich an.

„Na toll, jetzt kann ich meinen Auftritt in einer Bierlache machen und stinke zum Himmel. Prima, Sie ...Sie ...DU?",
duzte er mich jetzt und meine Stimmung fiel ins Bodenlose. Kyran selbst stand vor mir. Ich wusste nicht, ob ich lachen oder weinen sollte, auch nicht ob ich ihm um den Hals fallen sollte, oder weglaufen. Ich starrte ihn mit offenem Mund an.

„Was machst du hier?", fragte er mich und ich versuchte zu antworten.

„Ich ... äh, ich mache ein paar Tage Urlaub. Du ... du trittst heute auf?", fragte ich zurück. Blöde Frage. Eigentlich wollte er antworten, aber sein, ach so toller Kumpel, Dyllon rief ihn schon von der Bühne auf. Er winkte und sah noch mal kurz zu mir rüber.

„Bist du gleich noch da?", meinte er und ich nickte. Was solls, schlimmer kann der Tag nicht werden. Missmutig ging ich zu Ellis und David, die beiden waren, so in ihr Gespräch vertieft, das sie gar nicht mitbekamen, dass ich weg war. Ich nippte an meinem Glas und kaum hörte ich Kyrans Stimme, hätte ich sofort heulen können. Nach drei weiteren Liedern konnte ich es nicht mehr aushalten und ging raus. Jetzt erst merkte Ellis es und stiefelte hinterher.

„Hey Süße, was ist los?", meinte sie kichernd, doch ich schüttelte den Kopf und meinte nur, dass mir darin etwas zu mulmig wurde und ich nur kurz Luft schnappen müsste. Es ginge gleich wieder und ich würde nachher wieder reinkommen. Ellis ging und gesellte sich wieder zu David. Noch vier weitere Lieder und die Band hörte auf. Dyllon bedankte sich bei dem Publikum und auch im Namen von Kyran. Ellis Glas klirrte auf dem Tisch und sah mich an.

„DAS ... Das ist ER?", warf sie aus. Ich nickte nur. Kaum, war

158

dieser von der Bühne, kam Dyllon an mir vorbei und grinste mich an. Auch Kyran kam wieder zu mir, doch er schüttelte mir nur die Hand und meinte geknickt.

„Vielleicht sehen wir uns später noch mal. Habt viel Spaß", sagte er nur trocken und wechselte einen Blick mit seinem Kumpel. Ich lief rot an und war völlig sprachlos. Die Band entfernte sich leicht und ich hörte, wie Ellis sich aufregte.

„Ja Himmel, bin ich im falschen Film? Dieser … dieser Penner, Verzeihung, ist der Grund für deine Monate lange schlechte Laune. Jetzt sind wir hier und der Typ tut so, als seist du Luft? Das ist doch unfassbar. Dieser Kerl hat doch nen Schuss."
Sie war außer sich und wollte ihm am liebsten gleich nachrennen, doch ich konnte sie gerade noch so abhalten.

„Ellis, lass es gut sein. Es hat doch keinen Sinn. Es ist vorbei", seufzte ich. Leider stiegen mir auch schon die Tränen in die Augen, aber Ellis bekam das nicht wirklich mit. Ihr Alkohol Pegel war in den letzten Pubs enorm angestiegen.

„Aber … aber der … der kann doch nicht ...", stammelte sie und ihre Wut stieg wieder leicht an, doch Mister ‚Hey -Alter- alles-, cool, Typ, nahm sie beschwingt in den Arm und fing an mit ihr durch dem Pub zu tanzen.

„Ellis, ich geh zurück ins Hotel, für heute reicht es mir", sagte

159

ich und senkte meinen Kopf. Gerade noch als Kyran sich wieder an die Bar setzte. Eigentlich wollte ich ja zu ihm, aber im selben Moment kam auch schon Dyllon mit dem Rest der Band. Im Schlepptau hatte er eine junge Frau, schätze mal Mitte zwanzig, mit langen braunen Haaren und einem typischen irischem Gesicht. Als sie Kyran sah, kam sie überschwänglich auf ihn zu und umarmte ihn leidenschaftlich. Er selber nahm die Frau in den Arm und küsste sie. Das war mir zu viel. Ich hatte endlich genug und ging. Ellis winkte mir zurück und rief mir noch hinterher.

„Warte nicht auf mich, es kann spät werden", und grinste David an. Anbei sah sie noch an mir vorbei und sah, wo mein Blick hinging.

Unser Hotel war Gott Lob nicht weit entfernt von der Temple Bar. Nur ein paar Minuten und ich war da. Die meisten Leute waren noch unterwegs, was ja selbstverständlich war. Für diesen heutigen Abend war das Wetter bombastisch. Es war trocken, nicht zu kühl, aber auch nicht zu heiß. Mir blieb die Schönheit verborgen und der Schädel fing an zu brummen. Ein schönes Bad wäre jetzt gut, dachte ich, aber das Hotel hatte keine Badewanne. Also wollte ich nur meinen Kopf in die Kissen stecken und mich meinem Jammertal überlassen. Wenn

Ellis jetzt nicht mitgefahren wäre, würde ich morgen die erste Flugmaschine nehmen und nach Hause fliegen. Was für eine Schwachsinns Idee hatte mich eigentlich da geritten? Warum zur Hölle bin ich nicht einfach an die Nordsee gefahren oder gleich zu Hause geblieben. Mir war hundeelend zumute. Mit meinem Abendoutfit ließ ich mich auf das Bett fallen und ließ meinen Tränen freien Lauf. Von draußen drangen noch die Geräusche der Nacht herein. Stimmengewirr und Autogeräusche untermalt mit leiser live Musik, die mich langsam einlullte. Mein Schlaf war ein zermürbendes Dösen, welches von einem unerträglichen Klingelton unterbrochen wurde. Ich wachte auf und musste mich erst kurz orientieren. Das Zimmer war düster und nur ein ganz schwacher Lichtstrahl von der Straße schien herein. Meine Hand tastete nach der Nachttischlampe. Ich knipste sie an und eigentlich wollte ich nicht auf das Handydisplay gucken, aber das Klingeln hörte nicht auf. Einfach ausschalten, dachte ich mir und wollte schon auf Aus drücken, als ich sah, dass es die Nummer von Ellis war. War sie jetzt etwa schon so besoffen, dass sie ihren David nicht mehr fand? Also gut, damit das ein Ende hat. „Was gibt es Ellis?", fragte ich leicht gereizt. Während meine Freundin versuchte zu antworten hörte ich noch im

Hintergrund lautes Stimmengewirr.

„El, Schätzchen, kannst du mich bitte, bitte abholen. Ich … ich habe mich furchtbar mit David gestritten und er ist einfach abgehauen. Der Idiot. Bitte, er hat seine Rechnung nicht bezahlt und ich hab echt nicht genug Geld mit. Ich schwöre dir, du bekommst es sofort wieder, aber die Typen hier verstehen keinen Spaß. El, bitte. El, hörst du mich?", ich nickte nur, bis ich feststellte, dass ich es tat.

„Oh. Ja, ja schon gut. Wo bist du denn?", fragte ich und hoffte, sie wäre nicht mehr in der Bar, wo Kyran gespielt hatte. Doch sie war es. Was sollte ich tun? OK, dachte ich mir.

„Also gut, hör zu, ich komme zum Eingang und du kommst da hin, dann gebe ich dir das Geld und wir können gehen", meinte ich siegessicher und Ellis meinte nur.

„OK, kein Problem", und sie hängte auf. Na toll, bei meiner miesen Laune musste ich wieder raus. Ein bisschen Puder aufs Gesicht, damit ich nicht ganz so verheult aussah, meine Boots an und Lederjacke rüber, konnte ich wieder los. An der Rezeption war nur die Nachttischlampe an und von nebenan drang noch laute Musik aus dem zugehörigen Pub. Auf der Straße war es jetzt auch ziemlich ruhig. Die meisten Leute waren nach Hause gegangen oder verteilten sich in einzelne

Bars und Pubs. In dem Pub, wo Ellis sich noch befand, war es auch schon ruhiger. Die meisten Bands hatten aufgehört und es war nur noch reger Unterhaltungslärm zu hören. Der Pub war noch immer gerammelt voll. Vor dem Eingang wartete ich und wartete. Keine Ellis. Das durfte jetzt nicht wahr sein. War sie vielleicht so betrunken, dass sie wieder abgehauen war?

Ein paar Minuten harrte ich aus, bis es mir zu bunt wurde und ich wieder reinging. Sofort schlug mir ein alter Holz Geruch entgegen, gemischt mit Bier und Whisky, sowie leichten Schweiß. Es war nicht unangenehm, fand ich. Zuerst ging ich zu dem Tisch, wo Ellis zuletzt saß, da war sie nicht. Dann ging ich zur Toilette und vergewisserte mich, dass sie nicht über einer der Schüsseln hing. Auch hier war keine Ellis.

Verdammt, wo konnte sie nur sein? Der Pub war nicht allzu groß, also ging ich weiter durch. Irgendetwas trieb mich bis zur Theke. Ich weiß nicht wieso, aber ein innerer Instinkt, sagte mir, ich solle hier hin. Mein Herz raste und schon sah ich ihn an der Theke sitzen. Kyran! Er lehnte sich gebeugt vorn über. Ein Glas Whisky und ein Pint Guinness standen vor ihm. Ich haderte mit mir, ob ich zu ihm gehen sollte oder mich umdrehen. Plötzlich schubste mich jemand von hinten und drängte mich zielsicher auf Kyran zu.

163

„Was ... Hey, nein ... was machen Sie denn da?", keuchte ich.
Mein Kopf wirbelte herum und ich sah David und Ellis
gemeinsam, die mich angrinsten. Nein, so hatte ich nicht
gewettet. Mit aller Macht wehrte ich mich gegen die beiden.
Aber gegen zwei hatte ich wohl kaum eine Chance. Sie
schoben mich immer weiter.

„Ellis, um Himmelswillen, was soll denn das? Hör doch
endlich auf damit", flehte ich. Ich sah mich Hilfe suchend um,
aber anscheinend hielten es alle für einen Scherz. In der Mitte
der Menge meinte ich sogar, Sean zu sehen. Er grinste und
lachte und winkte mir zu. Das war ja wohl die Höhe. Schon
prallte ich gegen Kyran. Dieser guckte nicht mal auf, sondern
murmelte sich etwas in den Bart. Ellis drängte mich ganz an
die Theke.

„Rede mit ihm!", befahl sie mir. Ich schüttelte den Kopf.

„Nein, ich ... ich kann einfach nicht. Bitte Ellis, wenn du das
hier nur eingefädelt hast, dafür, dann glaube ich, haben wir uns
nichts mehr zu sagen." Ich meinte es bitterernst. Was glaubte
sie eigentlich, was sie da tat? Und vor allem wozu? Es lag doch
alles auf der Hand. Jetzt erst sah Kyran mich. Seine Augen
glänzten und ja, er war angetrunken.

„Oh die schöne Elara", säuselte er. Das konnte ja heiter

werden.

„Tja, so sieht man sich wieder", meinte ich trocken und verfluchte Ellis. Diese war von dannen gezogen mit Hey-Cool-, Alter-David. Was blieb mir da noch als die Offensive zu suchen. Zugegeben, ganz so nüchtern, wie ich es gern hätte, war ich auch nicht, aber eigentlich, was solls. Ich bestellte ein Guinness und ein Glas Paddy´s Whisky. Dann setzte ich mich demonstrativ neben ihn.

„Hey", meinte ich und er nickte nur. Na super. Ich nippte an meinem Bier und es entstand eine peinliche Pause. Wir saßen nebeneinander wie Fremde. Was sollte ich ihm eigentlich sagen, dachte ich. Schnell kippte ich mein Glas Whisky herunter. Nach ein paar Minuten reichte es mir. Ich wollte endlich alles klarstellen. Kaum öffnete ich meinen Mund, fiel mir doch glatt wieder jemand ins Wort. Dyllon. Dieser kam gleich zu mir und drängte sich neben mich und Kyran.

„Oh, wow, wenn das Mal nicht die Herzensbrecherin ist", säuselte er und grinste mich an.

„Hey, was hab ich dir eigentlich getan?", fragte ich ihn geradeaus und funkelte ihn an. Dieser zog mich leicht aber bestimmt zur Seite.

„Hör mal, du warst vielleicht ne gute Abwechslung für ihn,

165

aber etwas Festes sicher nicht. Er kann so was nicht gebrauchen. Das lenkt ihn einfach zu sehr ab. Ich habe das doch gesehen. Er war doch nicht Herr seiner selbst. Lass es gut sein und stempel es als Abenteuer ab", sagte er ernst. Dann schob er mich etwas grob von der Theke weg und meinte noch.

„Geh zurück zu deinem Ehemann. Vielleicht weiß er ja noch nichts von deiner Liebschaft, also lass es gut sein", wehrte er ab. Mein Geist war so verwirrt, dass ich erst nicht begriff, was er da sagte, doch dann sah ich Sean wieder. Er gestikulierte mit seinen Armen und deutete immer wieder auf mich und auf Kyran. Ich überlegte noch, bis bei mir der Groschen fiel.

„Moment mal", rief ich aus, „Was soll das heißen, mein Mann?", fragte ich Dyllon scharf und zog ihn jetzt selber schroff zurück.

„Hör mal Schätzchen. Als du nach Hause gefahren bist, habe ich mal ein bisschen deine Profile im Netzwerk durchforstet und siehe da, jedes Mal stand da, glücklich verheiratet mit Mike." Mein Mund stand offen und ich lief rot an. Jetzt platzte mir der Kragen. Ich stieß Dyllon zur Seite und herrschte Kyran an.

„Deswegen hast du mir nichts gesagt, dich nicht gemeldet. Wegen MIKE?", ich schrie fast schon und fuhr mir mit den

Händen durch die Haare. Kyran sah mich an.

„MIKE, dieser Spinner ist mein Exmann, aber das weist du ja. Er kann es einfach nicht akzeptieren, dass wir geschieden sind, und stellt mich überall bloß, wo er nur kann. Wenn es im Internet gestanden hat, solltest du vielleicht auch mal weiter lesen. Auf meinem richtigen Profil habe ich mehr gepostet und Fotos eingestellt als auf meinem Fake Profil, welches wohl Mike gehakt hat. Er ist ein hoffnungsloser Spinner. Ach was rede ich denn da", meckerte ich aufgebracht. Dyllon lachte nur und tat das Ganze als Verarsche ab.

„Ach glaub mir, es ist besser so. Kyran ist besser ohne dich dran", meinte er nur, zischte sich einen Whisky runter.

„Ja, da er ja allem Anschein nach schon eine Freundin hat" ,stellte ich fest und sah Kyran an. Hatte Dyllon etwa leicht gezögert, bevor er grinste.

„Du sagst es Schätzchen, also vergiss ihn, fahr nach Good old Germany und gut ist", lachte er. Ellis, die in einer Ecke alles mit angesehen hatte, stürmte jetzt aufgebracht zu Dyllon.

„Jetzt hab ich aber den Kanal voll. Elara hat die Sache mehr mitgenommen, als Sie denken. ER da, ist schließlich der Penner, Verzeihung, und Scheiß Mike ist auch ein Penner. Der lügt wie gedruckt. Wenn hier einer Mist gebaut hat dann er",

167

sie deutete auf Kyran. Jetzt kam auch noch Sean ins Spiel.

Dieser nahm mich kurz an die Seite.

„Es tut mir leid, aber ich habe versucht Sie zu erreichen", sagte er leise und zog mich etwas weiter in eine Ecke.

„Sie haben mich angerufen?", wiederholte ich und Sean nickte.

„Sehen Sie, als Sie weg waren, ging es Kyran nicht so gut. Ich meine, ich bin nur der Fahrer, aber ich bekomme eine Menge mit. Jedenfalls, an dem Abend, als Sie nach Hause fuhren, bekam ich mit wie Dyllon, Kyran einen nach dem anderen ausschenkte, bis er nicht mehr stehen konnte. Natürlich hat er dann den Flieger verpasst. Aber dem nicht genug fing Dyllon an, ihn zu bearbeiten. Er erzählte Dinge, von wegen, Sie hätten hier mit noch anderen rumgemacht, und als er noch alte Profile sah, hat er einfach diesen Mike auf den Plan gerufen. Er selber hat ein bis zwei Fotos herausgesucht und sie Kyran unter die Nase gerieben. Von wegen, sie ist noch mit ihrem Ex zusammen. Das hat Kyran extrem aus der Bahn geworfen und jetzt, als er Sie noch mal hier sah, war es ein Leichtes das Profil zu zeigen, welches jetzt, angeblich aktuell ist. Ich weiß ja auch nicht, aber stimmt es wirklich? Das mit Ihnen und ihrem Exmann oder doch noch Ehemann?", fragte er verunsichert. Mir schwirrte der Kopf. Ein Meer aus Lügen und

Verrat. Oh, wenn ich diesen Mike in die Finger kriegte. Doch zuerst musste Dyllon dran glauben. Ich sah ihn giftig an. Sollte er etwas ahnen? Dieser drückte sich ganz an Kyran dran, und ehe ich mich versah, wurde ich auch schon zur Seite geschubst, von dem Rest der Band. Dyllon flüsterte den Leadsänger etwas ins Ohr und dieser erhob sich, dabei sah er kurz zu mir herüber, zuckte mit den Schultern und hakte sich bei Dyllon unter. Beide marschierten, nun ja, Kyran schwankte eher, aus dem Pub und hielten ein Taxi an. Mir schwirrte der Kopf und ich musste endgültig weg. Mit verschwommenen Blick rannte ich die Straße runter, am Liffey entlang, bis zum Ende der O` Connell Bridge. Dort hielt ich kurz an, um zu verschnaufen und die Luft einzuatmen. Meine Tränen liefen jetzt im Sturzbach herab. Das wars für mich, beschloss ich. Morgen würde ich den nächsten Flieger nehmen und nach Hause fliegen. Zu allem Überfluss brummte mein Handy auch schon wieder und ich machte den Fehler einen kurzen Blick zu riskieren. Natürlich, Dyllon war so freundlich mir ein Foto mit der brünetten Frau und Kyran im Arm zu schicken. Darunter stand mit Smiley. „Tut mir leid, aber nimm es nicht so schwer. Es hat nicht sollen sein. Sorry." Ich machte das Handy, komplett aus. Mir reichte es. Noch einmal sog ich die Luft ein und ging dann zu meinem

Hotel. Ich war in meinen Gedanken und dachte wirklich nicht mehr an Ellis. Was solls, wenn sie ins Hotel käme, musste sie eben klopfen.

Wahnsinn

Unten im hauseigenen Pub, war noch Stimmengewirr zu vernehmen und einzelne Gestalten schwirrten vor der Tür herum. Ein jüngerer Mann torkelte mir entgegen und sprach mich an. Ich verstand kein Wort. Erstens lallte er extrem und sprach auf irisch. Schnell zwängte ich mich an ihm vorbei und huschte in den Hoteleingang. Einen kurzen Blick konnte ich noch in dem Pub werfen. Einige Gäste hielten sich noch an den Tresen auf und zwei einzelne Paare saßen an den Tischen. Eine Person huschte schnell über die Tanzfläche in Richtung Toiletten. Ich musste schon Gespenster sehen. Der Typ sah von hinten genauso aus wie Mike. Das konnte nicht sein, dachte ich bei mir. Auf der anderen Seite würde ich Mike so etwas auch zutrauen. Sollte ich einen weiteren Blick wagen? Was,

wenn es wirklich Mike war? Ich glaube, ich würde den ganzen
Laden auseinandernehmen. Also ging ich lieber ins Bett und
hoffte schlafen zu können. Was ein Trugschluss war. Ich wälzte
mich von einer Seite auf die andere. Alle paar Minuten starrte
ich auf die Uhr. Nachdem ich mich hingelegt hatte, war nur
eine Stunde vergangen. Ein paar Leute grölten noch vor dem
Hotel und fingen an irische Lieder zu singen. Von Ellis keine
Spur. Ich ging ins Bad und tauchte mein Gesicht ins kalte
Wasser. Mein Spiegelbild sah furchtbar aus. Aufgequollene
Augen und rote Wangen. Dabei war mir flau im Magen und der
Kopf dröhnte. Ich nahm ein paar Tropfen und eine Tablette.
Dann legte ich mich wieder hin und wartete, dass alles wirkte.
Die Autoscheinwerfer warfen lange und leicht gruselige
Schatten an die Wände, dabei die Geräusche von den
Nachbarzimmern, die eindeutige Laute von sich gaben, von
zwei liebenden Pärchen. Ich drehte mich zur Seite und zog mir
die Decke über den Kopf. Gott Lob bekam ich dadurch etwas
Schlaf.

Beim ersten Morgenschein wachte ich auf. Das Zimmer war
noch genauso leer. Mir brummte der Kopf. Wo war Ellis? Ich
machte mir allmählich Sorgen. Dennoch wollte ich an meinen
Plan festhalten. Ich machte mich frisch, zog mich an und hievte

meinen Koffer aufs Bett um ihn zu packen. Kaum war ich damit fertig, beschloss ich in das Hotel Restaurant zu gehen, um mir einen starken Kaffee zu holen. Natürlich wollte ich nicht so ohne Weiteres abhauen. Immerhin musste Ellis ja Bescheid wissen.

Bevor ich ins Restaurant ging, hielt ich an der Rezeption und fragte nach Nachrichten. Nichts! Keine von Ellis und keine von Ky... Ach komm schon, ermahnte ich mich selbst. Warum sollte ausgerechnet er eine Nachricht hinterlassen? Ich brauchte wirklich einen Kaffee. Das Restaurant war noch nicht all zu voll. Ein paar junge Leute saßen verstreut an den Tischen und an zwei saßen, zwei ältere Pärchen, die sich angeregt unterhielten. Ich nahm mir einen Platz in der hintersten Ecke. Ein Toast mit Marmelade und einen Kaffee, beides ging mir quer runter. Noch ein kurzer Blick in den Saal und ich wollte aufstehen, als ein junger Mann den Raum betrat. Erst nahm ich ihn nicht richtig wahr, doch beim zweiten Mal hingucken, blieb mir fast das Herz stehen. An dem Kaffeeautomaten stand tatsächlich Mike. Das konnte doch nur ein Albtraum sein. Ich rieb mir die Augen und sah noch mal hin. Puh, es war nur ein Albtraum. Mein Atem ging schon etwas langsamer. Hier musste ich ja verrückt werden,

172

dachte ich und lachte kurz in mich hinein. Dann sah ich wieder auf und das Lachen blieb mir im Halse stecken. Ein junger Mann mit einer Tasse Kaffee in der Hand stand vor mir und grinste mich zuckersüß an.

„Bevor du ausflippst. Ja, ich bin dir nachgereist, aber nur, weil ich da so ein komisches Gefühl hatte, dich hier zu verlieren. Es tut mir leid. Darf ich mich setzen?", noch ehe ich antworten konnte, nahm sich Mike einen Stuhl und setzte sich neben mich. Dabei rührte er ständig in seinem Kaffee herum. Ich starrte ihn mit offenem Mund an. Mein Kopf und Gehirn versuchten nach Worten zu finden. Doch alles, was sie fanden, war ein. „Warum?", und blickte ihn finster an. Innerlich explodierte ich. Schon wollte er meine Hand nehmen, die ich ihm gleich entzog.

„Hör zu, ich wollte dir nicht nachreisen, aber als mich dieser komische Kauz anschrieb und meinte, der Typ wäre nicht gut für dich, da musste ich einfach herkommen. Bitte El, glaub mir doch, ich wollte dich nicht behelligen." Mike sah mich tief und innig an, doch mein Kopf fieberte und fuhr so durcheinander wie auf einer Achterbahn. Ich musste hier raus, bevor ich ihm eine Szene machen würde und das Geschirr als Waffe einsetzte. Mike wollte mich aufhalten, doch ich zeigte ihm eindeutig mit

dem Finger, dass er still sein sollte und ich ging an die Luft.
Vor der Tür überquerte ich die Straße und steuerte auf das
Brückengeländer zu, das den Liffey absperrte. Ich lehnte mich
darüber, um die Luft einzuziehen, die mit Salz bedeckt war.
Meine Lungen taten schon weh. Kaum da, stand Mike auch
schon hinter mir.

„El, bitte, so sag doch was?", flehte er mich an. Als ich mich
umdrehte, sah ich ihn hasserfüllt an, dass er sogar ein paar
Schritte zurückging.

„Was um alles in der Welt hast du hier verloren? Und welcher
Typ überhaupt? Wie kommst du nur darauf?", donnerte ich los.
Mike fing an, sich zu winden. Er traute sich wieder ein paar
Schritte auf mich zu und wollte mich an den Schultern packen,
aber ich hielt die Hände abwehrend hoch.

„Fass mich nicht an!", zischte ich. Mike kam wieder auf mich
zu und versuchte im ganz ruhigen und sanften Ton auf mich
einzureden.

„El, Babe, ich weiß du bist aufgebracht, aber so einen Typ hast
du nicht verdient. Glaub mir, der hat dich nur verarscht. Ich
meine, hier, sieh doch, hier die ganzen Fotos mit der hübschen,
Verzeihung, mit dem Mädel hier. Ich bitte dich, du kannst doch
nichts dafür. Vergiss ihn! Vielleicht kannst du uns ja noch eine

174

Chance geben. Hier und jetzt", flehte er und war im Begriff sich hinzuknien. Wollte er mir etwa einen Heiratsantrag machen? Nein, nein, nein, das durfte er nicht. Nein, und ich wollte nicht. Auf keinem Fall.

„MIKE!", schrie ich ihn an. „Steh verdammt noch mal auf. Was meinst du mit dem Typ und dem Mädel?", giftete ich. Mein Ehemaliger zog sein Handy heraus und tippte nervös darauf herum, dabei deutete er mir mit einer Hand an, hier stehen zu bleiben. Nach ein paar Sekunden fand er, was er suchte, und gab mir sein Handy. Er hatte ein soziales Netzwerk aufgetan und präsentierte mir ein paar Fotos mit Kyran und dieser brünetten. Eigentlich wollte ich mir die Fotos genauer angucken, aber Mike riss mir das Handy gleich wieder aus den Händen.

„Ich bitte dich El, quäle dich doch nicht damit. Was ich sagen will, dieser Typ hat ein falsches Spiel mit dir getrieben. Versteh das doch. Ich meine, was für Beweise brauchst du denn noch?", er sah mich fragend und gleichzeitig flehend an. Einerseits wollte ich ihm glauben. Immerhin sah ich Kyran ja selbst mit dieser Frau, wie sie ihn umarmte und küsste. Was also brauchte ich da noch? Dennoch, irgendetwas störte mich. Vielleicht war es einfach nur der Umstand, dass Mike hier war.

175

„Sag mal, woher wusstest du eigentlich, wo ich bin?", fragte ich ihn zwischendurch und Mike hegte schon wieder Hoffnung. „Na ja, von dir selber. Nun gut, eigentlich von Ellis. Sie war so markierfreudig euren Standpunkt zu posten. Da war es ein Leichtes dich zu finden", grinste er.

„Du meinst, die ganze Zeit hast du mich beobachtet? Du willst doch nicht behaupten, dass du auch ein Zimmer im selben Hotel hast?", empörte ich mich. Nur unscheinbar nickte er und sah, dass ich gleich wieder an die Decke gehen würde. Schnell hob er seine Hände, um abzuwehren.

„Ja, ich habe ein Zimmer bei euch im Hotel, aber ich schwöre dir, ich bin euch nicht den ganzen Tag gefolgt. Bin ja erst seit gestern hier. Und nun, ja, da habe ich euch ja nicht gefunden, also habe ich mich hier ein wenig allein umgesehen. Ich meine, was findest du an dieser Stadt? Sie ist doch alles andere als schön, da gibt es doch sicher bessere Gegenden. Gib zu Ellis hat dich bestimmt hierzu überredet oder war es nur der Typ?", stichelte Mike erneut. Ich blickte auf den Liffey und sah, wie die Sonne sich langsam darin spiegelte.

„Natürlich, du verstehst das nicht. Da gibt es auch nichts zu verstehen. Wir haben eben schon immer andere Ansichten gehabt. Verstehst du das nicht? Wir waren schon immer verschieden. Für dich zählte immer nur deine Meinung und du hast nie andere zugelassen. Deshalb haben wir uns auf die Dauer auch nicht verstanden." Versuchte ich etwa, zivilisiert mit ihm zu reden? Wahrscheinlich schürte ich eh wieder nur Hoffnungen bei ihm. Apropos Ellis, wo war sie überhaupt? Ich sah mich suchend um, was auch gleich Mike mitbekam.

„Suchst du etwa ihn?", fragte er gleich und wollte mich schon wieder am Arm packen. Ich wehrte ihn ab.

„Himmel Mike, ich meinte Ellis", keifte ich ihn an. Dieser sah mich bedröppelt an mit einem Hauch von Erleichterung.

„Vielleicht ist sie ja schon wieder auf eurem Zimmer. Lass uns da nachsehen." Das war das erste Vernünftige, was ich von ihm gehört hatte. Ich nickte kurz und ging langsam die Straße rüber und steuerte auf das Hotel zu. Mike folgte mir wie ein Hündchen. Ab und an versuchte er nach meiner Hand zu greifen, aber ich verschränkte diese schnell vor meiner Brust und lief stur weiter. Im Hotel flitzte ich die Treppe hoch, sodass Mike kaum eine Chance hatte, hinterher zu kommen. An unserem Zimmer angekommen schloss ich auf.

„Ellis? Ellis, bist du da?", rief ich quer rein. Nun, sicher, es gab nicht viel zu suchen. Entweder sie war im Zimmer oder Bad, aber das war auch leer. Himmel, wo trieb sie sich herum?

„Und?", fragte Mike hinter mir und ich erschrak. Hatte ich gar nicht mehr damit gerechnet, dass er mir gefolgt war. Ich schüttelte den Kopf.

„Hmm, nicht gerade groß für zwei", meinte Mike und stand jetzt im Zimmer. Dabei ging er weiter bis zum Fenster und schaute heraus. Natürlich sah er nur die Straße.

„Und für so was bezahlt ihr so viel? Das hätte ich nicht gezahlt, aber müsst ihr ja wissen. Also, wie geht es jetzt weiter?", fragte er und fläzte sich auf das Bett, als wenn es ganz selbstverständlich wäre. Er lächelte mich süffisant an und sein Hemdknopf war plötzlich wie von Geisterhand um zwei Knöpfe erleichtert. Leicht klopfte er neben sich auf das Bett. Das sollte doch wohl nicht sein Ernst sein, dachte ich. Sicher, damals musste ich ja etwas an ihm gefunden haben. Er war groß, hatte grau/blaue Augen, aschblond und einen durchtrainierten Körper. Als ich damals mit ihm zusammen war, wurde es mir auch jedes Mal bewusst, welche Anziehung er auf Frauen hatte. Zugegeben, ich war schon etwas stolz mich mit ihm zu zeigen. Nur leider gingen die Jahre und ich konnte am eigenen Laib spüren, wie es ist mit diesem Mann verheiratet zu sein. Erst mit den Jahren kam sein wahres Gesicht an den Tag. Von außen tat er immer als liebenden

178

Ehemann, doch wenn er allein mit seinen Kumpeln war, kam der Teufel bei ihm raus. Er machte mich hinterrücks schlecht und flirtete ungehemmt mit allem, was einen kurzen Rock anhatte. Bis zu dem Punkt, als er sich dabei ertappen ließ, wie er einer jungen Frau den Hof machte und ihr erzählte, er sei ein freier Mann. Allgemein verstanden wir uns nicht mehr so gut. Er versuchte ständig mein Leben unter Kontrolle zu bringen und mischte sich überall ein. Nun, ja das Ende vom Lied kennt man ja.

„Mike bitte, steh auf!", sagte ich zu ihm, doch dieser klopfte weiter auf die Bettdecke. Was erlaubte sich dieser Kerl eigentlich.

„Mike, das ist mein Ernst. Lass das und steh auf. Ich bin nicht in Stimmung für deine Spielchen. Ich muss Ellis finden. Außerdem will ich hier weg. Mein Flieger geht um sechzehn Uhr", deutete ich ihm an. Das war wohl ein Fehler. Mike grinste fast schon triumphierend. Er stand auf und kam ganz nah auf mich zu.

„Ich hatte mich schon gewundert, warum dein Koffer schon, oder noch gepackt ist. Ich bringe dich gerne zum Flughafen und wir können dann nach Hause fliegen", säuselte er und seine Hände gingen um meine Taille. Dabei fasste er mich fest an sich und seine Lippen legten sich auf meinen Hals. Für den Bruchteil einer Sekunde war ich in Versuchung dem zu widerstehen. Aber ich wusste, ich konnte das nicht. Meine Gedanken waren nicht frei. Nicht frei von Mike und schon gar nicht von Kyran.

„Mike, bitte hör auf damit und lass mich los!", schimpfte ich und versuchte mich aus seinem Griff zu lösen. Dieser verstand jedoch wieder nicht und umklammerte mich nur noch mehr. Er versuchte immer weiter mich zu küssen und wurde dabei immer fordernder. Hier hatte ich nicht so ein Glück und würde auf meine Nachbarin zählen können? Ich wollte auch nicht lauthals schreien, das wäre mir dann doch zu peinlich. Immer weiter drängte mich Mike zu dem Bett. Was nicht all zu schwer fiel. Das Zimmer war schon ziemlich klein, aber wir wollten ja schließlich nur hier schlafen und nicht wohnen. Nur jetzt wurde es mir regelrecht zur Falle. Mike war stärker und schon spürte ich die Kante von dem Bett. Ich wollte nicht fallen, doch es war zu spät. Der Bettrand ließ mich einknicken. Ich lag jetzt auf dem Bett und spürte über mir Mike, der mich weiter am Hals küsste. Sein Atem ging immer schneller und seine Stimme wurde zunehmend heiser.

„Oh El, du hast mir so gefehlt", hauchte er und nestelte an

seinem Hemd herum. Ehe ich mich versah, flog sein Hemd
neben das Bett und er lag mit freiem Oberkörper über mir.
Seine Hände hielten noch immer, meine fest, während sein
Mund immer weiter hinab wanderte. Er küsste durch meinen
Pullover meine weiblichen Rundungen und ich spürte eindeutig
seine Erregung. Ein leichter Schauer ging durch meinen
Körper, aber ich wusste, selbst wenn ich jetzt mit ihm schlafen
würde, würde sich nichts für mich ändern. Mike hingegen
würde sich nur unnötig Hoffnungen machen, und wenn ich ihm
dann eine Abfuhr erteilte, würde es wieder endlose
Diskussionen einschließlich der Beleidigungen geben. So gut
ich konnte versuchte ich mich herauszuwinden. Nur seine Kraft
an Körper, der noch auf mir lag, überwog meine Kraft.
„Mike. Mike! Bitte, lass es sein. Es hat doch keinen Sinn. Das
führt doch zu nichts. Mike, bitte!", versuchte ich ihn
anzuflehen, aber ich stieß auf taube Ohren. Seine
Innenschenkel rieben sich im langsamen Rhythmus an meinem
Bein. Nun gut, solange er mich dabei nicht weiter anfasste,
sollte es mir egal sein. Doch Mikes Pläne sahen anders aus. Er
wollte, was er wollte.
Im Handumdrehen saß er jetzt auf mir. Mit einer Hand hielt er
meine Hände über meinen Kopf fest, wie in einem

Schraubstock. Ich wusste gar nicht, dass ein Mensch so eine Kraft aufbringen konnte. Mir schwante nichts Gutes.

„Mike! Lass mich bitte los. Du weist doch, dass es keinen Sinn hat. Was bringt dir das denn hier? Bitte Mike, mach dich nicht unglücklich", flehte ich zitternd. Er kam mir wie in einem Rausch vor. Die Hände fest umschlossen, nestelte die andere an meiner Hose herum. Ich versuchte mich so steif wie möglich zu machen, doch es half nichts. Seine Finger glitten in meinen Hosenbund und seine Lippen legten sich hart und fordernd auf meine. Seine Zunge stieß immer wieder, nur mit Widerstand auf meine. Ich biss ihn, was auch wieder ein Fehler war. Seine Augen funkelten jetzt wild. Ich wusste, ich hätte ihn nicht beißen dürfen. Wie ein Irrer blickte er mich grinsend an. Seine Hand schloss sich noch fester um die meine und die andere riss an meinem Reißverschluss an der Hose, dass er riss. Dann drehte er mich mit Gewalt um, so das mein Gesicht jetzt auf dem Laken lag. Jetzt konnte ich mich gar nicht mehr wehren. Meine Hände waren zwar frei, aber ich konnte mich nicht wehren. Ich versuchte mit Händen und Füssen mich irgendwie freizukriegen, doch Mike saß jetzt auf meinen Beinen und riss weiter an meiner Hose. Plötzlich spürte ich etwas Spitzes, was mich leicht am Bein ratschte.

„Mike? Mike, was tust du da?", rief ich panisch. Im leichten Augenwinkel sah ich etwas hell aufblitzen. Natürlich fiel es mir wie Schuppen von den Augen. Er hatte immer ein kleines Taschenmesser bei sich. Aber das konnte doch jetzt nicht wahr sein. Würde er wirklich so etwas tun? Sein Mund küsste mich immer intensiver auf meinen Rücken und ging dann weiter zu meinen Hüften. Ich versuchte mit den Beinen zu treten, aber er saß noch auf mir. Wie sollte ich hier je rauskommen? Reden hatte keinen Sinn, er war wie im Rausch. Und schreien konnte ich auch nicht, da ich mit dem Bauch auf der Decke lag und Mike schnürte mir mein Zwerchfell fast ab. Ich vernahm sein erregtes Keuchen und hörte, wie Knöpfe sich auftaten und an einem Reißverschluss genestelt wurde. Oh Himmel, er würde mich doch nicht etwa hier und jetzt vergewaltigen, doch mir schien es alle mal so.

„MIKE. Ich flehe dich an, Mach dich nicht unglücklich. Hör auf damit. Was glaubst du eigentlich, was du hier tust? Mike, bitte. Das bringt doch nichts, dadurch kommen wir auch nicht zusammen. Du machst doch alles nur noch schlimmer. MIKE!", flehte ich. Doch dieser lachte nur heiser.

„Babe, glaub mir. Wenn ich mit dir fertig bin, wirst du mich anflehen, zu mir zurückzukommen. Wir gehören einfach zusammen, das weist du", und wieder fingerte er an meiner Hose herum, um sie auszuziehen. Durch seine leichte Stoffhose spürte ich seine Männlichkeit. Er legte sich auf mich und versuchte mit seinen Beinen meine zu spreizen. Ich wehrte mich, so gut es ging, aber vor lauter Angst gelang mir das nicht. Meine Tränen rannen jetzt mein Gesicht herunter und ich zitterte.

„Bitte, tu das nicht!", jammerte ich flehend, doch Mike versuchte weiter, irgendwie meine Hose herunter zu bekommen. Ein paar Zentimeter hatte er schon erreicht, dass sie halb runterging und meinen Slip vor blitzen ließ. Mike fühlte sich am Ziel und stöhnte leicht auf.

„Oh El, du bist so heiß. Du weist gar nicht, wie sehr du mir gefehlt hast. Wir beide sind einfach füreinander bestimmt", hauchte er weiter. Gerade als er sich am Ziel seiner Lust wändte wurde die Tür aufgestoßen und Ellis stürmte herein. Völlig verdutzt blieb sie in der Tür stehen. Sie hielt sich die Hand vor dem Mund, um einen Schrei zu unterdrücken. Dann meinte sie geschockt.

„Ich … oh, ich wusste gar nicht das Mike, das … du und er. Na ja, upps, ich sehe schon, ich störe. Aber eigentlich … na egal", stammelte sie verblüfft und Mike rief ihr keuchend entgegen.

„Wenn du dich einen Moment gedulden könntest. Wärst du so gut und lässt uns allein. Bitte!", fiel er sarkastisch ein. Peinlich berührt blickte Ellis schnell zur Seite und wollte sich schon zurückziehen, während Mike wie ein Liebeskranker meinen Rücken küsste und seine Lenden sich langsam rhythmisch bewegten. Noch war er nicht am Ziel, doch es fehlte nicht mehr viel. Noch ehe Ellis die Tür erreichte, wimmerte ich leise und versuchte ihre Aufmerksamkeit zu gewinnen. Ich hätte ihr am liebsten entgegengeschrien, das sie etwas tun sollte, aber etwas Spitzes bohrte sich in meine Seite. Eine Hand von Mike hielt noch das Messer in der Hand und pikte gefährlich nahe an meine Rippe. Was sollte ich tun? Elara überlege, befahl ich mir. Bis es mir einfiel.

„Ellis Schätzchen, ist schon gut. Mike und ich sind wieder zusammen. Wir … wir konnten es gar nicht abwarten. Sag Dyllon, dass es mir leidtut. Sagst du ihm das. Bitte!", säuselte ich, so gut es ging. Ich hoffte inständig, Ellis würde den Braten riechen. Diese schüttelte nur den Kopf.

„Aber El, du … ich meine. Ach und überhaupt. Dyllon?", fragte sie verständnislos. Ich nickte, so gut ich konnte und Mike wurde allmählich richtig sauer.

„Raus jetzt!", schrie er Ellis an und sein Messer stieß jetzt leicht in meine Rippe, das ich aufschrie. Ich musste mir aber den Mund auf die Decke pressen, sodass es aussah, ich sei völlig erregt. Ellis griff zur Türklinke und konnte gerade noch einen Blick auf mich werfen, was ihr äußerst peinlich war.

„Bitte, sag es Dyllon. Versprich es mir!", flehte ich und Mike hatte jetzt genug. Er stürmte Ellis entgegen und drängte sie zur Tür. Dabei schob er sie mit leichter Gewalt raus und die Tür fiel ins Schloss. Einen kurzen Moment konnte ich aufatmen und versuchte aufzustehen, doch Mike war schneller wieder bei mir. Er schnappte mein Handgelenk und drehte es leicht, sodass ich auf die Knie sank. Er hob mich hoch und schmiss mich auf das Bett. Was sollte ich tun? Ich versuchte mich leicht aufzusetzen, doch Mike zückte wieder sein Messer und hielt es mir vor die Nase.

„Mike ich bitte dich. Das willst du doch nicht. Ich meine, du wirst mir doch nicht wehtun", zitterte meine Stimme. Aber Mike grinste.

„Was glaubst du wohl?", fragte er mich und beugte sich über mich. Er versuchte mit aller Gewalt, meinen Mund zu küssen. Doch immer wieder drehte ich mich weg. Wieder spürte ich einen Stich, diesmal war dieser heftiger. Ich spürte ganz leicht etwas Flüssiges, Warmes an meinem Bauch. Jetzt war Mike zu

186

allem fähig. Er hielt mir das Messer weiter vor.

„Wenn du nicht tust, was ich dir sage, glaub mir, wird das hier hässlich enden. Also, tu wenigstens für ein paar Minuten so, als seist du noch meine Frau. Wenn ich dich küssen will, dann möchte ich, dass du da mitmachst und wenn ich mit dir schlafen werde, will ich dich hören. Verstanden!", zischte er. Diesen Mike kannte ich nicht und er machte mir höllisch Angst, während sein Messer immer wieder kleine Ritze auf meinen Körper hinterließen. Wieder stieß seine Zunge in meine Mundhöhle. Nur widerwillig ließ ich es zu. Wieder stöhnte Mike leicht auf und er nestelte an meinem Hosenbund herum. Dabei versuchte er immer wieder, ein kleines Stück meiner Hose herunterzuziehen. Mit zigmal Hin und Her schieben, gelang es ihm, dass mein ganzer Slip zu sehen war. Es fehlte nicht mehr viel und Mike hätte sein Ziel erreicht. Gerade als er sich an meinen Slip wagen konnte, flog wieder die Tür auf und Ellis und noch zwei Männer stürmten das Zimmer. Einer riss Mike an den Schultern von mir runter, während der andere seine Hände festhielten. Jedoch hatte Mike noch die Gelegenheit gehabt und verletzte einen am Arm. In dem ganzen Durcheinander stürmte Ellis sofort auf mich zu und warf mir eine Decke rüber. Sie selber stand vor mir mit der Decke wedelnd, dass ich keine Chance hatte, zu sehen, was da vor sich ging. Es war nur ein heilloses Durcheinander. Die beiden Männer drängten Mike vor die Tür und zogen ihn die Treppe herab. Draußen wurde noch lauthals diskutiert und ein paar Mal fielen die Worte von „Polizei!", und ein empörter Hotelbesitzer, der sich über seine Gäste aufregte. Ich zitterte noch am ganzen Laib und schluchzte jetzt in Ellis Armen, bis ich völlig ausgelaugt war. Zusammengekauert lag ich auf dem Bett, noch immer in der Decke eingemummt, als es erneut nur ganz leise klopfte. Ellis deckte mich noch zu und schlich sich heimlich zur Tür. Sie flüsterte hinter vorgehaltener Hand. Mit wem konnte ich nicht sehen, auch seine Stimme erkannte ich nicht. Nach ein paar Sekunden kam sie wieder.

„Wer war das?", fragte ich leise.

„Oh, ich dachte, du schläfst. Das! Das war nur David. Er wollte wissen, wie es dir geht und sagen, das Scheiß – Mike, im Flieger sitzt. Ihn erwartet in Deutschland ne gehörige Anzeige. Wenn du aussagst. Du … du sagst doch gegen ihn aus?", fragte sie gleich hinterher. Im Stillen nickte ich nur.

„Ruh dich noch ein bisschen aus", meinte Ellis. Ich seufzte.

„Ach El, ich will einfach nur Duschen und dann könnte ich vielleicht ein Glas Whisky vertragen." Meine Freundin grinste mich an und klatschte begeistert in die Hände.

„Ja das machen wir. Übermorgen ist ohnehin unser letzter Tag, aber wenn du willst, können wir auch schon morgen fliegen", räumte sie gleich ein. Doch ich schüttelte den Kopf.

„Nein muss nicht sein", sagte ich und es durchfuhr mir gleich ein Schauer, bei dem Gedanken daran. Sie sah mich an und nickte nur. Sie wusste, das ich jetzt erst recht keine große Lust hatte nach Hause zu fahren. Sicher, zu Hause zu sein war etwas anderes als Urlaub, aber der Gedanke, das mir Mike wieder über den Weg laufen könnte, ließ mich kurz erzittern. Wie würde ich mit ihm umgehen, wenn ich ihm begegne? Was würde er machen? Selbst wenn er verurteilt würde und gegebenfalls eine Strafe im Gefängnis absitzen müsste. Wer weiß, wie er dann auf Rache sinnen würde. Der Gedanke daran schüttelte mich nur und mir kamen etliche Horrorthrillers in den Sinn. Auch wenn dem nicht so wäre und er nur eine Geldstrafe bekäme, wäre es unerträglich. Sicherlich würde er tausend Beschwörungen abgeben, um sich zu entschuldigen und zu sagen, wie Leid es ihm doch tat, aber ich wollte ihn nicht wieder sehen.

Wiedersehen

$\mathcal{S}$chnell griff ich mir ein paar Sachen und ging erst mal
ausgiebig duschen. Auch wenn er mich nicht vergewaltigt
hatte, so fühlte ich mich dennoch beschmutzt und beschämt. Es
war mir unbegreiflich, wie Mike so etwas tun konnte und wie
weit er gehen wollte. Zwischen dem Wasser aus dem
Duschkopf flossen meine Tränen erneut, aber diesmal waren es
Tränen der Erleichterung. Nach zehn Minuten war ich fertig
und machte mich frisch. Neue Klamotten an und die Alten
hätte ich am liebsten weggeschmissen. Ich vergrub sie erst mal
ganz tief unten in meinem Koffer.
Frisch geduscht und angezogen fühlte ich mich schon etwas
besser. Ellis wollte mit mir in den hauseigenen Pub, aber da
wollte ich nicht rein. Das alles war mir peinlich genug. Als wir
nach unten gingen, betete ich, das uns niemand begegnen
würde. Aber leider lief uns der Typ von der Rezeption über den
Weg. Zu meinem Erstaunen sah er mich an und fragte mich,
wie es mir ginge. Ich nickte nur und meinte das alles o. k. sei
und das es mir leid täte für die ganzen Umstände. Doch der
Mann winkte ab und lächelte mich an.

„Alles wird gut. Glauben Sie mir. Ich kann das verstehen. Lassen Sie sich die gute Luft nicht entgehen und atmen Sie tief durch. Alles Weitere wird sich geben. Vergessen Sie den Typ, der, ist es nicht wert", er zwinkerte mir zu und tauchte seine Nase wieder in seinen Computer. Ellis hakte mich unter und wir marschierten vor die Tür.

Das Wetter war uns hold. Die Sonne schimmerte leicht durch. Es war nicht kalt, aber es wehte eine leichte Brise. Die Luft tat mir gut. Das salzige Meerwasser drang tief in meine Lungen und ich atmete erneut durch. Auch Ellis sog die Luft ein, doch sie zündete sich eine Zigarette an und zuckte schuldig mit den Achseln.

„Dämliche Sucht", lachte sie. Ich lehnte mich leicht gegen die Tür, wobei mir etwas einfiel.

„Sag mal, wer war das eigentlich noch außer David? Ich meine, der Mike da wegzog. Und überhaupt, wo warst du die ganze Nacht?", obwohl ich es mir denken konnte. An Ellis Blick sah ich schon, wo sie gewesen war. Bevor meine Freundin antworten konnte, nahm sie einen tiefen Zug von ihrer Zigarette und verschluckte sich prompt.

„Ich ... ähm, ich ach weist du ... nun ...", sie kam nicht weiter, als sie auch schon ihren David hörte.

„Hey Baby, wie siehst aus? Oh hey, du bist ja schon wohl auf. Haben uns echt Sorgen gemacht. Mann, hier erlebt man mehr als zu Hause", er grinste und gab Ellis einen stürmischen Kuss, dabei quiekte sie leicht und sah mich fast schuldig an. Ich winkte nur ab.

„Hey, hey, hey, darf ich die Damen zu einem echten, leckeren Irish Mist verführen?", fragte er und sah uns strahlend an. Ich nickte nur. Mir war das egal, Hauptsache es war etwas Hochprozentiges, was mich ein wenig einlullte.

Wir gingen gerade über die Straße, um an der Promenade vom Liffey entlangzugehen, über die berühmte Half Penny Bridge, durch eine kleine Gasse, die direkt zur Temple Bar führte, unserem heutigen Pub Ziel. So unser Gedanke.

Gerade überquerten wir die Straße, als uns ein paar Leute entgegen kamen. Plötzlich fühlte ich einen leichten Handgriff. Ich erschrak so sehr, dass ich aufschrie, aber irgendwie kam mir die Berührung so vertraut vor. Ehe ich mich versah, blickte ich in Kyrans Augen. Hatte er geweint oder war es nur der Wind, dachte ich. Seine Augen waren leicht gerötet. Ich sah zu Ellis rüber und diese zückte gleich ihren Daumen hoch und rief dann zu mir rüber.

„Wir sehen uns in der Temple Bar", und schon schwebte sie

von dannen. Eigentlich war ich froh ihn zu sehen, aber auf der anderen Seite war ich leicht beklemmt und wusste nicht, was ich ihm zu sagen hätte. Anscheinend erging es ihm genauso. Dennoch packte er meine Hand und zog mich leicht mit sich zu einer Bank. Dort sahen wir genau auf das Wasser, welches sanft hin und her waberte. Ein altes Segelschiff lag auf der Gegenüberliegenden Seite, welches zu einem Restaurant umgebaut wurde. Leichte Essensgerüche stiegen mir in die Nase, gemischt mit dem Salzgeruch. Kyran schien nach Fassung zu ringen. Er saß vornübergebeugt und seine Hände gingen durch seine Haare. Immer wieder. Er seufzte, ehe er nach Worten rang.

„Ich war so ein Idiot", fing er an und fuhr sich wieder durch die Haare. Was sollte ich da noch sagen. Ich hatte so viele Fragen, aber ich war wie gelähmt. Auch ich wollte ihn nicht anschauen. Zu sehr schämte ich mich. Hatte er auch etwas mitbekommen von Mike, dachte ich und stahl einen kurzen Blick zu ihm. Es gab mir ein Stich ins Herz. Und doch konnte ich nicht von ihm. Gerade wollte ich ihn ansprechen, was los sei, als mein Blick auf seinen Arm fiel. An seinem Jeanshemd war ein kleiner Schlitz zu sehen, der zusätzlich mit Blut getränkt war. Mir wurde heiß und kalt. Konnte das etwa sein? Ich sah ihn an und suchte nach Worten. Dann packte ich ihn an dem Arm.

„Woher hast du das?", fragte ich geradeaus. Doch ich kannte die Antwort bereits.

„Wie … ich meine. Warum warst du da?", fragte ich. Kyran versuchte mich anzusehen, dann brach es aus ihm heraus.

„Ach Elara, ich war so ein Idiot", fing er an. Nun, das hatten wir ja schon, dachte ich.

„Das ist alles meine Schuld. An dem Tag, als du abreisen wolltest, hat Dyllon mich so zugeschüttet, von wegen, komm alter Freund. Noch einer haut dich nicht um. Dachte ich. Bis ich am nächsten Tag mit einem tierischen Kater aufwachte. Jedenfalls wollte ich gleich zu dir, na ja zum Flughafen, aber es war zu spät. Dann fing Dyllon an mit diesen Gerüchten. Du seist nur zum Vergnügen hier und hättest dich mit anderen getroffen. Am selben Abend surfte er im Netz und meinte, er hätte was gefunden, was mich interessieren würde. Also präsentierte er mir brühwarm deinen Mann Mike. Mit dem Status; Verheiratet und glücklich." Kyran stand jetzt und gestikulierte nervös umher.

„Aber das mit Mike ist doch ...", warf ich ein, doch Kyran hatte mich nicht gehört.

„Verstehst du denn nicht? Ich war so …, ach, so verletzt.

Dyllon zeigte mir das Foto, wo ihr beide Arm in Arm am Strand liegt und du sahst so glücklich aus. Verstehst du nicht, ich dachte wirklich, du wärst es auch. Jedenfalls schleppte mich Dyllon von Termin zu Termin und ließ mir keine Zeit. Fotoshootings, Werbetrommeln rühren, Auftritte ohne Pause. Und für was?", er zuckte die Schultern und sah kurz auf das Wasser, dabei kickte er einen Stein, der am Geländer lag hinein und es waberte in leichten Wellen. Ich stand jetzt auch auf und stellte mich neben ihn. Als er weiter sprach, sah er mich nicht an.

„Als du weg warst, hegte ich keine Sekunde ohne einen Gedanken an dich. Aber die Bilder verfolgten mich und ließen mir keine Ruhe. Ich glaubte all den Lügen und allmählich fand ich mich damit ab. Bis zu dem Tag, als du wieder im Pub aufgetaucht warst", er sah so verletzlich aus, dass ich das Gefühl hatte, ihm einfach nahe sein zu müssen. Eigentlich wollte ich seinen Arm berühren, ihn berühren, aber ich hatte Angst. Also ließ ich es und sah ihn stattdessen an.

„Nur deshalb hast du mich abblitzen lassen. Warum zum Teufel hast du den nichts davon im Pub gesagt?", wütete ich ihn leicht an. Jetzt sah auch Kyran mich an. Seine Augen waren so verletzlich und es berührte mich bis ins Mark.

„Na, weil Dyllon, nach dem er dich gesehen hat, mir sein Handy in die Hand drückte und sich dein Mann Mike meldete. Himmel, er hat dich und deine Beziehung zu ihm so in den höchsten Tönen gelobt und auch das ihr euer Eheversprechen wiederholen wollt. Was sollte ich da glauben?", das sah Mike wieder ähnlich, aber das ausgerechnet Dyllon zu so etwas fähig war, daran hatte ich nicht gedacht. Natürlich, er war schon gemein und hinterlistig mir gegenüber, aber ich dachte erst nur aus Angst um seine Karriere. Es herrschte eine kleine Pause, und als er dann weitersprach, zuckte ich unwillkürlich zusammen.

„Nun, an dem Abend versuchte ich, dich, wieder einmal zu vergessen. Aber selbst meine Schwester und der Alkohol halfen nicht viel. Erst als du weg warst, habe ich begriffen, dass ich dich verloren hatte. Dachte ich zumindest. Ich hätte mich so ohrfeigen können." Er wand sich und grämte sich leicht. Dennoch sah er mich jetzt an. Ich hätte so hinschmelzen können, doch als ich zurückdachte, dass er mich da in dem Pub praktisch abgeschrieben hatte und Trost in den Armen einer anderen fand, schaute ich verloren zur Seite.

„Oh, deshalb diese Ablenkung. Ich meine, ich kann es ja nachvollziehen. Wenn mir jemand sagen würde, dass du … ich meine, eine andere hat. Was du ja auch gemacht hast. Aber was sage ich da. Hauptsache du bist glücklich", meinte ich das wirklich ehrlich? Innerlich zerriss es mich und äußerlich brach meine Stimme leicht ab. Kyran sah mich dagegen an wie ein kaputtes Auto.

„Glücklich? Wovon redest du? Ich versuche dir gerade zu erklären, was für ein Idiot ich gewesen bin und du sagst, dass ich glücklich bin." Kyran verstand die Welt nicht mehr und um ehrlich zu sein ich auch nicht. Meine Finger verkreuzten sich nervös. Hatte ich etwas Falsches gesagt?

„Ich … wovon ich rede? Na ja, auch wenn es mich jetzt nichts mehr angeht, aber deine Freundin im Pub. Die Brünette, hübsche, die dich da geküsst hat. Ich meine … , auch wenn ich Dyllon nicht traue, aber er meinte auch das es deine …", ich kam nicht weiter. Kyran lachte jetzt und lehnte sich leicht über die Brüstung, dann drehte er sich wieder um und sah mich an. Er packte mich leicht an der Schulter und seine Augen glänzten. Ich wusste nicht, ob vor Freude, Verwirrtheit oder Verzweiflung? Irgendwie fühlte ich mich ertappt.

„Was? Was gibt es da zu lachen?", fragte ich leicht verwirrt mit einem Anflug von Ärger.

„Du!", meinte er lachend und sah mich sanft an. „ Du, Elara.

Ich wusste bis heute nicht, dass du eifersüchtig bist", meinte er. Jetzt wurde ich leicht ärgerlich. War das die Rache für Mike? Obwohl ich, immer noch nicht, die ganze Geschichte erkannt hatte. Vor allem wie er dazu kam, mich vor Mike zu retten. Ich wollte mich wegdrehen und leicht schmollen, aber Kyran sah mich weiter an.

„Ja, lach mich nur weiter aus", sagte ich. Doch Kyran nahm mein Gesicht in seine Hände und küsste mich. Ich wollte mich wehren, verstand aber nicht was hier los war.

„Aber …. Ich … was?", fragte ich atemlos. Seine grau/grünen Augen durchdrangen meine.

„Elara, Elara. Das im Pub war meine Schwester. Ich weiß für dich sah das alles vielleicht zu suspekt aus, aber glaub mir, wir haben nun mal eine innige Beziehung zueinander. Und wir hatten uns lange nicht gesehen. Deshalb die Umarmung und der Kuss. Und was Dyllon betrifft, ich denke, er hatte seine Chance gesehen, um dir eins auszuwischen. Was ihm wohl auch gelang. Oh Elara", er drückte mich an sich und ich musste meine Gedanken ordnen. Seine Schwester? Das sollte wohl ein Scherz sein. Kyran schien zu merken, dass ich unsicher war. Er sah mich an und hob kurz die Hand.

„Warte! Ich zeige es dir", murmelte er und kramte sein Handy heraus, dann wischte er ein paar Seiten und öffnete sein Fotoalbum.

„Es ist zwar schon ein bisschen älter, aber das war bei dem Geburtstag meiner Mutter. Da, siehst du. Neben mir, das ist meine Schwester und siehst du die Torte? Da steht; Von deinen Kindern Kyran und Michelle. Oh komm schon Elara, sie ist wirklich meine Schwester. Was soll ich denn noch tun? Oh warte, ich weiß, ich rufe sie an", sagte er übermütig und tippte auf seinem Handy herum. Oh nein, nein, das war mir dann doch zu peinlich. Ich nahm seine Hand weg.

„O.k, o.k, ich glaube dir ja", versuchte ich zu lächeln. Kyran sah mich an und meinte ganz still und leise.

„Gott, ich habe dich so vermisst", flüsterte er und küsste mich wieder. Meine Zeit stand still. Im Hier und jetzt. Sollte sich so das richtige Glück anfühlen, aber wie sollte es weiter gehen? Nach mehreren Sekunden lösten wir uns voneinander, eher unsere Lippen, aber Kyran hielt mich noch immer fest. Wir standen hier am Liffey im seichten Schein der Sonne, inmitten der Menschen, die an uns vorbeiliefen. Stimmengewirr drang zu uns durch. Autos fuhren die Straße entlang und ein Polizeiauto fuhr seine Runden. Was mich dazu brachte weiter zu denken.

„Woher wusstest du, dass ich in dem Hotel in Schwierigkeiten war?", fragte ich ihn. Er sah mich an und nickte.

„Oh ja richtig. Himmel, dazu bin ich ja noch gar nicht gekommen. Also, an den Abend mit meiner Schwester."
Er deutete mit dem Finger an und lächelte, bis ich ihn sanft in die Seite knuffte.

„Ja, schon gut, schon gut. Also, an dem Abend versuchte ich mal wieder dich zu vergessen, natürlich half Dyllon kräftig mit und schenkte mir einen Whisky nach dem anderen aus. Nach dem Auftritt oder Abgang von dir kam auf jeden Fall deine Freundin Ellis auf mich zu. Irgendetwas wollte sie mir sagen, nur mein Verstand spielte nicht mit, also schnappten mich Sean, deine Ellis und ein gewisser David mit und flößten mir an der Ecke an einem Imbiss mehrere Kaffees ein. Dann hielten sie mich bis zum frühen Morgen auf Trab. Jagten mich ständig die O` Connell Street rauf und runter, bis ich einigermaßen nüchtern war. Dann saßen wir den restlichen Abend an der Half Penny Bridge fest und Sean erzählte mir alles von diesem Mike und Dyllon. Diesen nahm ich mir gleich zur Brust und hab ihm gehörig die Meinung gegeigt. Na ja mal sehen, was ich noch mit ihm mache. Immerhin, er ist kein schlechter Mensch und hat mich jahrelang treu begleitet. Warum er das getan hat weiß ich nicht, aber das letzte Wort ist noch nicht gesprochen. Es war also schon früher Morgen und deine Ellis meinte, ich solle doch versuchen, mit dir zu reden. Du wärst sicher im Hotel. Ganz ehrlich, ich habe ein bisschen gezögert, aber als dann auch noch deine Freundin verstört zu mir kam, blieb mir gar keine Wahl. Sie erzählte mir das mit diesem Mike. Also bin ich da hin und na ja den Rest kennst du ja. Deine Freundin hat wirklich ne große Klappe", lachte er und auch ich lachte. Ich war so froh über diese Ereignisse, aber musste auch mit Schrecken feststellen, dass ich schon übermorgen wieder im Flieger saß und nach Hause flog. Kyran sah mein Gesicht. „Woran denkst du?", fragte er mich gleich und ich zuckte nur die Schultern.

„Ich weiß einfach nicht was ich jetzt machen soll. Ich meine, ist wirklich alles zwischen uns geklärt und wie soll es jetzt weiter gehen? Du weißt, ich muss übermorgen nach Hause", sagte ich geknickt. Der junge Mann nahm mich gleich fest in die Arme und umschlang mich, als wenn er mich nie mehr loslassen wollte. Wir standen noch weitere zehn Minuten eng umschlungen hier, dann packte er mich an der Hand und meinte nur.

„Was solls, lass uns erst mal was essen gehen. Wir sehen dann

201

weiter. Ich will jetzt nicht an übermorgen denken." Etwas traurig aber trotzdem leicht bestimmt griff er meine Hand und ich nickte nur. Innerlich aber machte ich mir Gedanken und dachte mit Schmerz schon an den Abschied. Es war gerade mal Vormittag und die Sonne versuchte ihr Bestes zu geben.

Plötzlich wurde Kyran leicht hektisch und grinste mich an. „Warte hier!", befahl er mir lächelnd, gab mir einen Kuss und verschwand kurz um die Ecke in einer Seitenstraße. Ich hatte Gott Lob, eine Bank gefunden und setzte mich erst mal. Ich sah mir das Treiben auf der Straße an und musste feststellen, dass es mir gar nichts ausmachte.

Früher war ich eher der Typ, der sich voller Unbehagen auf eine Bank setzte, weil ich immer dachte, die Leute würden mich beobachten und über mich herziehen. Doch diesmal tat ich es, nur mit dem Unterschied, dass ich nicht über die Leute herzog. Ich machte mir Gedanken über das Leben und Treiben hier in Dublin und allgemein in Irland. War das wirklich so, wie die meisten sagten? Wer in Irland wohnte oder einen Iren traf, lernte die Mentalität und deren Humor kennen und lieben. Alle waren so gelassen und überaus freundlich. Nicht wie in manch anderen Städten, arrogant und eingebildet und nur mit sich selbst beschäftigt. Zufrieden lächelte ich vor mich hin und

war völlig entspannt. Die leichte Brise streifte mein Gesicht.
Ich schloss meine Augen und ließ den seichten Sonnenstrahl
mein Gesicht erwärmen. Keine Ahnung, wie viel Zeit
vergangen war, als sich ein Schatten vor mich stellte.

„Lässt du mich an deinen Träumen teilhaben?", fragte Kyran
und sah mich verträumt an. Ich lachte. Er hielt mir seine Hand
hin und deutete mir an ihn zu begleiten. In seiner anderen Hand
hielt er eine Tasche, die leicht klapperte. Wir schlenderten zu
seinem Auto und stiegen ein. Nach ein paar Straßen weiter ging
es außerhalb von Dublin. Er nahm die Route nach Howth.
An dem Hafen hielten wir. Als wir ausstiegen, wehte mir eine
stürmische Brise entgegen, die mir im ersten Moment den
Atem nahm. Ich drehte mich zur Seite und es ging wieder.
Kyran ging voraus. Am Hafen entlang zu einem Pfad, der
eindeutig ins Grüne führte. Wir mussten einen längeren Weg
hinauf gehen, wobei uns mehrere Leute begegneten, allerdings
hatten diese Rucksäcke und Wanderschuhe an. Was eindeutig
bequemer war. Nicht dass es mir etwas ausmachte, aber für
längere Spaziergänge, dieser Art, war ich nicht vorbereitet. Wir
gingen immer weiter hoch. Ich sah nach oben und dachte es
ging kaum noch und wollte es Kyran sagen, als wir endlich an
einer Klippe anhielten. Der Wind wehte noch kräftiger, aber er

blies alle Gedanken frei. Hier oben hatten wir einen sagenhaften Blick auf das Meer hinaus. Rechts von uns sah man den weißen Leuchtturm und wie die Gischt gegen die kleinen Felsen klatschte, dass es aufschäumte. Links von uns sah man die lang gestreckte Bucht, die an dem Hafen hinausragte. Auf dem Meer lagen einige Boote vor Anker und am Strand liefen ein paar Menschen herum.

Kyran breitete eine Decke aus und zauberte zwei Gläser und eine Flasche Whisky sowie zwei Portionen Pasty hervor, dazu noch Erdbeeren. Er hatte in dem Supermarkt, in Dublin, die ganzen Sachen schnell besorgt. Wir setzten uns und ließen uns den Whisky schmecken. Kyran sah mich an und lächelte.

„Was?", fragte ich ihn und lachte auch. Er kam auf mich zu und setzte sich hinter mich, sodass ich mich an ihn kuscheln konnte.

„Kommt dir das nicht irgendwie bekannt vor?", fragte er mich und küsste mich kurz auf dem Hals. Ein Schauer durchfuhr mich. Ich schloss kurz die Augen.

„Oh ja, ich erinnere mich. Wir saßen, glaube ich, auch hier." Er drehte sich zu mir um, sodass ich jetzt auf seinem Schoss saß.

„Ich habe dich hier das erste Mal geküsst", flüsterte er und schon lagen seine Lippen auf den meinen. Ich wusste gar nicht, wie mir das gefehlt hatte. Fast vergessen waren Mike, Ellis mit David und der ganze Urlaub. Eng umschlungen saßen wir hier auf der Decke und ließen den Tag passieren. Erst am späten Nachmittag zog sich das Wetter weiter zu. Dunkle Wolken zogen auf und ein leichtes Donnergrollen war am Firmament wahrzunehmen. Kyran schaute kurz auf.

„Ich glaube, wir sollten lieber aufbrechen, das kann hier gleich richtig ungemütlich werden", meinte er und deutete auf den Horizont. Ich nickte, auch wenn ich es schade fand. Hier und heute hatte ich mich äußerst wohlgefühlt, nachdem was mit Mike war. Nur widerwillig stand ich auf, wobei mir Kyran half. Er zog mich an den Armen hoch und ich ließ mich in denselben fallen. Ich wollte ihn nicht mehr loslassen, aber das Donnern kam immer näher. Noch ehe wir unsere Picknicks Utensilien eingesammelt hatten, brach ein Platzregen herunter. So schnell wir konnten, rannten wir zum Auto und stiegen schon klitschnass ein. Kyran fuhr sich durch seine nassen Haare und unwillkürlich musste ich an den Moment zurückdenken, als wir in seiner Wohnung waren. Kyran lachte und schüttelte sich anschließend wie ein Hund. Auch ich musste jetzt lachen, bis er sich plötzlich vor die Stirn schlug.

„Ohh, ich Idiot", rief er aus und sah mich schuldbewusst an.

„Was? Was ist passiert?", fragte ich sofort. Hatte ich wieder etwas falsch gemacht? Doch Kyran sah mich mit Dackelblick an.

„Oh es tut mir so leid, aber bei diesem Wetter, vor allem bei Donner dreht Major völlig durch." Nun, das konnte ich schon verstehen. Ich nickte nur.

„Wenn du willst, bringe ich dich in dein Hotel zurück, während ich nach ihm sehe, und hole dich dann wieder ab." Keine Ahnung, was er damit meinte, oder was ich davon halten sollte. Sah es so aus, als wollte er mich loswerden? Etwas irritiert war ich abgewandt und spielte verlegen mit meinen Haaren.

„O.k, wenn du meinst", sagte ich nur stur. Doch schon sah Kyran mich an.

„Du … du bist sauer", stellte er fest und sah mich gleich wieder an, dabei legte er einen Arm um mich und sah mich wieder lächelnd an.

„Oh … oh nein, ich … oh Himmel, ich wollte dich nicht vor den Kopf stoßen. Es ist nur … ich, dachte es wäre dir vielleicht nicht recht, wenn du mit zu mir kommst, wegen … du weißt schon, Mike." Er war jetzt völlig nervös.

„Nein. Nein es macht mir wirklich nichts aus. Hast du

geglaubt, Mike hätte mich damit in die Knie gezwungen?",
fragte ich ihn, doch Kyran wusste nicht, was er sagen sollte.
„Na ja, ich dachte. Ach ich weiß auch nicht, was ich dachte",
versuchte er sich zu verteidigen, doch ich nahm ihn nur kurz in
den Arm und gab ihm einen Kuss.
„Na komm, lass den armen Major nicht so lange leiden. Wir
können ihn ja ins Auto packen und dann kannst du mich ja ins
Hotel bringen. Ich ...", ich brach kurz ab und musste schlucken.
Kyran sah mich fragend an.
„Was?", fragte er gleich. Doch ich schüttelte den Kopf.
„Elara, bitte, was ist?", bohrte er und sah mich flehend an.
„Ich muss langsam meine Sachen packen", antwortete ich
traurig. Kyran sah mich leicht entsetzt und gleichzeitig verletzt
an. Er hatte auch nicht mehr daran gedacht. Wir schwiegen eine
Weile, bis ein Blitz direkt über dem Meer grell aufblitzte und
ein darauf folgender Donner den Himmel durchbrach.
„Lass uns fahren!", meinte ich zu ihm und Kyran nickte
erleichtert. Schnell startete er den Motor und es ging zurück
nach Dublin. Da seine Wohnung eher auf dem Weg lag, als das
Hotel, fuhren wir dorthin. Meine Kleidung war zwar nass, aber
es gab nichts, was ich nicht mit einem Handtuch trocken
kriegen würde. Außerdem, was war schon dabei von ihm

eventuell ein Hemd anzuziehen, schließlich kannte er mich ja auch ohne Kleidung gut genug. Kaum am Haus angekommen, hörte man schon drinnen ein Winseln und Jaulen. Major kratzte panisch an der Tür. Er tat mir schon leid. Auch Kyran versuchte sich zu beeilen und stieg schnell aus.

„Warte, ich helfe dir", sagte ich und stieg auch aus. Kyran nickte nur. An der Haustür hielt er kurz inne und meinte.

„Wir müssen uns beeilen. Wenn ich die Tür aufmache, will er sofort abhauen. Und glaub mir, da kennt er gar nichts. Wenn ich ihn nicht gleich zu packen kriege, läuft er hier kreuz und quer durch die Stadt, womöglich auf die Straße. Wenn du mir wirklich helfen willst, sei so gut und versuch ihn am Halsband zu fassen zu kriegen, aber lass dich nicht beißen", zwinkerte er mir zu. Ich nickte und knuffte ihn leicht. Ein bisschen Angst hatte ich schon, das Major aus Panik, um sich beißen, könnte. Vorsichtig schloss Kyran auf und hielt sich in leichter gebückter Haltung.

„Hey Major, mein Junge. Ich bins", rief er in die Tür hinein. Ein Winseln und Jaulen ertönte als Antwort. Ich sah den armen Hund schon an mir vorbeiflitzen. Dabei fiel mir etwas ein. Ich lief schnell zum Auto und schnappte mir ein Stück Pastete. Vielleicht über siegte ja der Hunger, dachte ich und drückte sie

Kyran in die Hand. Dieser sah mich verwirrt an.

„Nein, danke, ich hab gerade keinen Hunger", sagte er trocken und ich musste lachen.

„Doch nicht für dich. Für Major, als Ablenkung." Jetzt verstand er. „Oh, ja, sicher. Gute Idee", meinte er nur, gab mir schnell einen Kuss, ehe er die Tür weiter aufmachte. Schnell hielt er den Fleischteig vor sich hin. Wie in einer Szene über Krokodile füttern, kam ich mir vor und Kyran war der Wärter. Hey, Moment mal, wer war dann ich?

Als zweiter Wachmann, ähm Wachfrau, ging ich hinter ihm. Kaum war die Tür auf, sprang Major schon auf uns zu. Im letzten Moment konnte Kyran ihn noch am Halsband festhalten und ich schloss schnell die Tür zu. Dabei ging ich in die Hocke und sah Major ganz tief in die Augen. Wieso ich das machte, wusste ich selber nicht. Ich glaube, ich hatte das Mal im Fernsehen gesehen, praktisch wie son Hundeflüsterer. Jedenfalls versuchte ich es. Ich sah ihn an und flüsterte leise.

„Schhh, mein Junge, schon gut. Alles in Ordnung. Beruhige dich, dir wird nichts passieren, ganz ruhig." Und immer wieder.

„Ganz ruhig, mein Junge." Ich merkte, dass er wirklich allmählich ruhiger wurde, bis seine Schnauze meinen Arm ganz langsam anstupste und er seinen Kopf leicht in meiner

Beuge legte. Er schnaubte und zitterte leicht. Kyran stand da mit offenem Mund.

„Wie?", fragte er mich, doch ich zuckte nur die Schultern.

„Als Kind hatte ich mal einen Hund gehabt, ist aber lange her." Kyran nickte und ging schnell in die Küche und kramte in einer Schublade, dann holte er den Napf von Major und gab ihm frisches Futter hinein, plus einer Substanz. Ich sah ihn fragend an.

„Das hat mir der Tierarzt gegeben. Ein paar Beruhigungs-Tropfen. Er meinte, das wäre das Beste. Aber ich konnte ja nicht ahnen das, dass Wetter so schnell umschlägt", meinte er und ich musste lachen.

„Wir sind in Irland", sagte ich trocken und auch Kyran grinste. Wir beide begleiteten den armen Hund zu seinem Napf, den er vorerst skeptisch liebäugelte. Erst als ich ihn ein Stück auf meine Hand gab, schnupperte er und nahm einen Bissen. Ich setzte mich neben den Napf und klopfte immer wieder daran. Nur zögerlich nahm er noch einen Happen. Erst als sich auch Kyran danebensetzte, fraß Major alles auf. Wir lehnten uns gegen die Wand.

„Wie lange dauert es, bis die Tropfen wirken?", fragte ich ihn.

„Oh, es ist manchmal unterschiedlich. Mal wirken sie schnell, mal langsamer, aber wir werden es gleich sehen. Wenn du willst, kannst du dich etwas frisch machen", meinte er und deutete auf das Bad. Ich nickte nur.

„Ach darauf kommt es jetzt auch nicht mehr an", lächelte ich und schüttelte meine Haare etwas, die schon leicht getrocknet waren. Nur meine Kleidung war noch ziemlich klamm, was sich nicht gerade angenehm anfühlte. Wir saßen also ein paar Minuten auf dem kalten Flurboden und allmählich tat sich bei Major etwas. Er winselte nicht mehr so laut wie vorher und kroch weiter zu mir heran. Ich kraulte ihn und spürte sein Atmen, das jetzt langsamer wurde. Nach weiteren fünf Minuten konnte ich endlich aufstehen, was mir meine Knochen dankten. Major war eingeschlafen. Auch Kyran stand auf und ging zum Kamin.

„Ich fürchte, wenn ich denn jetzt nicht anmache, bleiben wir ewig nass." Eigentlich war es absurd, mitten im Sommer den Ofen anzumachen, aber vielleicht war es keine schlechte Idee. Mein Körper fühlte sich kalt an. Kyran legte ein paar Holzstücke auf und im Nu loderte eine Flamme auf. Er rieb sich die Hände und wollte ein Handtuch holen, doch ich hielt ihn am Arm fest. Er drehte sich zu mir um und ich sah in seine grau/grünen Augen die, die meinen durchbohrten. Ich wusste

nicht was, aber irgendetwas zog mich in seinen Bann. Er nahm
eine Hand an meinen Kopf und zog mich an sich. Dann legte er
seine Lippen sanft auf die meinen. Ich erwiderte seinen Kuss
fordernd. Wir standen beide am Kamin. Ehe ich wusste, was
ich tat, streifte ich meinen Pullover ab. Ich drängte Kyran leicht
zur Couch, auf die er sich fallen ließ. Ich setzte mich auf ihn
und küsste ihn leidenschaftlich, dabei streifte ich auch mein
Unterhemd ab. Er sah mich fragend an.

„Bist du sicher, dass du das willst?", fragte er mich leicht
heiser. Ich nickte nur und knöpfte sein Hemd auf. Dabei küsste
ich ihn immer wieder auf die Brust. Sein Atem ging schneller.
Er hielt seine Hände jetzt auf meinen Rücken und ich
entledigte mich meiner Oberteile. Auch er zog sich sein Hemd
und Unterhemd aus. Kurz stand ich auf, um auch meine Hose
abzustreifen, während er seine auszog. Ich setzte mich wieder
auf ihn und er stöhnte leicht auf. Seine Lippen bedeckten
meinen Oberkörper, während ich meine Hände in sein Haar
grub. Ich wiegte mich leicht hin und her und hörte seinen Atem
schneller werden. Er wand sich mit mir auf der Couch, sodass
seine Hände meinen Rücken umfassten und mich auf den
Rücken legten. Ich schlug lässig mein Bein auf die Oberkante
der Couch und das andere lag locker herunter, sodass ich meine

Beine gespreizt hatte und er sich dazwischen legte. Er küsste mich leidenschaftlich und wir wiegten uns im Akt der Liebe und Leidenschaft.

Bleib bei mir

Eng umschlungen lagen wir noch bis zum späten Abend da. Das Gewitter hatte sich allmählich verzogen und hinterließ einen anhaltenden Regen. Meine Kleidung war trocken und selbst Major rekelte sich jetzt. Während ich so da saß, prägte ich mir Kyrans Gesicht ein. Er schlief selig vor sich hin. Ihn anzusehen, tat mir irgendwie in der Seele weh. Zu wissen, dass ich bald schon abreisen musste. Wie würde es mit uns weiter gehen? Würde es überhaupt weiter gehen? Eine kleine Träne verirrte sich in meinen Augen und ich wollte sie wegwischen, als ich seine Hände an meiner Wange spürte.

„Was ist los?", fragte er sanft und leicht schlaftrunken. Ich schüttelte den Kopf und schmiegte mich wieder an seine Brust.

Sein Atem wirkte beruhigend auf mich und sein Duft ließ meine Gedanken kreisen. Der Abschied stand so unmittelbar bevor und das machte mir Angst. Natürlich hatte ich ein Leben in Deutschland, aber der Gedanke an Mike schreckte mich ab. Ich würde ihm unweigerlich begegnen müssen. In meinen Gedanken vertieft, bekam ich gar nicht mit, wie das Telefon klingelte. Auch Kyran hörte es, ging aber nicht ran. Nach einer Weile schaltete sich der Anrufbeantworter an. Es war Dyllon.

„Jaysus, Kyran. Es tut mir leid. Ich wollte das alles nicht. Komm schon Kumpel, lass dich nicht lange bitten. Wir waren doch immer so ein gutes Team. Du willst doch nicht alles hinschmeißen. Hey, ich meine, wenn Sie dir so viel bedeutet, o.k, aber bitte lass uns reden. Bitte, komm doch heute Abend in den Pub. Nur auf ein Guinness. Kyran? Verdammt ...", klack, aufgelegt. Kyran grinste leicht und küsste mich auf dem Kopf. „Er war schon immer ein Kindskopf", sagte er und ich sah kurz zu ihm hoch.

„Aber wenn ihr doch so lange zusammen wart, ich meine, du und deine Band. Vielleicht hat er ja wirklich eine zweite Chance verdient. Außerdem, wenn ich wieder fahre, ist doch alles vergessen und du brauchst dir keine Sorgen mehr zu machen. Gib deinem Herzen einen Ruck und halt deine musikalische Familie zusammen. Rede mit ihm", meinte ich und verstand mich fast selbst nicht mehr. Was erzählte ich denn da? Wenn es nach mir ginge, würde ich diesen Kerl selber erwürgen. Nun gut, auf der anderen Seite konnte ich ihn verstehen, nur ein ganz Kleines bisschen. Kyran versuchte sich etwas aufzurichten, dabei sah er mich an und schüttelte den Kopf. Ganz leise und mit fast erstickter Stimme flüsterte er mir zu.

„Ich will nicht, das du gehst. Bleib bei mir!" Er nahm meinen Kopf zwischen seine Hände und zog mich zu sich herunter und küsste mich, als wenn es keinen nächsten Morgen gebe. Sein Körper war warm, um nicht zu sagen, er war regelrecht heiß. Ich spürte seine Erregung, doch er stand plötzlich auf und zog mich an der Hand mit sich.

„Komm mit!", deutete er an und strebte zum Schlafzimmer. Dort wiegte er mich sanft in die seidenen Kissen und legte sich neben mich. Eine kleine Lampe leuchtete und gab gerade so viel Licht ab, das ich sein Gesicht schemenhaft sehen konnte. Doch nach ein paar Minuten gewöhnte ich mich an das Licht und sah ihn neben mir liegen. Seine Augen strahlten mich sehnsüchtig an. Auch ich versuchte seinem Blick standzuhalten, doch ich konnte es nicht, ohne einen Schimmer

meiner Tränen zu verlieren. Er schlang seine Arme um mich
und drückte mich fest an sich. Wir lagen hier einfach nur so da,
ließen den Regen auf das Dach prasseln, was etwas
Beruhigendes hatte, wie ich fand. Gerade wollte ich etwas
sagen, als sein Finger an meinen Mund ging, um ihm zu
bedeuten, das ich nichts sagen sollte. Also schwieg ich.
Dagegen nahm ich jetzt seine Hand und küsste seinen Finger,
dabei zog er mich mit der anderen Hand näher an sich heran.
Sein Körper presste sich sanft aber bestimmt gegen meinen. Ich
spürte seine Leidenschaft und rollte mich geschickt auf ihn.
Während ich im Schneidersitz auf ihm saß, nahmen seine
Hände meinen Kopf zu sich herunter und küsste mich
leidenschaftlich. Er wanderte mit seinen Lippen weiter herab
zu meinen weiblichen Rundungen. Ich bäumte mich leicht auf
und entlockte ihm ein Stöhnen. Erst ganz langsam wippte ich
mich hin und her, um dann im Rhythmus der Leidenschaft
fortzufahren, bis wir den Horizont erreicht hatten und erschöpft
in die Kissen fielen. Dennoch hielt er mich die ganze Zeit fest.
Der Abend hatte begonnen und es nieselte nur noch, aber die
Nacht war rabenschwarz. Ein paar einzelne Scheinwerfer von
vorbeifahrenden Autos verirrten sich vorwitzig an der
Reflexion der Wand. Wir schliefen sanft, eng umschlungen

ein, und als ich erwachte, zeigte meine Uhr zwei Uhr morgens. Heimlich löste ich mich aus seinem Griff und zog mir eines seiner Hemden über. Dann ging ich zum Fenster, welches bis zur Erde ragte und öffnete es vorsichtig. Eine sanfte Brise wehte mir entgegen. Der Regen roch so frisch und die kühle Luft tat richtig gut.

Von Weitem sah ich einzelne Lichter, die von ein paar Häusern herrührten. Während vor der Tür Autos zu hören waren. Ein oder zwei junge Männer gingen ihren Gang von der Kneipe nach Hause, leicht unter Alkoholeinfluss und dabei redeten sie lauter. Doch die Stimmen verstummten, je weiter sie gingen. Ich sog die Luft ein und umschlang meinen Körper mit meinen Armen. Zwar fröstelte ich leicht, aber es machte mir nichts aus. Das Hemd von Kyran roch so gut nach ihm, das ich die Arme noch mehr verschränkte. Vom Wohnzimmer aus hörte ich ein leises Grunzen. Major schnarchte vor sich hin. Wenn ich es so überlegte, Mike hatte immer lauthals geschnarcht, aber hier hörte ich wirklich nur Major. Ein Lächeln huschte über mein Gesicht, um dann weiterhin sehnsüchtig in die Ferne zu schweifen. Was hatte ich eigentlich erwartet oder würde ich erwarten?

„Einen Penny für deinen Gedanken", flüsterte Kyrans Stimme

hinter mir und umschlang mich. Er küsste mich auf die Haare und ging weiter meinen Hals herab. Ich wollte mich umdrehen doch Kyran hielt mich fest. Seine Hände gingen immer weiter herunter bis zu meinem Lustzentrum. Dort verweilten sie kurz, um sich weiter vorzuarbeiten. Ich fluchte und stöhnte gleichzeitig auf. Er trieb es auf die Spitze, das ich mir selber den Mund zuhalten musste, um nicht vor Lust zu schreien. Dann erst drehte er mich um und mein Körper lehnte an der Fensterwand. Er hob mich hoch und vollendete seine Lust auf seine Weise. Schwindelig vor Ekstase fielen wir uns in die Arme. Die Luft drang mit leichtem Nieselregen herein und ließ unsere Haut leicht Glitzern. Wie wir ins Bett gekommen waren, wusste ich nicht mehr, nur das wir unser Liebesspiel dort weiter fort führten bis in die frühen Morgenstunden.

Die Sonne kitzelte meine Nasenspitze, als ich erwachte. Ich reckte mich und sah das Kyran nicht da war. Meine Kleidung lag noch verteilt im Wohnzimmer, also schlich ich auf Zehenspitzen durch den Flur. Wieso eigentlich, dachte ich und musste leise kichern. Hatte ich erwartet, dass er hier war und eventuell Frühstück machte? Weit gefehlt, er war nicht da, obwohl die Kaffeemaschine lief. Eine Pfanne stand auf dem Herd, aber sie war nicht an. Käse und Marmelade standen auf der Anrichte und zwei Tassen sowie Butter und Orangensaft. Suchend sah ich mich um. Im Bad war Kyran auch nicht und draußen? Ich lugte durch das Fenster und erschrak, ein Mann starrte mich mit hochrotem Kopf an. Dabei fiel es mir wie Schuppen von den Augen. Ich war ja noch nackt und zeigte schamhaft meinen Oberkörper dem Postboten. Peinlich. Ich quiekte kurz auf und verschwand hinter dem Vorhang. Der Angestellte lächelte nur und nickte mir anerkennend zu, bis er pfeifend verschwand. Anscheinend hatte ich ihm den Tag versüßt. Schnell sammelte ich meine Kleidung ein, bevor ich noch eine Überraschung erlebte. Im Bad machte ich mich schnell frisch und machte das Bett, dabei grinste ich wie ein verliebter Teenager. Von draußen hörte ich ein Hundegebell und einen Schlüssel, der sich im Schloss drehte. Kyran kam im Jogginganzug und mit einer Tüte Soda Bread und Scones. „Hey Süße, ich habe Frühstück besorgt." Er gab mir einen Kuss und stellte die Sachen ab. Ich sah ihn glücklich an, bis das Telefon wieder klingelte. Kyran ging nicht dran, sondern ließ wieder den Anrufbeantworter eingeschaltet.

„Hey Kyran, hier ist Sean. Ich, äh, ich wollte eigentlich nur fragen, ob du eventuell weißt, wo Elara ist. Ihre Freundin Ellis und David suchen schon nach ihr. Ihr Flieger geht bald und sie müssen aus dem Hotel raus. Ach ja und ich soll dich fragen, ob und wann du wieder zu den Tonaufnahmen kommst? Fragt, ähm, Dyllon. So, ähm, ja das war es. Ich … ich ähm, ich hasse diese Dinger. Hat denn keiner mehr ein vernünftiges Handy. Oh, ich bin ja noch dran." Peng, klackte der Hörer auf.

Himmel, ich klatschte mir vor die Stirn.

„Meine Güte, ich habe ja Ellis völlig vergessen. Die Arme steht gleich mit gepackten Koffern auf der Straße. Ich muss schnell auschecken und ich muss zum Flugh …", ich sprach nicht weiter. Kyrans Gesicht verzog sich zu einem Häufchen Elend. Einige Sekunden herrschte Stille. Nur das Sabbern von Major war zu vernehmen, der gierig, nach dem Spaziergang mit Kyran zum Bäcker, aus seinem Napf schlabberte. Ich pulte verlegen in meinem Scone herum. Der Appetit war mir ohnehin vergangen, was anscheinend auch Kyran so erging.

„Dann zieh ich mir mal schnell was anderes über und fahre dich zum Hotel", murmelte er und verschwand im Schlafzimmer. Kurz darauf kam er frisch angezogen wieder. Er füllte noch mal den Napf für seinen Hund auf und schnappte sich die Autoschlüssel. Kurz vor der Tür blieb er stehen und senkte seinen Kopf, dann drehte er sich um und nahm wieder seine Hände um meinen Kopf. Er sah mich mit seinen

grau/grünen Augen an. Sie schimmerten leicht. Sollte er
wirklich Tränen darin haben? Er hielt seine Stirn gegen meine.
„Bleib doch bitte!", flehte er. Mir wurde ganz anders. Ich
zitterte leicht. Was man auch an meiner Stimme merkte.
„Oh Kyran, was soll ich den bitte tun? Ich meine, wie soll das
hier weitergehen. Wie lange soll ich bleiben? Ich meine, mein
Urlaub ist in drei Tagen vorbei", jammerte ich. Oh bitte Elara,
glaubst du wirklich, er hat das gemeint, ermahnte ich mich in
Gedanken und ein kleiner Teufel auf meiner Schulter, zeigte
mir den Vogel, während der Engel auf der anderen mich
mitleidig ansah. Kyran sah mich direkt an. Er küsste mich kurz
und meinte, was ich nicht aussprechen wollte.
„Urlaub? El, ich will, dass du ganz hier bleibst. Verstehst du?
Ich will dich jeden Tag sehen, jeden Tag spüren. Mit dir
streiten, mit dir lachen und weinen. Dich fühlen. Ach Elara,
bleib für immer bei mir. Bitte!", seufzte er. Und auch ich
schluckte tief mit einem Hauch von Gänsehaut. Ich versuchte
meine Tränen zu unterdrücken, doch sie liefen einfach. Warum
musste alles so kompliziert sein. Es half ja alles nichts. Ich
musste erst mal ins Hotel. Nur schwer lösten wir uns
voneinander und stiegen ins Auto, dabei hielt er, so gut es ging,
die ganze Fahrt über, meine Hand. Am Hotel angekommen

221

stand schon Ellis mit David vor der Tür und diskutierte mit dem Hotelmanager.

„Oh Himmel Elara, endlich. Sag mal, hast du den Verstand verloren? Ich warte hier und muss mit diesem, … diesem, na egal. Jedenfalls, du hättest dich ja wenigstens mal melden können, oder an dein Handy gehen. Was hast du überhaupt die ganze Zeit gemacht?" Ellis machte ihrem Ärger Luft. Erst als sie Kyran sah und dann wieder auf mich und wie ich verlegen den Kopf senkte. Ellis grinste von einem Ohr zum anderen und kniff David in die Seite.

„Aha, da also weht der Wind her. Wer hätte das gedacht." Kyran streichelte mir kurz über den Rücken und nahm den Manager zur Seite. Er sprach mit ihm sehr schnell und nickte zwischendurch, dann reichte er ihm eine Karte und die beiden gaben sich die Hände. Kurz darauf kam er zu uns zurück.

„Es ist alles erledigt. Wenn ihr noch etwas auf dem Zimmer habt, könnt ihr es jetzt rausholen", meinte er, doch Ellis schüttelte den Kopf.

„Nee, ich habe alles in unsere Koffer geschmissen, was im Zimmer herumflog und uns gehört", raunzte sie, dann wandte sie sich an David.

„Oh Babe ich fürchte, hier müssen wir Abschied nehmen.

Komm her!", befahl sie ihm und sprang in seine Arme, dabei küsste sie ihn ab. Die anderen Leute rund um uns guckten schon amüsiert. Kyran nahm schnell meine Hand und drückte sie. Ich fühlte mich so hilflos. David hingegen grinste nur.

„Hey Mann, cool bleiben, hab mir da was überlegt. Ich meine, ich bin ja noch weiter unterwegs, und hey, was soll ich sagen, nen Trip nach Deutschland könnte ich mir durchaus vorstellen." Ellis starrte ihn an. „Du meinst, du … du würdest mit mir kommen?" David nickte und meine Freundin fiel ihm schreiend um den Hals. Mein Kloß im Hals wurde wieder größer, also vermied ich es Kyran anzublicken, doch er nahm erneut meine Hand und griff sie so fest, dass es fast weh tat.

„Also, worauf warten wir noch? Der Flieger kommt pünktlich", juchzte Ellis und schnappte sich ihren Koffer. Sie steuerte schon die O´ Connell Street an, um auf den Bus zu warten.

„Hey, lasst es gut sein, ich bring euch hin. Kommt, steigt ein!" meinte Kyran und hielt uns den Kofferraum auf. Ellis grinste und David hob seinen Daumen.

„Hey voll cool Alter", und stieg mit Ellis hinten ein. Ich half noch bei den Koffern. Gerade hob er meinen Koffer hoch und hielt kurz inne. Er sah mich flehend an und flüsterte leise.

„Bitte Elara, bleib doch! Überlege es dir", meinte er und sein

Gesicht sah so gequält aus. Ich drückte leicht seine Hand und begab mich auch ins Auto. Auf der ganzen Fahrt über flüsterten, knutschten und kicherten Ellis und David auf dem Rücksitz, während vorne eisige Stille herrschte. Immer wieder griff Kyran, wenn es die Gelegenheit ergab, nach meiner Hand und streichelte diese sanft. Auch wenn ich dies prickelnd begrüßte, war mir hundeelend zumute. Nach ungefähr zwölf Kilometern kam das Schild vom Flughafen zum Vorschein. Jetzt suchte Kyran nur noch einen Parkplatz und wir konnten reingehen. Die Menschen tummelten sich hier wie auf einem Ameisenhaufen. Alles lief kreuz und quer. Vom Manager zum Anzugträger, bis hin zum Pendler und Tourist. Wir mussten unseren Check-In, machen und hatten dann noch zwei Stunden Zeit, bis der Flieger ging. David hatte noch im letzten Augenblick eine Bordkarte bekommen, weil jemand kurzfristig abgesprungen war. Die beiden turtelten während des Wartens unaufhörlich. Ich machte mit Kyran einen kleinen Spaziergang durch die Hallen, vorbei an dem Guinness Store und dem Candy-Shop. Das Wetter war jetzt einigermaßen sonnig bis bewölkt, aber es war trocken, nicht so wie in der Nacht. In der Nacht dachte ich zurück und ein Schauer durchlief meinen Körper. In einer etwas ruhigeren Halle setzten wir uns auf eine

Bank. Wir schwiegen und sahen uns nur an. Sein Kopf lehnte auf meiner Stirn und seine Arme umschlangen meinen Rücken. Ich wagte kaum zu atmen. Als er mich küsste, verschwand alle Welt um mich. Nur ungern lösten wir uns voneinander und doch war da noch immer diese nagende Ungewissheit. Wie sollte es weitergehen?

„Ich werde dich jeden Tag anrufen. Und wenn du magst, werden wir jeden Tag skypen", flüsterte er und versuchte zu lächeln. Mir war ganz flau im Magen. Ich wollte ihn nicht verlassen, aber es gab keinen Weg. Was war mit meiner Arbeit, mit Ellis? Was würde zwischen ihnen laufen? Und vor allem, im Grunde genommen kannte ich Kyran doch gar nicht. Konnte es so etwas geben, wie die Liebe auf den ersten Blick? Ich war ja eigentlich ein großer Zweifler, was so etwas betraf, aber dies hier bestätigte die Ausnahme. Ich konnte nur schluchzen und meine Tränen liefen vor Abschiedsschmerz. Unser Flug wurde aufgerufen. Nur zögerlich trennte ich mich von ihm. Noch einmal umarmte er mich und ich küsste ihn leidenschaftlich. Schon hörte ich Ellis Stimme nach mir rufen. Es wurde höchste Zeit. Ich bat ihn nicht bis zum Gate mitzugehen und Kyran nickte nur. Da stand ich nun mit meinem kleinen Koffer und wartete auf meinen Abflug.

Veränderungen

*I*m Flieger ließ ich alles Revue passieren und es kam mir so
unwirklich vor. Dennoch spürte ich noch immer seinen Körper
auf meinen. Seinen Kuss, seine Lippen und seinen Duft. Der
Flug verging so schnell und hieß mich in der Wirklichkeit
willkommen. Ich war also wieder zu Hause. Ellis setzte sich
gleich mit David in ihrer Wohnung ab und ich begrüßte meine
leere Wohnung. Ein Haufen Post hatte sich angesammelt, aber
diese ignorierte ich vorerst. Meinen Koffer stellte ich in eine
Ecke und kauerte mich auf meinem Sofa zusammen. Nur mein
Handy hielt ich krampfhaft fest, auf der Hoffnung das Kyran
jetzt, gleich anrief oder schrieb. Meine Sinne hatten sich nicht
getrübt. Im selben Augenblick schrieb Kyran.
„Hey meine Süße. Ich vermisse dich jetzt schon. Jeden
Augenblick, jede Sekunde. Hoffe, du bist gut angekommen.
Love you", und zig Kuss Smileys daran. Ich presste das Handy
an meine Brust und weinte still vor mich hin.
Ein Klingeln an der Tür riss mich aus dem Schlaf. Ich war auf
dem Sofa eingeschlafen und hatte noch immer meine

Reisekleidung an. Schlaftrunken und gerädert ging ich zur Tür.

„Du lieber Himmel, wie siehst du denn aus? Hast du gar nicht geschlafen? Was ist denn los?", stürmte Ellis an mir vorbei. Natürlich mit David im Schlepptau. Dieser schnüffelte gleich in der Wohnung herum.

„Oho, wow, schlechtes Karma hier", deutete er an und riss gleich die Fenster auf, dann drehte und wendete er einige Möbel. Ellis grinste verliebt.

„Ist er nicht einmalig?", säuselte sie und sah verliebt zu ihrem Öko David. Dann drehte sie sich zu mir und meinte.

„Himmel Elara, was ist denn los mit dir? Kyran?", fragte sie gleich und ich brach in Tränen aus. Ellis sah leicht geschockt aus und dann sah sie zu David. Dieser war noch immer damit beschäftigt die Möbel, um zu stellen.

„Schätzchen, macht es dir was aus, wenn wir zwei Frauen mal eben ins Bad gehen? Du kannst dich hier ja austoben. Küsschen", säuselte sie und hauchte ihm einen Kussmund zu. Dieser lächelte und schnippte mit den Fingern.

„Jaha, voll cool, Babe", meinte er und ließ sich an meinem CD-Regal aus. Ellis schob mich ins Bad und nahm noch eine Flasche Whisky aus dem Wohnzimmerschrank mit. Im Bad platzierte sie mich auf den Badewannenrand und goss mir einen großen Schluck Whisky in einem Zahnputzbecher ein.

„Also gut, was ist los?", fragte Ellis gleich und nahm einen großen Schluck aus der Flasche. Ich heulte noch immer und unter Schluchzen und Stammeln, erzählte ich von Kyran und seinem Plan, beziehungsweise was er vorhatte. Nach dem Stammeln herrschte kurze Pause und Ellis stand der Mund offen. Sie nahm noch einen Schluck und grinste mich an.

„Himmel weist du, was du für ein Glück hast? Mensch, son Typen findest du nicht überall. Der liebt dich wirklich", schwärmte sie, doch ich konnte ihre Begeisterung nicht teilen.

„Ach komm schon Ellis, was soll ich denn machen? Wo soll ich denn arbeiten und wer sagt mir, dass es mit ihm funktioniert? Nein, das alles ist doch nur eine Fiktion. Eine Liebe, die nicht mehr ist. Also vergiss es!", sagte ich, doch da kannte ich Ellis schlecht. Jetzt fuhr sie richtig auf.

„Du meine Güte Elara, da triffst du die Liebe deines Lebens und du hegst Zweifel daran? Meine Güte", meckerte sie mich an. Aber es half nichts. Es war zu spät. Ich weinte ungehemmt. Erst am nächsten Morgen erwachte ich und merkte, dass ich in meinem Bett lag. Ellis oder sogar Öko David hatten mich dahin gebracht. Ich hoffte inständig, das es nur Ellis war, die mich ausgezogen hatte. Jedenfalls erwachte ich mal wieder mit

Kopfschmerzen. Ich empfand mein Leben zur Zeit so, wie es war, als ich dachte, er hätte mich ausgenutzt. Da war wieder so eine Leere und doch ein Gefühl, welches sich in meiner Brust ausweitete. Schnell nahm ich eine Dusche und zog mich an. In der Küche lag ein Zettel von Ellis.

„Mach dir einen schönen Tag. Und lass den Kopf nicht hängen. Wir kommen heute Abend bei dir vorbei und dann feiern wir. Hab dir was zu sagen. Küsschen E." Nun, immerhin, fand Ellis ihr Glück. Das freute mich wirklich. Auch wenn ich Öko David etwas schräg fand.

Ellis wollte heute Abend in eine Kneipe gehen. Oje, war ich überhaupt dazu in der Lage? Wer weiß, was sie wieder vorhatte? Mich eventuell verkuppeln, um Kyran zu vergessen? Dabei wollte ich ihn ja gar nicht vergessen, eher wollte ich wissen, was die Zukunft mit ihm brachte. Was mich gleich auf mein Handy brachte. Schnell flogen meine Finger über die Tasten, um meine Nachrichten abzuchecken. Mein Herz raste. Wieder eine Nachricht von Kyran.

„Meine Süße El, ich vermisse dich. Love you, miss you." Mein Herz ging auf und ich schrieb ihm schnell zurück. Diesmal konnte ich mit einem leichten Lächeln durch den Tag gehen.

Ich erledigte meine Sachen wie Einkaufen, aufräumen und essen. Am Abend hörte ich schon das Lachen von Ellis, die mit David auffuhr. Kaum im Flur schloss ich die Tür auf und Ellis fiel mir überschwänglich in die Arme.

„Hey, du siehst ja schon viel besser aus", meinte sie und drückte mir eine Flasche Sekt in die Hand. David fläzte sich gleich auf das Sofa und machte sich eine Dose Bier auf. Ellis hockte sich auf die Lehne und schwang ihre Arme um ihn.

„Also, sollen wir gehen?", fragte sie gleich heraus. Ich hatte eigentlich keine Lust, aber ich wusste, sie würde nicht eher Ruhe geben, bis ich zusagte. Also zuckte ich die Achseln und schnappte mir meine Jacke. Ellis klatschte begeistert in die Hände. Da die beiden schon etwas getrunken hatten und Ellis meinte, ich würde ja auch was trinken, fuhren wir mit dem letzten Bus in die Stadt. Wir steuerten das kleine Bistro an, welches Guinness Bier ausschenkte. Draußen auf den Tischen standen wieder Teelichter und kleine Vasen mit Rosen. Jeder bestellte sich ein großes Glas Guinness und wir prosteten uns zu.

„Auf Irland", meinte Ellis und wir stießen an. Meine Gedanken schweiften kurz an Kyran und prosteten ihm zu. David ruckelte wie ein junger Hund hin und her. Immer wieder stupste er Ellis an und diese zischte abwehrend.

„Also gut, was ist los?", fragte ich meine Freundin und sie wusste, diesmal würde ich keine Ruhe geben, bis ich es erfuhr. Ellis druckste herum, doch dann fing sie an zu strahlen und rückte mit der Sprache heraus.

„Gut, gut. Also, ich mache es kurz. David und ich haben beschlossen, weiter durch die Welt zu reisen. Wir suchen uns Orte aus und werden mal hier, mal dort arbeiten und wer weiß, vielleicht landen wir auch wieder in Dublin. Da hat David ein kleines Hostel entdeckt, der noch einen Pächter sucht im nächsten Jahr. Na ja, was soll ich sagen, man hat David schon auf die Liste gesetzt."

Die Bombe saß. Ich war geschockt, aber auch froh zugleich. Ellis war schon immer ein Paradiesvogel. Es hielt sie nie lange an einen Ort, zumindest nicht, was die Arbeit betraf. Sie war überall und nirgends, schaffte es aber immer ihre Miete zu zahlen und gut zu leben. Meine Freundin sah mich an.

„Oh, Süße, das tut mir leid. Ich wollte dich nicht vor den Kopf stoßen. Hey, wie wärs, wenn du einfach mit kommst? Gut, du müsstest ein Jahr warten, aber dann … hey, dann kannst du nach Kyran", strahlte sie. Auch wenn das Angebot noch so verlockend war, aber ich fand, Ellis hatte eindeutig einen Knall.

Musste wohl an der Gesellschaft von David liegen.

Natürlich war der Gedanke da, aber die Umsetzung schien mir das Problem. Jedenfalls, nach diesem Eröffnungsgespräch hielten es Ellis und David nicht mehr lange in der Stadt. Schon nach einer Woche brachen sie ihre Zelte hier ab und machten sich auf zu neuen Ufern. Ihr erstes Ziel war Dänemark. David meinte, er wollte unbedingt mal die langen Sandstrände sehen und so die Freiheit unter den Füßen spüren. Meine Stimmung war geknickt. Ich kannte meine Freundin schon, seit der Schule, in der achten Klasse. Sie war schon immer so sprunghaft gewesen. Dennoch fiel mir der Abschied nicht leicht. Am Bahnhof verabschiedeten wir uns unter Tränen.

„Oh Elara, ich schicke dir aus jedem Ort, den wir bereisen, ein Bild. Lass den Kopf nicht hängen, in spätestens einem Jahr sehen wir uns wieder. Komm her und lass dich noch mal drücken", gesagt, getan. Auch David kam auf mich zu, deutete eine kurze Umarmung an und schnippte noch mit den Fingern. „Hey, du bist auch voll cool, fürn Mädchen", grinste er und beide stiegen in den Zug. Hier stand ich also und sah zu, wie meine Freundin ihren Weg bestritt. Ich hingegen versuchte mich, in mein Leben zurückzukämpfen.

Anfang und Ende

Die Tage zogen dahin und ich war mit Arbeiten beschäftigt.
Kyran und ich schrieben weiterhin jeden Tag. Doch eines Tages
blieb mein Bildschirm leer. Erst dachte ich mir nichts dabei, er
hatte vielleicht zu viel zu tun, doch drei weitere Tage später
kamen noch immer keine Nachrichten. Am Wochenende hielt
ich es nicht mehr aus. Ich fing an ihm zu schreiben und
versuchte ihn anzurufen. Nichts! Er ging nicht ans Telefon und
auch meine Nachrichten wurden nicht weitergeleitet. War sein
Handy kaputt? Das musste es sein, dachte ich. Dennoch ging
ich mit einem mulmigen Gefühl zur Arbeit. Diese schob ich
monoton vor mich her.

Kunden, die mich etwas fragten, bekamen, zum Leidwesen
meiner Chefin, nur kurze, knappe Antworten. Irgendwie
brachte ich den Tag doch noch zu Ende. Kurz vor Schluss
räumte ich gerade noch ein paar Kartons weg, als mich meine
Kollegin über den Lautsprecher rief. Eigentlich war mir gar
nicht mehr nach Kundschaft oder Preisnachfragen, geschweige
denn Überstunden zumute, aber ich machte gute Miene zum
bösen Spiel, dachte ich. Kaum kam ich an der Kasse an, grinste

mich meine Kollegin breit an.

„Da möchte ein Kunde einen irischen Whisky haben. Der steht noch im Lager. Bist du bitte so lieb", säuselte sie und sah mich leicht verträumt an. Was war denn mit der los? Damit ich endlich Feierabend machen konnte, lief ich schnell zum Lager. Ich sah mich um. Was hatte sich der Kunde dabei gedacht? Dann überlegte ich. Wir hatten gar keinen irischen Whisky im Angebot. Meine Stirn zog sich in Falten und ich versuchte, diesen Kunden zu finden. Das war ja einfach. Hier lief kein Typ herum. Typisch, das war ja nicht das erste Mal, das ein Kunde etwas wollte und es sich im letzten Augenblick anders überlegte.

Ich schob das große Rolltor wieder zu und wollte zu meiner Kollegin. Plötzlich sprach mich ein Kunde an. Er war leicht verdeckt hinter dem Milchregal und ich hörte nur eine Stimme. „Entschuldigen Sie, aber mein Whisky", sprach die Stimme im sehr gebrochenen Deutsch. Eine Gänsehaut durchfuhr mich. Das konnte doch nicht sein. Ich musste diesen Typ sehen. Als ich mich umsah, sah ich direkt in zwei grau/grüne Augen, die mich strahlend ansahen. Mein Herz blieb fast stehen. Vor mir stand leibhaftig Kyran. Ich hielt mir die Hand vor dem Mund, um nicht zu schreien, doch es gelang mir nicht. Ich fiel ihm schreiend um den Hals, bis ich feststellte, das mich alle Leute anstarrten. Nur meine Kollegin lachte verschmitzt. Sie wusste von ihm. Er hatte sie kurz eingeweiht und stand nun vor mir. „Was … was, machst du hier? Ich habe versucht, dich zu erreichen. Wie …?", fragte ich verstört, doch Kyran, nahm mich in die Arme und drückte mir einen leidenschaftlichen Kuss auf den Mund. Ich war außer Atem und völlig perplex. „Überraschung!", meinte er nur und hob mich glücklich hoch. „Ich hatte es einfach nicht mehr ausgehalten ohne dich", meinte er und wollte mich gar nicht mehr loslassen. Schnell stempelte ich aus und sah zu, dass ich aus dem Laden rauskam, noch ehe jemand eine Bemerkung machen konnte. Draußen standen wir uns gegenüber und ich konnte es noch immer nicht glauben.

„Komm", sagte ich nur und zog ihn mit mir. Ich schnappte mir mein Fahrrad und schob es bis zu meiner Wohnung. Gott Lob war es nicht so weit. Unterwegs erzählte ich ihm alles von Ellis und David und ihren Plänen.

„Wow, das hört sich doch gut an, aber ein Jahr. Elara, wie du siehst, halte ich es nicht mal ein paar Monate ohne dich aus", meinte er und sah mich an. Ich blieb kurz stehen.

„Lass uns erst mal zu mir gehen. Ich muss mich umziehen und

frisch machen, dann gehen wir etwas essen und können reden",
sagte ich und drückte ihm einen Kuss auf die Wange. An
meiner Wohnung angekommen schloss ich mein Rad ab und
wir gingen rein. Er sah sich um.

„Nett hast du es hier", er grinste und sah mich herausfordernd
an.

„Was?", fragte ich ihn gleich, und er kam auf mich zu und
grinste wieder. Er nahm mich in den Arm und küsste mich
leidenschaftlich. Ich fühlte mich nicht ganz wohl, da ich noch
meine Arbeitssachen anhatte. Doch das interessierte ihn nicht.
Er küsste mich weiter und seine Hände schoben sich unter
meinen Pullover. Dabei flüsterte er leicht heiser.

„Wo ist dein Schlafzimmer?", grinste er. Ich deutete nur mit
dem Kopf an, wo es lang ging, doch wir schafften es nicht
mehr bis dahin. Meine Arbeitskleidung flog quer durch das
Wohnzimmer. Und auch Kyrans Kleidung verteilte sich im
ganzen Raum. Zwischen Schlafzimmer und Wohnzimmer
lagen wir auf dem Teppich und vollzogen einen Akt aus
Leidenschaft. Eng umklammert lagen wir nackt zwischen den
Türen. Ich musste lachen und ich war so froh, dass er bei mir
war. Eine halbe Stunde später erhob ich mich aus dieser
unbequemen Situation.

„Ich glaube, ich geh erst mal kurz unter die Dusche. Mach es dir bequem, es dauert nicht lange." Ich bückte mich noch mal kurz und küsste ihn. Kyran grinste und gab mir einen Klaps auf den Po. Dann verschwand ich im Bad. Als ich wieder kam, lag Kyran bei mir im Bett und schlummerte vor sich hin. Er lag lang ausgebreitet und nackt auf der Decke.

Im Stillen sah ich ihn mir an. Seine Konturen, seine Muskeln und selbst seine feinen Härchen. Die dunklen Locken standen ihm wirr ab und er atmete gleichmäßig. Ich sog seinen Duft ein, dabei ertappte ich mich, wie ich mich an den Türpfosten lehnte und verträumt meine Augen schloss und dabei grinste. Dachte ich doch daran zurück, wie wir uns begegneten und an unsere erste Nacht. Ein Schauer durchfuhr mich und ich spürte seine Hände auf meinen Körper, bis ich feststellte, dass es wirklich seine waren. Kyran war aufgestanden und stand vor mir. Dabei streichelte er meine Konturen und küsste sie, dann umschlang er meine Hüften und riss mir das Handtuch runter, in welchem ich noch gewickelt war, und dirigierte mich zum Bett. Sanft legte er mich auf die Laken und sah mich an. Seine Hände fuhren durch mein Haar und er flüsterte mir zu.

„Elara. Komm mit mir und bleibe bei mir. Ich liebe dich", dann küsste er mich wieder und unsere Körper schmolzen wie nie zusammen. Eine Woge der Leidenschaft durchfuhr uns und ließen uns zusammenschmelzen. Eng umschlungen lagen wir auf dem Bett und keiner wagte, ein Wort zu sagen. Nur unser Atem war zu vernehmen. Nach mehreren Minuten des Schweigens lehnte ich mein Kinn auf seine Brust, sodass ich mein Gesicht zu ihm wandte. Meine Finger spielten leicht mit seinen kurzen Brusthaaren, während er meinen Rücken streichelte.

„Wie kommst du überhaupt auf die Idee hierher zu kommen, ohne ein Wort zu sagen?", fragte ich ihn. Er sah mich kurz an. „Habe ich dir doch schon gesagt. Ich habe es nicht eine Minute ausgehalten, ohne dich." Dann setzte er sich leicht auf und nahm mich in den Arm, dabei sah er mir direkt in die Augen. „Ich will, dass du mit zu mir kommst und bei mir bleibst, verstehst du das nicht. Ich weiß, wir kennen uns noch nicht lange, aber ich habe das Gefühl, als wenn wir uns schon ewig kennen würden. Ich weiß nur, ich möchte keinen Tag mehr ohne dich erleben." Er küsste mich wieder und ich war so gerührt. Dennoch hegten sich Zweifel.

„Ich, … ich verstehe ja, was du meinst. Ich fühle ja auch so, aber wie meinst du das, ich solle mit dir kommen? Nach Irland?", fragte ich ihn und sah ihn an. Kyran nickte begeistert.

„Ja Süße, natürlich nach Irland", lächelte er.

„Kyran, wie stellst du dir das vor? Ich meine, wo soll ich wohnen und arbeiten und was, wenn wir uns dann doch noch streiten und uns womöglich trennen, was dann?", mein Kopf brummte und meine Gedanken schweiften über ein Leben in Irland und mit ihm. Kyran grinste.

„Du wohnst natürlich bei mir und Major und Arbeit, die lässt sich doch sicher auch finden. Oh Elara, bitte überlege es dir doch. Bitte, komm mit mir!", flehte er erneut. Ich war leicht überfordert. Die Verlockung war riesengroß.

„Sei mir nicht böse, aber ich … ich, glaube, ich brauche etwas Zeit darüber nachzudenken", sagte ich ihm und er verstand es. Den Rest des Tages verbrachten wir weiterhin im Bett. Erst gegen Abend zwang uns der Hunger hinaus. Wir ließen es uns in einem Restaurant gut gehen. Auch wenn, ich keinen großen Hunger hatte. Kyran bestellte sich ein großes Steak mit Kartoffelspalten und einem Salat, ich hingegen nahm ein Schnitzel mit Jägersoße und Pommes. Anschließend verbrachten wir noch ein paar Stunden in dem kleinen Bistro, wo es frisch gezapfte Guinness gab. Kyran war sehr angetan von dem kleinen Bistro und er fühlte sich sehr wohl. An diesen Abend tranken wir viel, lachten und redeten.

Die Stunden drehten sich immer weiter und ich dachte erst spät mit Schrecken daran, dass ich ja morgen früh arbeiten musste. Ellis würde jetzt sagen, lass dich krankschreiben, aber so ein Typ war ich nicht. Also biss ich die Zähne zusammen und deutete Kyran an, den Heimweg anzutreten. Auch er sah sichtlich müde aus und stimmte dem zu. In meiner Wohnung entledigten wir uns unserer Kleidung und legten uns einfach, nur so, nebeneinander, bis wir beide eingeschlafen waren. Ich muss dazu sagen, eigentlich war ich nicht so der Jenige, der es gern hatte, wenn ein Mann neben mir lag. Mike hatte damals so sehr geschnarcht, dass ich teilweise, meine Nächte auf dem Sofa verbrachte. Hier musste ich sagen, ergab sich das nicht. Auch als ich Kyran kennenlernte und die Nacht dort verbrachte, war dem nicht so. Im Gegenteil, es war sogar beruhigend hier mit ihm so dazuliegen.

Der Morgen kam natürlich um so heftiger. Kaum hatte ich ein Auge zugetan, klingelte auch schon der Wecker. Es half alles nichts. Ich musste aufstehen. Die Arbeit rief unweigerlich. Schnell noch Kaffee aufgesetzt und den Tisch für Kyran gedeckt und schon düste ich ab zur Arbeit. Auch wenn die Kunden noch so nervig waren, so fand ich heute für jeden ein Lächeln und ein Ohr. In der Pause unterhielt ich mich mit meiner Kollegin, die auch da war, als Kyran bei ihr an der Kasse auftauchte. Sie fing an leicht zu schwärmen und was für ein Glück ich doch hatte. Doch ich kehrte kurz in mich und erzählte ihr von den Plänen und meinen Bedenken. Eigentlich war das nicht so meine Art, denn dafür war ja sonst Ellis zuständig, aber die war ja leider nicht da und ich hatte auch noch nichts von ihr gehört. Meine Kollegin hörte sich alles geduldig an. Dann nahm sie sich einen Kaffee und aß einen Keks dazu. Diesen tunkte sie immer wieder in ihre Tasse. Während ich gerade meinen Arbeitsplan studierte, fing Marianne, meine Kollegin gerade an, von einer anderen Kollegin zu reden. Ich weiß, es war unhöflich, aber ich hörte nur halbherzig zu. Erst als sie meinte, ich sollte es doch mal versuchen, die andere Kollegin wurde sofort übernommen, fing ich an hinzuhören.

„Oh bitte entschuldige, aber ich war gerade in Gedanken. Was meinst du mit, sie wurde übernommen?", fragte ich deshalb noch einmal. Marianne grinste und erwiderte.

„Oh Elara, alles was ich bisher von dir und deinem Kyran gehört habe, hört sich doch an wie im Märchen. Ich meine nur, wenn du es willst, kannst du dich nach Irland versetzen lassen. Wir haben da genug Filialen, du musst nur mit unserem Chef reden. Glaub mir, der ist für alles offen." Sie grinste und stellte

ihre Tasse beiseite und ging, dabei zwinkerte sie mir zu und

hob den Daumen. Warum hatte ich nicht gleich daran gedacht.

Es gab ja schon öfter Fälle, wo sich der ein oder andere in eine

andere Filiale versetzen ließ. Das letzte Mal hörte ich von einer

Kollegin, die nach Norddeutschland ging, an die Küste. Aber

Irland war ja doch eine andere Sache. Nun, Marianne hatte

recht, ich musste es versuchen. Zum Glück wusste ich, das

unser Chef, heute Nachmittag, noch kommen würde, also

beschloss ich, ihn gleich anzusprechen.

Meine Arbeit ging mir bis dahin noch nie so leicht von der

Hand wie heute. Ich zählte schon die Minuten, bis Herr

Hendriks kam. Gott Lob, hatte er auch gute Laune. Also nutzte

ich die Chance. Ich klopfte und er bat mich gleich herein.

„Oh hallo, was kann ich für Sie tun?", fragte er mich gleich

und ich fing an ihm meine Situation zu erklären und trug ihm

auch gleich meine Bitte vor. Sein Gesicht wurde jetzt

nachdenklicher und ich ahnte nichts Gutes.

„Nun, das hört sich für Sie ja recht gut an, aber ich fürchte,

mein Arm reicht nicht bis nach Irland. So leid mir das auch

tut." Er sah mich betroffen an und auch ich nickte nur.

Immerhin, es war ein Versuch wert gewesen. Trotz der

Schmach biss ich die Zähne zusammen und setzte ein Lächeln auf.

„Ach was, macht ja nichts. War vielleicht auch nur ein dummer Gedanke. Trotzdem danke", nickte ich und machte mich wieder an die Arbeit. Ich hätte heulen können, doch ich tat es nicht.

Noch eine Stunde und ich hatte Feierabend. Ich räumte gerade noch ein paar letzte Sachen ins Regal, als Marianne wieder auf mich zu kam.

„Du sollst sofort zum Chef kommen", meinte sie mit dem Kopf deutend auf den Personalraum. Eigentlich wüsste ich nicht, was es jetzt noch gab, aber ich ging zu ihm.

„Elara, kommen Sie rein. Setzen Sie sich", begrüßte er mich erneut. Dann suchte er in seinen Unterlagen nach etwas und ich wartete. Nach mehrmaligen Suchen fand er endlich sein Papier.

„Hier!", hielt er mir die Papiere unter die Nase und meinte trocken.

„Es tut mir so leid, aber ich fürchte, wir müssen uns von Ihnen trennen", sagte er und sah mein Gesicht. Ich fiel aus allen Wolken und wollte schon etwas Passendes sagen, aber Herr Hendriks kam mir zuvor.

„Oh nicht doch. Nicht was Sie denken. Nein. Stellen Sie sich vor, ich habe nachgedacht, nach unserem Gespräch und mir fiel noch ein Kollege ein. Dieser kannte einen anderen Kollegen und dieser arbeitet zufällig in Irland. Was soll ich sagen, die sind ständig auf der Suche nach neuen Arbeitskräften. Aber Sie müssten sich schnell entschließen. Ich könnte Ihnen alle Papiere fertigmachen, wenn Sie es schaffen in einer Woche dort vorstellig zu werden", er sah mich fragend an und ich bekam Glanz in meinen Augen, dass ich ihm am liebsten um den Hals gefallen wäre. Natürlich tat ich das nicht, sondern gab ihm meine Hand. Ich bedankte mich tausendfach und grinste wie eine Blöde. Schnell brachte ich meine Schicht zu Ende und raste mit meinem Fahrrad, so schnell ich konnte nach Hause. Überschwänglich riss ich die Tür auf, während Kyran sich zu Tode erschrak.

„Lieber Himmel El, was ist los?", fragte er leicht geschockt. Ich ging auf ihn zu und küsste ihn, dann sah ich ihn ernst an.

„Sag, ist es dir wirklich ernst, dass ich mit nach Irland komme? Ich meine, so richtig?", fragte ich ihn. Kyran sah mich an.

„Natürlich ist es mir ernst. Keine Frage. Was glaubst du, warum ich hier bin?", fragte er mich und nahm mich in den Arm. Ich setzte mich auf seinen Schoss und sah ihn an.

„Bist du dir ganz, ganz sicher?", fragte ich noch mal und versuchte mir ein Grinsen zu verkneifen. Kyran sah mich leicht unsicher an.

„Natürlich. Ich möchte dich jeden Tag, jede Minute, jede Sekunde bei mir haben. Ich weiß nicht warum, aber als ich dich zum ersten Mal sah, da war es wie … wie, ich weiß nicht, Magie. Es hört sich so kitschig an und ich … ach." Kyran rang nach Worten, doch ich nahm ihn in den Arm und küsste ihn leidenschaftlich.

„Also gut, es ist wirklich nur für eine kurze Zeit, aber ich werde bei dir bleiben, bis ich etwas Eigenes gefunden habe. Meine Firma kann mich nach Dublin versetzen. Aber, wie gesagt, nur bis ich eine eigene Wohnung gefunden habe. Wir müssen es langsam angehen", meinte ich zu ihm. Kyran sah mich mit glänzenden Augen an. Dann nahm er mich wieder in den Arm, küsste mich und wir lagen uns lange in den Armen.

„Was immer du willst", meinte er nur und er schien überglücklich.

Heim

*D*anach lief alles sehr schnell ab. Ich leitete den Umzug ein

und innerhalb weniger Wochen saß ich mit gepackten Koffern

am Dubliner Flughafen. Ich hatte meine Habseligkeiten alle per

Fracht aufgegeben, was sich jedoch als nicht unbedingt

lohnenswert ergab. Es waren insgesamt drei Kisten. Meine

Möbel hatte ich kurzerhand verkauft und die, die ich nicht los

bekam, stellte ich großzügigerweise bei meiner Nachbarin in

der Garage ab. Man konnte ja schließlich nie wissen, ob ich

vielleicht, nicht noch mal zurückfand. Kyran war schon längst

vorausgeflogen und wartete am Flughafen auf mich.

Überschwänglich begrüßte er mich, während ich nervös war.

Für mich sollte ein neues Leben beginnen. In drei Tagen betrat

ich meine neue Stelle und sollte mit Kyran ein neues Leben

anfangen.

Hier stand ich nun mit meinen Koffern und das Leben um

mich tobte. Wir fuhren am späten Nachmittag in seine

Wohnung und Kyran hatte schon eine Ecke ausgeräumt, die ich

nutzen konnte. Noch leicht befremdlich stand ich hier und mir

wurde schlagartig klar, was mich hier erwartete. Mir wurde

leicht schwindelig und ich musste mich erst mal setzen.
Kyran kam sofort zu mir und gab mir einen großen Schluck
Whisky. Schnell lehrte ich ihn in einem Zug. Natürlich
brauchte ich ein wenig Zeit, aber ich hatte jetzt diesen Schritt
getan und es gab vorerst keinen zurück. Ich musste die Dinge
erst für einen Tag auf mich wirken lassen, ehe ich begriff, dass
es die Realität war. Kyran gab sich die größte Mühe, um es mir
so heimisch wie möglich zu machen, dafür war ich ihm sehr
dankbar. Auch ließ er mich am ersten Tag gewähren und schlief
sogar auf der Couch. Am zweiten Tag ging es mir schon viel
besser und ich sah die Dinge mit ganz anderen Augen. Die
Tage vergingen wie im Flug und trat meine neue Arbeit an. Es
machte mir Spaß und schnell fand ich in den Alltag hinein.
Nun, was soll ich sagen, mittlerweile bin ich seit fast einem
Jahr hier und ja, ich wohne noch bei Kyran, was mich auch mit
Stolz verfolgt. Wir verstehen uns so gut wie nie und ich hege
noch keinen Gedanken daran, mir eine Wohnung zu suchen.
Alles verläuft wie im Traum und ich hoffe niemals daraus
aufzuwachen.

Petra Eggert, geboren wurde ich in Detmold, aber aufgewachsen bin ich hauptsächlich in Lippstadt.

Ich wohne in einem kleinem Haus mit meinen beiden Kindern und einer Katze. Bisher habe ich zahlreiche Gedichte veröffentlicht und neun Bücher herausgegeben. Im Anhang habe ich ein paar Seiten meines Romans; Mc Clanister Manor angehangen. Vielleicht mag es der eine oder andere. Es ist ein Mystik Roman um einen Herrschaftlichen Besitz der einige Geheimnisse verbirgt, natürlich nicht ohne Liebe und Leidenschaft. Viel Spass beim lesen.

Prolog

Die düsteren Schatten wandeln noch immer in diesem Haus.

Geister, unvollendeter Spuren, die

ungesühnt Ihr Dasein fristen.

Meterdicker Staub bedeckt die Fenster und Böden mit all

seinen Vergangenheiten. Ausgelöscht, vertuscht um der

Wahrheit zu entkommen. Die Dielen knarzen und doch wandelt

kein Leben in diesem Gemäuer. Dennoch ist dort eine Existenz

anwesend. Sie durchforstet alle Räume, inspiziert jedes

Zimmer immer auf der Suche ... auf der Suche nach was? Ein

schreckliches Heulen erfasst die Nacht und doch ist es eher ein

verzweifelter Schrei, der die Luft eisig zersplittert. Begleitet mit

einem Raunenden und Heiseren flüstern: „ Bald, bald wirst du

zu mir kommen. Ich werde warten. Ja, ich werde warten!"

Kapitel 1

„Puh, ich hätte nie gedacht, dass diese Kisten so schwer sind."
„Mom, das sind alles meine Bücher." Mariel schwitzte schon
selber bei ihren Kartons, aber das wollte sie ihrer Mutter nicht
gerade unter die Nase reiben.
„Du meine Güte, was willst du eigentlich mit all diesen
Büchern? Die meisten sind doch schon vergilbt und einige
Einbände haben schon Risse. Ich versteh das nicht." Clara
Wilkott war eine engagierte Frau mittleren Alters und hatte
nicht viel Sinn für die Kunst des Lesens oder Schreibens. Das
Einzige was sie zu schreiben hatte waren Schichtpläne und
Medikamentendosierungen. Sie arbeitete als Krankenschwester
und ging in ihrem Beruf sehr auf. Zum Leidwesen ihrer
Tochter. Mariel wischte sich eine rotbraune Locke aus ihren
grau/blauen Augen und stellte die Kiste in eine Ecke.
„Ach Mom, du weist doch, wenn ich in der Bibliothek arbeite,
nehme ich mir eben ein paar Bücher mit nach Hause. Es wäre
doch schade, sie wegzuwerfen, wenn ich viele davon, noch
restaurieren kann. Ich weiß nicht, es ist eben wie, als wenn man
einen Welpen auf der Straße findet, aber nicht vorbeigehen

kann." Clara verdrehte die Augen. Sie packte noch eine Kiste auf die anderen und wandte sich dann wieder an ihre Tochter. „Kind, ich weiß ja das wir oft umziehen mussten, aber du kannst dich doch nicht ständig hinter deinen Büchern verstecken. Und das mit dem Welpen … na ich weiß ja nicht. So, ach je so spät schon. Schatz, ich muss zur Arbeit. Ich rufe dich morgen an." Sie gab ihrer Tochter einen Kuss auf die Wange und war auch schon durch die Tür.

Mariel schaute sich in ihrer kleinen Mansarden Wohnung um. Sie war nicht groß, aber das machte der Einundzwanzigjährigen nichts aus. In ihrem ganzen Leben war sie schon einundzwanzig Mal umgezogen und hatte danach aufgehört zu zählen. Ihre Mutter gab immer an, dass die Arbeit daran schuld wäre. Einmal war es das Gehalt, dann wieder die Kollegen oder das Krankenhaus selbst. Mariel hatte sich damit abgefunden und stellte ihre Kisten einfach nur noch in die Ecke und legte eine Decke darüber, um sie mit einer Lampe zu zieren. So hatte sie alles praktisch verstaut. In den ganzen Kisten befanden sich wirklich unzählige Bücher, von denen sie sich nie trennen konnte, da schien sie ihrer Mutter gleich zu sein. Von wegen, die Bücher sind antik, oder Einzelausgaben. Die junge Frau arbeitete, seit ihrer Ankunft hier in Hamburg, in der großen Stadtbibliothek. Es war nicht unbedingt das, was sie machen wollte, aber ihrer Mutter zuliebe ist sie mit ihr hierher gezogen. Sie konnte sich gar nicht mehr genau erinnern, wo sie schon überall waren. Es ging quer durch Europa und Mariel wusste, das dies nicht die letzte Station war, in der sie haltmachen würden. Trotz aller Umzüge hatte ihre Mutter stets darauf geachtet, dass ihre Tochter einen vernünftigen Beruf erlernen konnte. Sicher, es war nicht unbedingt der Traumberuf, den sich Clara für ihre Tochter wünschte, aber Mariel war schon immer ein Bücherwurm und so fand sie ihre Berufung als Bibliothekarin.

Während Clara ihrer Arbeit nachging, versuchte sich Mariel einen Überblick ihrer Kartons, zu machen. Die kleine Mansardenwohnung bot gerade Platz genug für beide. Während die junge Frau ein kleines Zimmer für sich hatte, schaffte sich ihre Mutter Platz im Wohnzimmer. Es war einfach und praktisch und günstig war es obendrein. Nicht das es beiden schlecht ging, aber Clara war ständig auf dem Sprung, selten zu Hause und man konnte ja nie wissen, wie schnell sie mal wieder ihre Koffer packen mussten. So, und nicht anders kannte Mariel ihre Mutter.

In der Wohnung befand sich noch eine kleine Eckküche mit

einer Anrichte und einer kleinen Esstheke. Im Wohnzimmer hatten sie einen kleinen Blick auf den riesigen Hafen von Hamburg mit all seinen Kränen. Clara hatte diese Wohnung von einem Kollegen bekommen, der auf unbestimmte Zeit nach Afrika gegangen war. Sonst wäre hier die Wohnungssituation nicht so günstig ausgefallen. Das Krankenhaus lag nur ein paar Straßen weiter und die Bibliothek war auch nicht weit.

Mariel versuchte sich etwas häuslich einzurichten. All zu viel Zeug hatten die beiden nicht. Ein paar Klamotten, das nötigste Geschirr, da sie ohnehin kaum zu Hause aßen. Entweder nahm jeder seine Mahlzeit auf den jeweiligen Arbeitsplatz ein oder es wurde etwas bestellt. Ein paar Dekoartikel durften dennoch nicht fehlen. Mariel liebte ihre Bücher und Schallplatten, dann hatte sie noch ein paar Aquarell Bilder von englischen Landschaften. Sie wusste, Clara stammte eigentlich aus England, aus der Nähe von Cornwall, aber sie hatte es bisher vermieden darüber zu sprechen. Es wurde nie viel über die Vergangenheit gesprochen. Da gab es keine Großmutter oder Großvater. Einzig und allein hieß es, die beiden seien schon früh gestorben und Clara war ein Einzelkind. Auch was ihren eigenen Vater anging, hüllte sich Clara in Stillschweigen, sie meinte, es wäre eine Affäre gewesen und er hätte sich gleich aus dem Staub gemacht. Sicher, Mariel wuchs behütet auf, wenn auch mit Einschränkungen, durch die ständigen Umzüge, aber es hatte ihr nie viel ausgemacht. Ab und an fragte sie sich dennoch, was und wie, wohl ihr Vater war. Schnell wischte sie ihre Gedanken beiseite und kramte ein paar Bilder, einer der wenigen, die sie von ihrer Mutter, in den früheren Jahren hatte. Es zeigte ein schwarz,weißes Foto, auf dem Clara vor einem riesigen Anwesen posierte. Sie trug ein halblanges Volantkleid, mit einer Schürze darüber. Typisch Mom, dachte sie. Sie trug schon immer gerne Kittel, da lag es wohl Nahe, dass sie die Tracht der Krankenschwester wohl nie ablegen würde.

Das Anwesen im Hintergrund, sah ziemlich düster aus, fast so eins, wie sie Mariel sich immer vorstellte, wenn man so einen Horrorfilm drehte, aber Clara meinte, es sei nun mal so in England und davon gab es viele Häuser. Sie selber wusste gar nicht mehr, welches Anwesen dies überhaupt war.

Wahrscheinlich mal wieder eins dieser Klötze, die sich Claras Mutter gerne angesehen hatte.

Mariel legte das Bild wieder an die Seite und bezog erst einmal die Betten, dann machte sie sich einen Kaffee und setzte sich auf den kleinen Balkon. Die frische Meeresbrise wehte ihr, trotz des riesigen Industriehafens, in die Nase und sie hörte ganz leicht die Möwen kreischen. Der Himmel war an diesem Nachmittag mit leichten Wolken bedeckt, aber es war nicht kühl. Von der Straße her hörte sie die Autos vorbeirauschen und Leute aufgeregt schwatzen. Im Gegensatz zu ihrer Mutter, musste sie erst morgen Früh arbeiten und so konnte sie die Wohnung einrichten. Es würde sicherlich spät werden, bis Clara heimkam. Also bestellte sich Mariel zum Abend hin, einen großen Nudelteller mit Salat. Den Rest bewahrte sie für ihre Mutter im Ofen auf. Die junge Frau machte es sich in dem großen Ohrensessel bequem und schlief auch gleich ein. Sie bemerkte gar nicht, dass ihre Mutter sehr spät von der Arbeit kam. Nur das Klingeln der Mikrowelle ließ sie kurz aufhorchen.

„Oh, schon so spät? Mom, hast du bis jetzt noch gearbeitet?" Mariel rieb sich die Augen. Sie musste sich erst mal wieder an die neue Umgebung gewöhnen. Ihre Mutter sah geschafft aus. „Ach du weist doch, wie das so ist. Kaum ist man auf dem Weg nach Hause, kommen plötzlich alle Notfälle auf einmal. Es gab einen großen Crash auf der Autobahn, das war mal wieder ein Durcheinander, aber immerhin gab es keine Tote. Geh ins Bett, du musst morgen früh fit sein. Gute Nacht!", sie schob ihre

Tochter mit einem leichten Schulterklopfen in ihr Zimmer. Sie selber legte sich gleich auf die Couch und war binnen Sekunden eingeschlafen.

Mariel schlief derweil unruhig. Sie wälzte sich von einer Seite auf die andere. Bei jedem Geräusch wurde sie kurz wach und musste sich wieder orientieren, wo sie überhaupt war. Vor ihrem Fenster hangen noch keine Gardinen, die wollten sie besorgen, wenn beide etwas mehr Zeit hatten. Das Rollo ging nur bis zur Hälfte herunter und so schienen die blinkenden Lichter der Kräne und die Lichter des Hafens, bei ihr herein. Auch wenn ihre Straße nicht allzu befahren war, tummelte sich der Verkehr davor und jedes einzelne Licht der Scheinwerfer drang in ihr Zimmer. Teilweise sah es gruselig aus. Wie eine Art kleine UFOs kamen die Lichtstrahlen durch. Erst wurden sie schwach, dann immer heller und durch die Jalousie brach das Licht. Durch die Schatten, die das Licht widerspiegelte und an die Wand warf, verwandelte es sich in seltsame Fratzen. Nicht das Mariel ängstlich war, aber schon seit Langem quälten sie einige Albträume. Sie waren selten, aber dafür umso intensiver. Sie drehte sich zur Wand und stülpte die Bettdecke über ihren Kopf. Es dauerte auch nicht lange und sie schlief wieder ein. Sie schwitzte. So dass sie sich die Decke abstreifte

und jetzt längst ausgestreckt da lag. Unruhig wälzte die junge
Frau sich hin und her. Das rote Leuchten der Kranlichter kam
immer näher und sie wollte es fortwischen oder sich wieder die
Decke rüber ziehen, bis sie merkte, dass es gar nicht der Hafen
war, der sie fixierte. Es schien ihr, wie zwei rote Augen, die sie
anfunkelten. Zwei knochige Hände griffen nach ihr und dabei
legte sich eine andere Hand an zwei ausgedörrte, bläulich
gefärbte Lippen, die ihr bedeuteten, keinen Mucks von sich zu
geben. Sie schienen zu schweben. Es kam Mariel vor, als
würden sie in einen großen Raum schweben, als sei jemand auf
der Suche nach etwas. Dann blitzte es wieder in ihren Kopf, die
Hand ließ sie los und ein gellender Schrei durchlief ihren
Körper. Begleitet von unkenntlich, gezeichneten Leichen, die
zu schweben schienen. Etwas rüttelte an ihren Schultern und
sie wollte sie fortreißen, doch eine Stimme drang ganz tief
durch sie durch.

„Mariel, Kind wach auf!", Clara saß neben ihr am Bett und
hielt sie an den Schultern fest, bis Mariel wieder zu sich kam.
Völlig verschwitzt und zitternd.

„Hattest du wieder einen dieser Träume?", fragte sie ihre Mom.
Die junge Frau nickte nur und nahm einen großen Schluck
Wasser, den ihr Clara hinhielt. Es tat ihr ja auch Leid, das sie

ihre Mutter damit stören musste. Sie wusste, wie hart die Schicht im Krankenhaus war und jetzt auch noch das.

„Oh Mom, es tut mir leid. Es geht schon wieder. Ich wollte dich nicht wecken. Geh wieder schlafen. Ich krieg das schon hin," beteuerte sie. Clara nickte schlaftrunken und tätschelte ihre Tochter noch mal kurz, um dann wieder im Wohnzimmer zu verschwinden. Sie wusste, morgen würde es wieder einer dieser Diskussionen geben, in denen sie ihr anbot doch ein wenig nachzuhelfen, was den Schlaf betraf. Clara schwor immer auf ihre pflanzlichen Schlafmittel, aber Mariel wollte keine. Es musste doch einen Grund geben, für diese immer wieder, kehrenden Träume. Vielleicht hatte das alles doch mit den ganzen Umzügen zu tun und die setzten ihr mehr zu, als sie zugeben wollte. Den Rest der Nacht verbrachte Mariel mehr mit dösen als mit schlafen und war am nächsten Morgen ziemlich gerädert. Na, das konnte ja ein toller Arbeitstag werden. Als Mariel aufstand, war ihre Mutter mal wieder weg. Sie hinterließ einen Zettel „ Schatz, es tut mir leid, aber die Klinik hat angerufen. Ich muss für jemanden einspringen. Aber wir reden noch!" Das war mal wieder typisch. Clara konnte einfach nicht Nein sagen. Mariel nahm ein Brot und machte sich einen starken Kaffee, zum wach werden. Dann zog sie sich an, packte ihre Schultertasche und ging zur Arbeit.

Sie liebten diesen Geruch von altem Papier. Es war wie Magie, wenn sie die Hallen mit den vielen Büchern betrat. Eine Welt voller Geheimnisse und fremder Welten, die nur drauf warteten, erobert zu werden. Es gab nicht viele Leute, mit denen sie auf der Arbeit Kontakt hatte. Man ging sich hier fast aus dem Weg, was aber auch daran lag das, dass Gebäude so riesig war und jeder seine Abteilung für sich hatte. Hin und wieder kam die kleine Daisy aus dem zweiten Stock zu ihr herunter. Sie quasselte gern, natürlich über das männliche Geschlecht und sie sprach, wie ihr der Schnabel gewachsen war. Da waren dann so unverblümte Fragen wie: „ Wann war dein letztes Mal? Ich meine, du hast doch einen Freund? Nein? Oje, du willst doch nicht als alte Jungfer sterben? Du musst einfach mal mit mir in den Club kommen, da lernst du die Richtigen kennen." Dabei knuffte sie gerne ihr Gegenüber in die Seiten ohne zu merken, dass es nervte. Nun gut, sie war Gott Lob, nicht all zu lästig und kam auch nicht jeden Tag vorbei. Dann war da noch der stämmige Walter. Der machte ihr ein wenig Angst. Er ging immer in so einer geduckten Haltung an ihr vorbei und schob dann immer demonstrativ seine Brille zurecht. Ein Eigenbrötler aus der Buchhaltung. Er kam genauso selten vorbei wie Daisy. Es gab noch viele studentische Aushilfen, aber die blieben unter sich, und wenn man einen sah, hingen die an ihren Handys. Alles in allem, fand Mariel es ganz gut so. Es war nicht so, das sie keine Menschen mochte, aber sie fühlte sich alleine auch ganz wohl. Die Einzige, die sich als ihre Freundin nennen konnte, war Judith. Eine Freundin aus Kindheitstagen. Die hat sie in der Grundschule begleitet, was man Clara auch anrechnen konnte. Wenn sie umzogen, hatte sie darauf geachtet, das Mariel ihre ersten Jahre in der Schule, an einem Stück verbrachte. Daher konnte Judith sie auch all die Jahre begleiten. Erst als sie die weiterführende Schule besuchte, beschränkte sich der Kontakt auf Briefe und Telefonaten. Ja, sie mochte Judith. Sie konnte ihr alles erzählen und jeder meinte, sie wären so eine Art Seelenverwandte. Immer wenn der Sommer nahte, besuchten sie sich gegenseitig. Judith war ein bisschen quirlig und na ja, wie Mariels Mutter meinte, leicht verrückt. Sicher, es war so, als sie noch jünger waren. Mittlerweile stand das Alter im Weg und beide wurden Erwachsener. Mittlerweile hielten sie nur noch Briefkontakt, ab und an eine kurze SMS, aber der Urlaub wurde allein verbracht. Die Interessen wechselten. Während Mariel sich mehr in die Bücher verkroch, hatte Judith für sich die

Partymeile entdeckt. Sie arbeitete in einem Imbiss, was leider nicht ganz spurlos an ihrer Figur vorüberging.

Kapitel 2

Die Tage gingen dahin. Der Alltag fand Einzug und jeder ging
seiner Arbeit nach. Hier und da ertappte sich Mariel dabei, wie
sie das Angebot von Daisy annahm und mit ihr in einen, dieser
tollen Clubs ging. Small Talk war da angesagt und teure
Drinks. Mariel machte sich nur wenig daraus. Natürlich war
die männliche Partie sehr angetan von ihr. Mit ihren halblangen
rotbraunen, lockigen Haaren und den graublauen Augen, sah
sie mit ihrer schlanken Figur, sehr passabel aus. Jedoch waren
die meisten Typen nichts für sie. Es gab schon den einen oder
anderen, mit dem sie sich unterhielt, aber mehr wurde nicht
daraus. Sie fand, die Männer waren ihr alle zu oberflächlich.
Die meisten protzten nur vor Geld oder mit ihrer Arbeit, sei es
als Manager oder Anwalt oder sonst ein Architekt. Sie fand, das
alles zu gehoben, aber Daisy war begeistert. Potenzielle
Ehemänner fand sie. Mariel mochte ihr Singleleben bisher so,
wie es jetzt war. Der Richtige, wie sie fand, war noch nicht
dabei und sie würde ihm eines Tages bestimmt begegnen.
Die Tage schlichen dahin und der Sommer hielt ein. Die
Temperaturen zogen an und es wurde heiß. Jetzt sah sie ihre

Mutter kaum noch. Immer mehr Hitzschläge trafen ein. Alte, die dehydriert waren, Kinder und Menschen, mit Wespenstichen, die mal allergisch mal einfach nur aus Vorsicht, in die Klinik kamen, oder auch Brandwunden, die versorgt werden mussten, da man beim Grillen etwas zu forsch war. Mariel hingegen hatte derweil nicht so viel zu tun. Die Menschen zogen es vor lieber an der Elbe schwimmen zu gehen, als in einer muffigen Bibliothek zu hängen. Für Mariel war das kein Problem. Sie war nicht so der Typ, der stundenlang am Strand liegen konnte und sich von der Sonne braten lassen. Die junge Frau zog es vor, sich in die Archive zu verkriechen und die alten verstaubten Bücher zu restaurieren. Mariel und Clara hatten nicht viel Zeit zusammen zu verbringen, so gab es auch kaum private Gespräche zwischen ihnen. Was Mariel etwas schade fand. Die ganzen Jahre hatte sie wirklich nie viel über ihre Mutter gewusst. Es wurde einfach nur so hingenommen. Zumal ihre Mutter sehr verschlossen war, was ihre Vergangenheit anging. Als Kind hatte Mariel manches Mal versucht sie ein wenig auszuquetschen, wie das so bei Kindern war, aber Clara hatte alles abgewiegelt und wurde sogar recht zornig, wenn Mariel weiter bohrte. So ließ sie es auf sich beruhen. Im späteren Alter aber machte sie sich so einige Gedanken. Jetzt, wo sie so allein in ihrer Kammer hockte und die vielen Bücher studierte über alte Adelsgeschlechte und Familien mit langer Herkunft. Wie sie so nachdachte, wusste sie gar nichts von ihr. Manchmal ertappte sie sich dabei, wie sie ihren Gedanken nachhing,und sie ihr Aussehen infrage stellte. Etwas merkwürdig war es schon, wenn sie ihr Spiegelbild mit dem ihrer Mutter verglich. Die junge Frau, mit ihren rotbraunen Locken und graublauen Augen war das krasse Gegenteil ihrer Mutter. Clara war einen Kopf kleiner wie sie und hatte schwarze, glatte Haare und braune Augen. Einmal hatte sie ihre Mutter darauf angesprochen und es wurde gleich, damit abgetan das Mariel wohl eher nach ihrem Unbekannten Vater käme. Thema erledigt!

An diesem Tag ging Mariel ihrer Arbeit nach, und als sie nach Hause kam, nahm sie sich einen Eistee und schlüpfte in ein paar bequeme Sachen. Gerade als sie sich auf den Balkon begeben wollte, fiel ihr das Bild von ihrer Mutter ins Auge. Es war irgendwie seltsam. Als wenn sie zwei Augen anstarrten, aber es waren nicht die ihrer Mutter, sondern zwei rote Augen aus dem Anwesen hinter ihr. Das musste eindeutig die Hitze sein, dachte Mariel. Sie rieb sich die Augen und schaute noch einmal genauer hin. Auf den ersten Blick konnte sie nichts erkennen. Sie nahm den Rahmen ab und ging damit auf den Balkon. Das Haus im Hintergrund war ziemlich verschwommen und nur ein kleiner Giebel war zu erkennen, mit einem kleinen, runden Fenster. Bei der Aufnahme zog eindeutig Nebel über das Land. Am Fuße des Anwesens schloss sich ein kleiner Nebelteppich, nur bei Clara war er nicht mehr. Diese stand ein paar Meter vom Haus entfernt auf einer weitläufigen Wiese. Ein paar karge Äste hingen im Bild, die eindeutig von einem alten, aber abgestorbenen Baum stammten. War da Staub oder Dreck auf dem Bild? Mariel versuchte leicht über das Bild zu wischen. Es blieb irgendwie schattenhaft. Sicher bildete sie sich das nur ein. Das war doch absurd, dachte sie und legte das Bild auf den kleinen Tisch. Mariel trank ihren Eistee und wollte das Bild außer Acht lassen, doch etwas ließ ihr keine Ruhe. Gerade als das Licht von einem Winkel her darauf schien, nahm sie es wieder in die Hände. In der Schublade fand sie eine kleine Lupe. Was sie finden wollte, wusste sie nicht, aber es ließ ihr keine Ruhe. Ihre Lupe ging Stück für Stück über das Bild. Sie musste es ins Licht halten. Mariel fing bei ihrer Mutter an und arbeitete sich weiter hoch, zu dem Haus. Manche Stellen waren vergilbt, aber das eigentliche Hauptziel schien noch gut erhalten. Das kleine runde Fenster zog sie magisch an. Ihre Lupe durchforstete Pixel für Pixel. Da war doch etwas. Sie musste genauer hinsehen und bekam binnen Sekunden einen riesigen Schreck. Da waren zwei kleine Augen, die ihr entgegenstarrten. Kinderaugen! Das konnte doch nicht wahr sein. Sie schaute noch mal hin. Sie konnte und wollte sich nicht täuschen. Es waren ein paar Kinderaugen. Auf dem Schreck brauchte sie etwas Stärkeres. Sie nahm sich ein Glas Whisky und kippte ihn herunter. Es war nicht so, das sie Angst davor hatte, aber diese Augen hatte sie schon einmal gesehen. Genau dieselben, die sie in ihren Träumen begleiteten. Gerade wollte sie sich diese noch einmal anschauen, als sich der Schlüssel im Schloss drehte. Ihre Mutter kam von der Arbeit.

„Oh, hallo Schatz, du bist schon da. Gut, gut. Ich sage dir, Sommer ist eindeutig die Hölle für Krankenschwestern. Puh, war das eine Schicht. So viele Irre hatten wir noch nie. Ich glaube, das liegt auch an dem Vollmond. Hast du schon gegessen?", Clara packte ihre Tasche in den Schrank und suchte im Kühlschrank nach etwas Essbaren. Ein Salat war jetzt genau das Richtige. Sie flippte ihre Schuhe in die Ecke und sah ihre Tochter mit dem Glas Whisky.

„Oh, ein bisschen früh. So schlecht war dein Tag, aber du hast recht. Gar keine schlechte Idee." Sie nahm sich auch einen Whisky und wollte mit ihrem Teller und Glas auf dem Balkon, als sie ihre Tochter mit dem Bild sah. Mariel wollte Clara gleich darauf ansprechen, aber was war das, als sich ihre Blicke trafen. Sah sie etwa ein zittern bei ihrer Mutter? Diese schien irgendwie die Situation zu überspielen.

„Ach was machst du den mit dem ollen Foto? Das ist doch schon so alt. Du kennst das doch in und auswendig. Also, wie war dein Tag?", ihre Finger umklammerten das Glas, das ihre Knöchel fast weiß hervortraten. Mariel setzte sich neben ihre Mutter und hielt ihr das Bild mit der Lupe vor die Nase.

„Mom, sieh doch mal. Da oben an dem Fenster. Sieh doch!" Die junge Frau hielt ihrer Mutter die Lupe hin, diese nahm sie halbherzig in die Hand und sah ganz kurz durch.

„Ja Schatz ein Fenster. Was soll damit sein?", sie gab ihr die Fotografie wieder zurück.

„Aber nein, sieh doch! Da oben am Fenster, da sind doch Augen. Zwei Kinderaugen. Oh bitte Mom, sieh doch!" Mariel hielt ihr das Bild nochmals unter die Nase, doch Clara lächelte nur und schob das Papier sanft zur Seite. „Mariel bitte, es ist heiß, du siehst schon Gespenster. Da ist nichts zu sehen.

Komm, lass uns essen. Der Tag war anstrengend genug." Sie nahm Mariel das Bild aus der Hand und schob ihr den Salat hin. Dann ging sie kurz in die Küche und holte noch einen Whisky. Für Clara schien die Sache erledigt. Für Mariel war es eher unbefriedigt, aber sie gab vorerst Ruhe. Vielleicht war ihre Mutter ja wirklich zu erledigt und eventuell sah die Sache morgen besser aus.

Die ganze Nacht konnte Mariel kaum ein Auge zutun. Immer wieder verfolgten sie die Augen von dem Foto und unheimliche Stimmen schlichen sich in ihr Gehirn. Sie flüsterten und wisperten. Sie konnte kaum ein Wort verstehen, alles sprach durcheinander. Es schien, als wollte es sie locken. Nur was?

Der Morgen begann wie fast alle, an denen sie die Träume hatte. Gerädert! Dennoch wollte sie ihre Mutter noch einmal auf das Foto ansprechen. Diese war gerade im Badezimmer. Mariel suchte das Foto, doch konnte sie es nirgends finden. Das war zum verrückt werden. Gestern hatte sie es noch gehabt. Sie suchte Schubladen ab, Ecken und Schränke. Nirgends war es zu sehen.

„Ach ist das herrlich. Nach so einer kalten Dusche fühlt man sich gleich lebendiger."

„Mom? Hast du das Foto gesehen? Ich kann es nirgends finden." Mariel suchte nochmals alles ab. Clara rubbelte sich gerade ihre Haare trocken und sah sie von der Seite an.

„Oh, ach das. Ach das tut mir Leid, als ich es gestern wieder aufhängen wollte ist es mir aus den Händen gerutscht. Ich wollte es gerade noch halten doch sieh nur welch ein Missgeschick." Sie hielt ihr die Hand hin, die eindeutig eine kleine Schnittwunde aufwies.

„Das Bild ist dabei leider kaputt gegangen. Es tut mir leid. Ach Schatz, mach nicht so ein Gesicht. Es ist doch nur ein Bild. Die Vergangenheit kann uns keiner nehmen, sie ist tief in uns drin." Clara tätschelte Mariel auf die Schulter. Diese stand perplex vor ihr. All die Jahre hatte ihre Mutter an diesem Bild gehangen und jetzt soll es nur Schall und Rauch gewesen sein? Irgendetwas stimmte hier doch nicht. War es nur so ein Gefühl oder spielten ihr ihre Sinne wirklich einen Streich? Wahrscheinlich hatte ihre Mutter recht und die ganzen Träume und das Wetter, setzten ihr zu. Was konnte sie jetzt auch anderes tun? Sie musste es dabei belassen.

Kapitel 3

Die Tage schlichen dahin und keiner der beiden erwähnte auch nur ein Wort über das Bild oder Mariels Träume. An einem schwülen, regnerischen Tag machte sich Mariel fertig für die Arbeit. Clara war schon vor Stunden aus dem Haus gegangen, als es an der Tür klingelte. Ein Postbote stand vor ihr. „Mariel Wilkott?", fragte er und hielt einen Umschlag in den Händen. Mariel hatte noch ihren Kaffee in der Hand, als es draußen auch schon anfing zu donnern. Der Bote schaute sich leicht schüttelnd um. Das hatte ihm noch gefehlt. Mariel nickte. „Verzeihung, aber ich brauche ihren Ausweis. Das ist ein Einschreiben und sie kennen das sicher mit der Vorschrift", maulte er leicht gereizt beim Anblick des Wetters. „Oh, oh ja natürlich, Moment!", grummelte Mariel und setzte ihren Kaffee ab, um nach ihrer Geldbörse zu suchen. Sie kramte in ihrer Tasche und fand sie ganz unten. Mit dem Ausweis, in der Hand ging sie wieder zur Tür, als wieder ein krachender Donner ganz in der Nähe einschlug. Vor Schreck verlor sie den Ausweis der ihr zwischen den Flurschrank rutschte.

„Ach herrje, war das ein Donner. Sie sind auch nicht zu beneiden, bei dem Wetter. Ich hab´s gleich", stammelte die junge Frau und versuchte mit den Fingern nach dem Papier zu fischen. Der Postbote hatte jegliche Art von trockenen Gängen abgehakt und gab sich seiner Geduld hin. Mariel zog unterdessen ein Fetzen Papier hinter dem Schrank hervor. Es war nicht ihr Ausweis. Ihr staunen war groß als sie ein Stück von dem Foto in den Händen hielt, das ihre Mutter angeblich weggeworfen hatte. Darum musste sie sich später kümmern. Sie suchte noch einmal, bis sie den Ausweis fand. Diesen gab sie dem Postboten und unterschrieb den Empfang. Wer sollte ausgerechnet ihr ein Einschreiben schicken und dann noch aus … sie musste schlucken, aus England. Was hatte das zu bedeuten? Jemand musste man sie mit ihrer Mutter verwechselt haben. Sie kannte niemanden dort. Es war sehr merkwürdig. Bevor sie den Brief öffnete, wollte sie noch einmal hinter den Flurschrank blicken. Waren da nur ein paar Restschnipsel? Der Schrank war verdammt schwer. Sie fasste mit den Fingern dahinter und fand noch mehr Schnipsel. Alles in allem, ergaben die Papierfetzen einen Teil des Ganzen. Warum nur hatte ihre Mom diese Fetzen hier versteckt? Das ergab keinen Sinn. Schnell konzentrierte sie sich auf den Brief. Sollte sie warten bis ihre Mutter wiederkam, oder sollte sie ihn jetzt öffnen? Ach was soll´s, ist immerhin mein Name. Ihre Finger rissen das Papier auf. Schnell überflogen ihre Augen das Dokument und sie musste sich im gleichen Augenblick erstaunt setzen. Das war ein Ding, dachte sie. Mariel konnte kaum glauben, was sie da las. Sollte sie gleich ihre Mutter im Krankenhaus anrufen oder erst zur Arbeit gehen? Ach was, ich gehe erst mal zur Arbeit, vielleicht ist alles ja nur ein Versehen. Das Dokument steckte sie gleich in ihre Tasche.

Den ganzen Tag war sie ziemlich hibbelig und fahrig. Zum Glück war in der Bibliothek heute nicht viel los. Mit einem Kaffee to go, begab sie sich gleich nach Hause und hoffte das ihre Mutter schon da war. Diese saß bereits im Wohnzimmer mit einem Glas Whisky und den Fotoschnipseln.

„Oh gut, du bist schon da. Ich hab dir etwas Wichtiges zu sagen." Mariel warf ihre Jacke unachtsam in eine Ecke und kramte in der Tasche nach dem Papier. Clara saß da, wie ein Häufchen Elend mit den Schnipseln in der Hand. Sie hob sie hoch und wollte ihrer Tochter etwas sagen.

„Oh Mom, sieh doch nur." Sie hielt ihr den Umschlag hin und sah das Gesicht ihrer Mutter und die Fetzen.

„Oh, ja die habe ich hinter dem Schrank gefunden, aber das ist jetzt unwichtig. Du wirst deine Gründe dafür haben. Sieh dir das Mal an, ich meine die haben sich doch bestimmt mit dem Namen geirrt." Mariel wedelte mit dem Umschlag vor ihrer Nase her. Clara verstand nicht ganz. Erst als sie die ersten Zeilen las, wurde sie kreidebleich im Gesicht. Sie überflog die Zeilen immer und immer wieder. Mariel saß neben ihr und nickte.

„Stimmt es? Ich meine haben die wirklich mich gemeint? Ich und ein Erbe. Himmel was soll ich tun? Was meinst du, soll ich hinfahren und sehen, was es ist, oder meinst du, es ist nur eine Ente? Vielleicht ja nur ein klappriges Fahrrad." Sie lachte, aber ihrer Mutter war gar nicht zum Lachen zumute. Diese stand auf und horchte dem Wind, der an die Fensterrollladen klapperte. Ihre Stirn fühlte sich heiß an und sie kühlte sie an der nassen Scheibe. Es hatte alles keinen Sinn. Sie musste Licht ins Dunkle bringen, aber nicht jetzt. Sie war auf einmal schrecklich müde.

„Mariel mein Kind. Bewahre das Schreiben gut auf, ich muss dir etwas sagen. Es wird nicht leicht für dich sein, aber ich hoffe, du wirst es verstehen. Denk jetzt nicht weiter darüber nach. Morgen, wenn ich nach der Arbeit nach Hause komme, setzten wir uns zusammen und reden. Ich verspreche es dir, aber ich bin so müde. So müde ...", Clara konnte ihrer Tochter kaum in die Augen sehen, doch wenn sie einen Blick riskierte, sah sie pure Verzweiflung. Ihre Mutter sah wirklich elend und erschöpft aus. Am liebsten hätte sie wie ein kleines Kind darauf bestanden das sie es ihr jetzt erzählte, aber morgen war auch noch ein Tag.

„Ja, klar. Kein Problem leg dich nur hin. Ruh dich aus. Soll ich dir noch einen Tee machen?", Clara verneinte und gab ihrer Tochter einen Kuss.

„Es tut mir Leid", stammelte sie leicht. Hatte sie etwa Tränen in den Augen? Nein, sie musste sich versehen haben. Mariel sah ihre Mutter nie weinen. Nur jetzt schien sie so zerbrechlich. Auch die junge Frau zog es vor, sich in ihr Zimmer zurückzuziehen. Das Papier immer noch in den Händen. Dort stand nur, dass sie für einen Termin in einer Woche nach Cornwall kommen soll, zwecks einer Erbangelegenheit. Nun, vielleicht war es ja doch von ihren Großeltern oder einer heimlichen Verwandten. Mariel konnte noch so viel grübeln, sie musste abwarten. Noch mehr Kopfzerbrechen aber, machte ihr die Stimmung, ihrer Mutter. So hatte sie Clara noch nie erlebt. Erst das Foto und nun das Dokument. Aber sie hatte Geduld gelernt. Alles würde sich aufklären.

In dieser Nacht schlief sie so gut wie gar nicht. Es waren nicht Träume, die sie quälten, auch wenn sie wieder diese wirren Stimmen hörte. Ein Wispern und Flüstern das sie lockte. Da war noch ein anderes Gefühl. Etwas was sie nicht erklären konnte. Ein Gefühl, das sie irgendwie einengte und ihr fast die Luft abschnürte.

Am nächsten Tag erwachte sie mit fürchterlichen Kopfschmerzen und das Wetter trug auch nicht zum Besten dabei. Die Schwüle war unerträglich. Sie würde bestimmt etwas länger auf ihre Mutter warten müssen. Wahrscheinlich gab es mal wieder viele Leute, die zusammenbrachen, aber auch viele alte Leute. Sie mochte ihre Mutter nicht beneiden, was ihre Arbeit anging. Mit ein paar Aspirin, versuchte Mariel in den Tag zu starten. Sie kam, wahrscheinlich wie die meisten, heute kaum in die Gänge. Auf dem Tisch stand noch eine Flasche Wein, daneben lag ein Zettel mit den Worten.

„Stell die schon mal kalt, die werden wir brauchen. Wenn nicht sogar etwas Stärkeres. Drück dich!" Ihre Schrift schien zittrig. Hatte sie es in aller Eile geschrieben, oder ging es ihr noch nicht gut? Ein bisschen sorgte sich Mariel um ihre Mutter. Mit einem unguten Gefühl im Bauch ging sie zur Arbeit.

Heute donnerte es wieder und die Blitze schlugen ein wie bei einem Feuerwerk. Kaum zog ein Blitz vorbei, schlug der Nächste nach. Imposant sah es aus, was der Himmel so von sich gab. Das dürfte heute wieder ein ruhiger Tag werden, dachte Mariel. Bei dem Wetter blieb man lieber zu Hause. Einmal, als Mariel gerade in der unteren Halle war, um ein paar Bücher einzusortieren, krachte ein donnern in unmittelbarer Nähe ein und das Licht flackerte für ein paar Sekunden. Hier in der Halle, zwischen all den Büchern sah der Blitz schon etwas gespenstisch aus. Was, wenn der Blitz einmal hier einschlagen würde? All die Bücher würden in Schall und Rauch aufgehen. Gesammelte Werke, teure Sammelbänder und einzelne Exemplare waren für immer dahin. Mariel durfte nicht daran denken. Das war einfach zu schrecklich und tat ihr in der Seele weh. Sie lenkte sich mit ein paar Kinderbüchern ab, die hier noch standen und einsortiert werden mussten. Von oben hörte sie schon die piepsige Stimme von Daisy.

„Na ganz toll, kein Strom. Es hat wohl die Leitung gekappt. Das war's dann wohl. Ich hol mir nen Kaffee. Willste auch einen?", rief sie runter und Mariel zuckte nur die Schultern. Es war, egal ob sie einen wollte oder nicht, sie wusste, Daisy würde trotzdem einen mitbringen. Wenn der Strom hier ausfiel, wurde ein Notaggregat eingeschaltet, damit die Bücher an der

Luft zirkulieren konnten. Wenn das den ganzen Tag ginge, könnte Mariel ohnehin gleich Feierabend machen. Also bereitete sie sich vor und sortierte die letzten Bücher ein. Kurz bevor sie ausstempeln wollte, flackerte das Licht wieder und siehe da es ging wieder an. Mariel war das egal, sie hatte sowieso gleich Feierabend. Das, dass Telefon die ganze Zeit klingelte, hörte sie, aber sie wollte es übergehen. Sicher wieder einer derjenigen, die noch kurz vor Schluss einen elend langen Vortrag halten musste. Gott Lob, ging noch Daisy ran. Sie hörte sie immer wieder sagen. „Ja? Ja ich verstehe. Nein, kein Problem. Mach ich sofort. Ja, ja danke." Na, da hatte die Gute aber Glück, dachte Mariel und machte sich auf den Weg. Eilige Schritte kamen die lange Wendeltreppe herunter. Ein leichtes Schnaufen begleitete sie und das knacken von nervösen Fingern. Die große Schwingtür war zum Greifen nahe und Mariel hatte schon eine Klinke in der Hand, als Daisy herunter rief und dabei fast rannte, was bei ihr selten vorkam. Oh nein, dachte Mariel. Sie wollte sie doch nicht wieder zu einem dieser Clubabenden einladen? Darauf hatte sie wirklich keine Lust. Sie tat so, als hätte sie die andere Frau nicht gehört und winkte zum Abschied. Erst als Daisy schrill hinter ihr herrief wurde sie leicht stutzig. Wie eine Einladung sollte sich

280

das nun wirklich nicht anhören.

„WARTE! Es ist etwas passiert. Bitte Mariel, warte!" Sie sprintete, so schnell es ging, die Treppe herunter durch den langen Flur, die Halle entlang. Ihre Finger verhaspelten sich und sie nagte an ihrer Unterlippe. Als sie vor ihr stand, musste sie erst mal zu Atem kommen.

„Also Daisy, was kann denn jetzt noch so wichtig sein. Ich muss nach Hause. Ich habe Wichtiges mit meiner Mutter zu bereden." Warum erzähl ich ihr überhaupt davon, dachte sie, aber es war jetzt raus gerutscht. Doch Daisy bekam große Augen und nickte.

„Ihre Mutter … ", japste sie. „Ja, mit meiner Mutter", erwiderte Mariel genervt, doch die andere Frau schüttelte nur den Kopf. Sie atmete einmal tief durch, dann sah sie die andere an und sagte fast schon weinerlich.

„Das war gerade das Krankenhaus. Deine Mutter, sie ist zusammengebrochen. Es sieht nicht gut aus. Du sollst sofort ins Krankenhaus kommen. Es tut mir leid." Daisy nagte an ihrer Lippe und verschränkte die Arme. Mariel wurde leichenblass. Das konnte doch nicht wahr sein. Heute war einer dieser Schicksalshaften Tage, dachte sie. Eine innere Stimme rief leise nach ihr. Und sie bekam eine Gänsehaut. „Komm!

281

Komm zu mir!", flüsterte sie. Es war nicht die Stimme selbst, die sie so erzittern ließ, etwas stimmte damit nicht. Sie klang so … ja so, irre, als sei das Wesen, welches die Worte sagte, vollkommen vom Wahnsinn getrieben. Mariel musste sich konzentrieren. Es ging jetzt um ihre Mutter und es brachte nichts, wenn sie jetzt auch noch durchdrehen würde. Das Wetter buhlte mit ihr um die Wette. Das Donnern hatte etwas nachgelassen, dafür rauschte der Regen in Bindfäden zu Sturzbächen den Weg herab. Kaum jemand der sich noch auf den Straßen aufhielt und dennoch war da irgendwie eine Art Schatten, der sie zu beobachten schien. Wahrscheinlich war sie auch einfach nur zu hypersensibilisiert. Das lag wohl eher an ihren Kopfschmerzen und der derzeitigen Situation. Ihre Gedanken rasten. Sie musste jetzt die Nerven behalten. Gab es denn hier niemanden der ein Taxi brauchte, außer ihr? Es war wie verhext. Am Tage und in der Nacht tobte diese Stadt vor Leben und jetzt war ausgerechnet diese Straße wie ausgestorben. Ach was, dachte sie, dann lauf ich eben bis zur Klinik. Ohne darauf zu Achten wie Nass sie dort ankam, rannte sie einfach drauf los. Sie achtete nicht auf Wege oder Menschen, die ihr schnell aus dem Weg gingen. Auf dem Bürgersteig kam ihr ein Mann mit einem kleinen Dackel entgegen, der sie hysterisch anbellte, als sie an ihm vorbeirauschte. Im Hintergrund, hörte sie noch, das leise fluchen des Besitzers, doch darum konnte sie sich nicht kümmern. Sie lief um Ecken, rannte über Straßen, durchquerte kleine Tunnel und hatte stets ihr Ziel vor Augen. Sie konnte mittlerweile nicht mehr sagen, ob ihre Augen nass vom Regen waren oder doch von Tränen. Sie war zu aufgewühlt. Mariel rannte und rannte, bis sie endlich die Türen der Klinik sah. Die Vorhalle war gefüllt mit Menschen, sei es um Schutz vor dem Wetter zu suchen oder aber um leichte und große Wunden verarzten zu lassen. Natürlich waren auch Kreaturen dabei die leider, nun, wie soll man sagen, zu tief ins Glas geschaut hatten. Es war seltsam hier in diesem Gebäude zu sein. Seit ihrer Ankunft hatte sie ihre Mutter noch nie im Krankenhaus besucht. Wenn sie so nachdachte, war das in allen Städten so.